Um bilionário raro

UM ROMANCE DOS IRMÃOS SINCLAIR

J. S. SCOTT

Um bilionário raro
Um Romance dos Irmãos Sinclair

Tradução: Alice Klesck
Design de capa por Covers by Cali

ISBN: 978-1-946660-18-3 (E-Book)
ISBN: 978-1-946660-19-0 (Paperback)

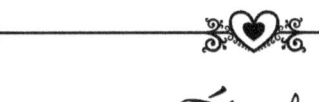

Índice

Capítulo 1

Era completamente irritante que estivesse ensolarado e radiante, exatamente no dia do enterro de Patrick. Não tinha uma única nuvem no céu, enquanto um mar de homens uniformizados e seus distintivos cobriam uma faixa negra horizontal, para marcar a perda de um dos seus, e circulavam pelo cemitério. As expressões eram solenes e muitos suavam visivelmente por conta dos uniformes pesados sob o calor do sudeste da Califórnia.

Os olhos do detetive Dante Sinclair estavam colados na tela, enquanto ele assistia ao vídeo, em seu laptop, com um bolo imenso na garganta, ouvindo a última chamada via rádio, para o Detetive Patrick Brogan, sem resposta. Patrick foi oficialmente proclamado fora de serviço e o despachante declarou o quanto sua falta seria sentida.

Dante respirava ofegante, ao bater a tampa do laptop para fechá-lo, desejando muito que estivesse um dia ruim, chuvoso, durante o funeral. De alguma forma, não parecia justo que a cerimônia fosse realizada exatamente no tipo de dia que Patrick adorava, e que ele não estivesse ali para aproveitá-lo. Era o tipo de clima que deixaria Patrick aflito para ir pescar. Em vez disso, ele estava morto, sepultado num caixão coberto pela bandeira americana, sem poder voltar a desfrutar de uma única coisa que ele adorava.

Lançando o laptop para fora da cama, sem se importar de quebrá-lo, ele sentou, desprezando a dor que isso o fez sentir. Cristo! Ele nem tinha conseguido ir ao enterro de seu parceiro, porque ainda estava no hospital. Mas ele se sentira obrigado a assistir. Patrick havia sido parceiro e membro da equipe de homicídios de Dante, por vários anos. Ele também havia sido o amigo mais próximo que Dante teve na vida.

Eu que deveria ter morrido. Patrick tinha esposa e um filho adolescente que ficou sem pai.

Droga, Karen e Ben, esposa e filho de Patrick, o haviam praticamente adotado, e o recebiam para jantar, quase toda noite, quando ele e Patrick conseguiam jantar – o que não era frequente. O trabalho os fazia estar na rua a qualquer hora, principalmente à noite. Na região em que eles atuavam, quase nunca havia assassinatos durante o dia.

Karen e Ben jamais terão que se preocupar com dinheiro. Isso não vai compensar pela perda de Patrick, mas vai ajudar.

Dante tinha resolvido os problemas financeiros de Karen e Ben, ao doar, anonimamente, vários milhões de dólares para um fundo para a família Brogan, mas isso não traria de volta o homem que eles amavam, o marido, o pai. Parecia algo tão irrisório, já que ele tinha dinheiro de sobra e nunca lhe faria falta.

Embora ele e Patrick tivessem sido promovidos a detetive ao mesmo tempo, o parceiro de Dante era mais velho, mais de dez anos, e muito mais sábio que Dante, à época. Patrick ensinara ao novo detetive de cabeça quente a ter paciência, quando Dante não tinha nenhuma, e ajudara Dante a se tornar um homem muito melhor.

Cristo! Deveria ter sido eu! Por que eu não estava no local onde Patrick estava, na hora em que o atirador abriu fogo?

Ele e Patrick estavam tão perto – perto pra cacete – de pegar o assassino que estuprou e matou três mulheres numa região repleta de gangues. Eles vinham seguindo o suspeito pela rua, esperando a chegada do reforço para fazer a prisão. O assassino tinha sido displicente com sua última vítima, deixando provas suficientes com DNA para que finalmente fosse possível prender o cretino.

Com muita dor, Dante girou as pernas para o lado da cama, revivendo os últimos momentos da vida de Patrick, voltando ao instante em que perdeu seu melhor amigo.

Ele e Patrick mantendo-se próximos o suficiente ao suspeito, para não perdê-lo de vista.

O ruído das sirenes irrompendo o ar.

O suspeito subitamente entrando em pânico e puxando uma pistola semi-automática e começando a atirar.

Ainda era um mistério o motivo pelo qual o suspeito subitamente tivesse enlouquecido naquele momento. As sirenes provavelmente assustaram o assassino, que já sabia que a lei estava em sua cola, fechando o cerco. Ironicamente, as sirenes nada tinham a ver com eles prendendo o assassino. Elas vinham tocando por um incidente totalmente separado. Como se a polícia fosse anunciar que estava chegando para prender o babaca, não? Ainda assim, isso foi o suficiente para fazê-lo pirar e sair atirando para todo lado, sem qualquer sinal de alerta.

Patrick foi o primeiro a cair, com uma bala na cabeça. Dante puxara sua Glock, ao ser alvejado por vários tiros do suspeito, a queima-roupa, protegendo Patrick com seu porte mais corpulento, até que ele conseguiu acertar um tiro mortal no atirador idiota. À época, Dante não tinha percebido que já era tarde demais para Patrick. O tiro na cabeça matou seu parceiro instantaneamente. Por sorte, alguns civis que circulavam pela rua, durante a madrugada, se dispersaram, deixando apenas Dante ferido – e Patrick e o assassino mortos.

Ele estava usando seu colete, mas os tiros a queima-roupa haviam causado um trauma e tanto. Ainda assim, o colete lhe salvara a vida, deixando-o apenas com algumas costelas fissuradas, em lugar de balas dentro do peito. O tiro em seu rosto não atingiu o crânio, mas ele estava com uma cicatriz horrível na bochecha direita, que se estendia até sua têmpora. A bala em sua perna direita pegou na coxa e o levou à cirurgia, após o incidente, mas não chegou a afetar o osso. O tiro no braço direito passou de raspão.

Cretino sortudo!

Dante podia quase ouvir a voz de seu parceiro dizendo essas exatas palavras, brincando, mas ele não se sentia nada sortudo nesse momento. Ele havia sido ferido o suficiente para passar uma semana no hospital, sem conseguir participar do funeral de Patrick, sem poder dar um último adeus ao seu melhor amigo. Karen e Ben o visitaram após a cirurgia, e a esposa de Patrick lhe disse, aos prantos, o quão contente Patrick teria ficado por Dante ter sobrevivido e agradeceu por ele ter tentado proteger seu marido. Nenhum dos dois culpou Dante pelo que havia acontecido ao amado marido e pai, no entanto, Dante não conseguia superar o desejo de que fosse ele em lugar do parceiro, de ter decepcionado Patrick de alguma maneira, por não ter sido ele a morrer.

Culpa de sobrevivente.

Foi como o psicólogo do departamento chamou, dizendo a Dante que isso era comum, considerando as circunstâncias. O comentário fez Dante ter vontade de mandar o doutorzinho num soco para o outro lado da sala. Que diabo havia de normal, em desejar estar morto?

- Você está bem? – Disse a voz baixa e preocupada de seu irmão Grady, da porta do quartinho. – Precisa de alguma coisa? Falta só uma hora para pousarmos. Achei que ouvi alguma coisa cair aqui dentro.

Engraçado que Dante e seus irmão sempre quiseram proteger Grady – geralmente, sem sucesso – de ser o primeiro alvo do pai abusivo e alcoólatra. E agora, era justamente Grady o irmão tentando cuidar dele. Cada um de seus irmãos estivera no hospital, em Los Angeles, assim que souberam que ele havia se ferido. Mas ele estava indo com Grady para sua casa de veraneio no Maine, uma casa que Dante tinha, mas só vira algumas poucas vezes, desde que havia sido construída. Cada um dos irmãos Sinclair tinha uma casa na Península de Amesport, mas só Grady de fato fizera do local o seu lar permanente. Dante torcia para conseguir fugir para lá e parar de ter pesadelos revivendo os últimos momentos da vida de Patrick. Nesse momento, a única coisa que ele via, toda vez que fechava os olhos, era Patrick morrendo.

À época, Dante não havia percebido que Patrick dava seu último suspiro, ao cair no chão com um ofego, os olhos ainda abertos e a cabeça coberta de sangue. Agora que sabia, Dante não conseguia parar de ter a visão aterrorizante, repetidamente.

Eles agora estavam voando no jato particular de Grady, seguindo de Los Angeles para Amesport, Maine. Eles pousariam num pequeno aeroporto, na periferia da cidade.

- Uma cerveja cairia bem – Dante disse a Grady, numa voz atormentada, sem olhar para o irmão, mergulhando o rosto nas mãos. – Ai! Merda! – Dante afastou as mãos, a dor dos ferimentos ainda recentes provocados pelo gesto.

- Álcool e analgésicos não combinam – mencionou Grady, calmamente pegando o laptop no chão. Milagrosamente, o computador ainda estava funcionando e Grady franziu o rosto ao abrir a tampa e ver o que o irmão estava vendo. – Você estava assistindo ao funeral? Estávamos todos lá, Dante. Eu sei que você ficou mal por não poder ir, mas todos nós fomos porque você não podia estar presente.

Todos eles tinham ido e o fato de que os irmãos e a irmã tivessem comparecido ao enterro por ele, que ainda estava hospitalizado, e prestarem suas homenagens a um homem que nem conheciam, o comoveu profundamente, de um jeito que eles jamais saberiam. Eles foram em seu lugar, unidos, em apoio a ele, no enterro de Patrick. Isso representava muito para ele, porém...

- Eu tive que ver. – Dante ergueu os olhos para o irmão mais velho, com o rosto inexpressivo. – E eu não estou tomando analgésicos. – Podia até ser tolice, mas sentir a dor de seus ferimentos parecia, de algum jeito, fazê-lo sentir-se menos culpado por ainda estar vivo. Se ele estava sofrendo, era para pagar o preço de ainda estar vivo, enquanto Patrick estava debaixo da terra.

O psicólogo achava que ele estava com pensamentos autodestrutivos. Dante não dava a mínima.

- Espere aí – Grady respondeu, sério, saindo rapidamente e voltando com uma garrafa de cerveja. Ele tirou a tampa e entregou a Dante. – Não é exatamente a coisa mais saudável que você poderia tomar agora, mas duvido que possa prejudicar.

Dante virou a cabeça para trás e deu uma golada no líquido frio, deixando que escorresse por sua garganta, subitamente questionando a inteligência de fazê-lo. O gosto trouxe uma torrente de lembranças, todas das inúmeras vezes que, ao longo dos anos, ele e Patrick saíam juntos para tomar uma cerveja. Ele bebeu depressa, enquanto Grady o observava pensativo, e devolveu a garrafa ao irmão, depois de esvaziá-la. – Valeu.

Grady pegou a garrafa da mão de Dante com uma cara séria. – Você está bem? – ele perguntou de novo, com a voz rouca. – Eu sei que seus ferimentos doem muito, mas vão sarar. Não é isso que estou perguntando. Preciso saber se *você* está bem.

Dante ficou encarando o irmão mais velho, e a preocupação estampada em seu rosto quase o quebrou. Embora os irmãos Sinclair tivessem se espalhado para regiões distintas do país, depois de deixarem para trás a infância e adolescência infernais, a afeição que tinham uns pelos outros nunca morreu. Eles podiam se reunir somente em ocasiões raras, mas ainda se preocupavam uns com os outros. Ele vira isso nos olhos de todos os seus irmãos, no hospital.

A ansiedade e a angústia que se alojaram profundamente nos olhos de Grady, finalmente fizeram com que Dante admitisse, pela primeira vez – Não. Acho que não estou.

Patrick estava morto. Dante queria ter morrido em seu lugar. Seu corpo estava repleto de dor e tudo dentro dele estava frio e escuro.

Naquele exato momento, quando fixou os olhos nos olhos do irmão mais velho, Dante não tinha certeza se jamais conseguiria ficar bem outra vez.

Capítulo 2

—Você leu a minha coluna hoje?

A Dra. Sarah Baxter mordeu o lábio para conter o riso, ao olhar para sua paciente idosa, ainda sentada na maca de exame, depois de uma consulta de rotina. Elsie Renfrew era excêntrica, mas também era membro do Conselho Municipal de Amesport e a maior fofoqueira da cidade, portanto, estava longe de ser demente. Sarah se tornara muito afeiçoada à senhora mais velha, mas sabia bem o quanto ela era astuta e Elsie sabia dos assuntos pessoais de praticamente todos os moradores de Amesport. A maioria das pessoas da cidade a chamava de Elsie, a Informante, mas a sra. Renfrew tinha poder e influência suficientes para fazer com que ninguém se atrevesse a mencionar esse apelido diante da venerável dama. Sarah realmente admirava a vivacidade da idosa, mas ela se via constantemente monitorando o que dizia perto dela. Até um comentário casual sobre outro morador de Amesport poderia acabar na coluna "O que acontece em Amesport", assinada por Elsie para o *Amesport Herald*, se houvesse alguma informação suculenta. Sarah podia até admirar o fato de que sua paciente tivesse mais de oitenta anos e ainda era tão ativa na comunidade, mas ela também prontamente admitia que a sra. Renfrew ocasionalmente dava medo.

O menor deslize e a aparente mulher meiga poderia distorcer a informação e transformá-la num motivo de fofoca na cidade. Não que Elsie fosse mal intencionada. Ela só achava que era seu dever relatar quaisquer notícias em Amesport, já que suas raízes na área vinham desde a época em que a cidade havia sido fundada.

- Não, sra. Renfrew, eu não tive a chance de ler o jornal hoje. – Sarah sabia que estava mentindo descaradamente, mas rapidamente justificou o fato, pois uma pequena mentira era melhor que outra opção. Ela tinha lido o jornal essa manhã, durante o café da manhã, incluindo o artigo de Elsie, intitulado "Outro bonitão Sinclair regressa para Amesport ferido". Se havia algo que Sarah decididamente não queria que a sra. Renfrew soubesse era seu profundo conhecimento sobre essa situação, mais que qualquer pessoa na cidade – exceto a família do assim chamado bonitão.

- Ora, querida, faz séculos que eu lhe disse para me chamar de Elsie. – A mulherzinha miúda de cabelos grisalhos deu um tapinha afetuoso no braço de Sarah e pulou ágil para o chão, com os tênis absorvendo o impacto. Era incrível que Elsie ainda parecesse elegante, mesmo de tênis e um conjunto vermelho de moletom.

Sarah suspirou ao estender o braço para pegar a senhorinha pelo braço, para ter certeza de que ela estaria equilibrada. Ela ainda não estava acostumada à informalidade da amistosa cidade costeira de Amesport. – Você me disse sim. Desculpe, Elsie. – Mesmo após quase um ano atendendo ali, Sarah ainda tinha dificuldades de chamar seus pacientes pelo primeiro nome, se eles pedissem, e percebera que os conhecia bem, pois todos preferiam que fosse assim.

Ela tinha feito sua residência em medicina e passara o primeiro ano já atendendo em Chicago, raramente vendo um paciente por muito tempo, antes de passar a outro. Seu foco havia sido nos pacientes hospitalizados, por isso, ela raramente tivera a chance de conhecer algum deles pessoalmente, exceto por alguns que exigiam uma internação prolongada.

Sarah estremeceu, uma reação que tinha agora, quando pensava em adentrar um hospital.

- Eu meio que achei que você talvez acabasse sendo a médica a cuidar dos ferimentos de Dante Sinclair, quando ele chegasse aqui. – Elsie ergueu uma sobrancelha com uma expressão maliciosa no rosto. – Não é o caso de nós termos muitos médicos por aqui.

Sarah sacudiu a cabeça, focando sua atenção na paciente. – Mesmo que eu fosse atendê-lo, Elsie, eu não poderia lhe dizer. Confidencialidade do paciente. – *E graças a Deus por isso.* Ser médica dava a Sarah uma boa desculpa para se fechar, quando Elsie fazia quaisquer perguntas sobre outros residentes.

- Então, você está dizendo que vai ser a médica de Dante Sinclair? – Elsie disse, sagaz, lançando um olhar interrogativo para Sarah. – Mas não pode me contar, por conta da ética médica?

- Não. Eu não disse nada disso. – Elsie não iria forçá-la a dizer nada. – Eu só estava lembrando a você que nenhum médico pode fazer fofoca sobre nenhum de seus pacientes – Sarah disse, firmemente, sabendo que se desse a mão, Elsie pegaria o braço. A senhorinha determinada iria cercá-la, até obter uma resposta.

- Ele é muito rico, você sabe. Solteiro e um herói. Atirou-se na frente do parceiro para tentar salvar-lhe a vida, e matou o atirador, para que ninguém mais se ferisse. Ele seria um bom partido para você, meu bem – Elsie disse, pensativa. – Beatrice e eu estávamos falando sobre vocês dois, essa manhã.

Ai, Deus. Só em pensar em Elsie falando com Beatrice Gardener sobre seu destino era algo aterrorizante para Sarah. Beatrice era a segunda maior fofoqueira de Amesport e se considerava a casamenteira da cidade. Por volta da mesma idade, as duas mulheres eram absolutamente letais quando se juntavam. – Não estou procurando um homem – ela logo disse à idosa, com a voz quase desesperada.

Elsie abriu a boca para discutir, mas surgiu uma batida na porta, antes que ela pudesse dizer o que queria.

- Entre – Sarah disse, ansiosa. Por favor, por favor, pode entrar.

Kristin, a animada ruiva e gerente do consultório, também sua assistente, enfiou a cabeça para dentro. – Tudo pronto para fazermos seu exame de sangue, Elsie. – Kristin terminou de abrir a porta e gesticulou para que Elsie fosse com ela.

- Obrigada – Sarah gesticulou com a boca, silenciosamente, conforme os lábios de Elsie se curvaram abaixo, numa expressão irritada. Elsie ficou obviamente descontente por não ter atingido seu objetivo, mas seguiu, relutante, em direção à porta. Sarah gritou para Elsie – Tenha um bom dia. Eu a verei novamente em algumas semanas, para repassarmos seu exame de sangue.

- Lembre-se do que eu disse – Elsie falou, por cima de seu ombro delicado. – Beatrice e eu raramente nos enganamos. Vocês são perfeitos um para o outro. Beatrice está tendo uma daquelas intuições sobre vocês dois.

- Está bem – Sarah respondeu baixinho, dando um suspiro de alívio, quando Elsie saiu. Kristin deu uma piscadela ao fechar a porta, deixando Sarah sozinha, para seu deleite.

Graças a Deus.

Não era que Sarah não gostasse de seus pacientes e, na maior parte do tempo, ela tinha uma conversa animada com Elsie, sobre outras coisas que não revolvessem em volta das fofocas de Amesport. Mas sua paciente decididamente estava em missão informativa hoje, e Sarah tivera receio de inadvertidamente deixar escapar algo em sua expressão, porque ela era uma péssima mentirosa. Era terrível nisso.

Provavelmente, porque eu nunca tive nenhum amigo para quem mentir, antes de vir para cá.

Ela nunca tivera nenhuma necessidade ou motivo para mentir. Quando lidava com dados científicos, a mentira geralmente era desnecessária.

Dante Sinclair seria, sim, seu paciente. Ela já havia estudado toda sua ficha médica, sabia que ele estava vindo de avião de Los Angeles. Ela também tinha falado com o departamento de psicologia que o atendera. Na noite anterior, ela havia analisado seus ferimentos e lido seu histórico, dedicando-se a tudo a respeito de sua condição física e também do incidente que causara seus ferimentos.

Ele perdeu o parceiro. Deve ter sido uma experiência horrenda para ele. Ainda assim, ele foi capaz de matar um serial killer, mesmo depois de ser atingido várias vezes. E fez isso enquanto protegia seu parceiro, que já tinha sido ferido fatalmente.

Sara não podia negar que Dante Sinclair era um herói, mas, a julgar por seus registros psicológicos, ele não estava encarando muito bem a morte do parceiro e demonstrava um comportamento autodestrutivo.

Culpa de sobrevivente.

Embora Sarah não fosse psicóloga, e, honestamente, não compreendesse inteiramente o seu próprio comportamento emocional, isso fazia sentido para ela, num sentido um tanto conturbado.

A culpa de sobrevivente é um estado mental que ocorre quando uma pessoa se enxerga como alguém que fez algo errado por ter sobrevivido a um evento traumático, quando outros sucumbiram.

Se Sarah não tivesse tido que lidar com um trauma psicológico pessoal, no ano anterior, ela talvez dissesse que a culpa de sobrevivente é algo totalmente ilógico. Mas ela não podia mais dizer isso. As reações mentais não eram lógicas, mas aconteciam, e podiam destruir as vidas daqueles que passavam por elas.

Rapidamente deixando a sala de exames, Sarah entrou em seu pequeno consultório e tirou o jaleco, vestiu uma calça jeans e uma camisa roxa de mangas curtas. Depois de pegar a bolsa e calçar um par de sandálias, ela seguiu silenciosamente pelo corredor, querendo sair pela porta, antes que voltasse a encontrar Elsie. Kristin estava fazendo os exames laboratoriais de rotina, mas isso não iria demorar.

Não posso acreditar que estou saindo escondida, como uma criminosa, do meu próprio consultório.

Respirando fundo, ao deixar o prédio, ela deixou que o aroma e a sensação da cidade costeira lhe confortassem a alma. Amesport era grande o suficiente para abrigar tudo que ela precisava, mas era pequenina o bastante para ainda ser singular. Seu consultório ficava no centro da cidade e a área estava movimentada, como sempre acontecia durante a temporada de turismo, no começo da tarde. A umidade fazia com que seu cabelo louro até os ombros, encaracolassem nas pontas, por conta própria, mas ela ignorou. Ela não voltaria ao consultório para pegar uma fivela e estava ficando acostumada ao clima de Maine fazendo maluquices em seu cabelo. Ao seguir rumo ao seu carro 4x4, ela desejou ter tempo para dar uma volta pela praça. Ela ansiava por um café da Brew Magic, cafeteria local, e gostava de perambular pela Main Street. Na maior parte do tempo, ela caminhava até o trabalho, mas hoje ela viera de carro, sabendo que teria de dirigir até a península.

Sarah seguiu lentamente dirigindo pela cidade, notando os turistas e frequentadores da praia, pensando em seu novo paciente. Ela sabia muito bem o motivo para ter obtido Dante Sinclair como paciente. Seu consultório não era tão movimentado quanto os dos outros médicos da cidade, porque ela só atendia pacientes em consultas, não em internações, e estava ali havia apenas um ano. Se surgisse um paciente que precisasse ser internado no pequeno hospital local, ela transferia o atendimento para um dos outros médicos. Ela tinha mais tempo que os colegas para checar Dante Sinclair em sua casa, algo que era exigido, devido ao seu estado. Além disso, ele era um Sinclair, e ela ouvira falar sobre a abastada família Sinclair, desde o primeiro dia em que chegou à cidade. Grady Sinclair era visto com admiração, porque usava sua riqueza e poder para melhorar as coisas na cidade de Amesport. E todos sabiam da história de como Grady havia salvado o Natal do centro juvenil. Agora que ele havia se casado com a diretora do Centro Juvenil de Amesport, era considerado um herói local.

Era difícil acreditar que Grady Sinclair um dia havia sido considerado uma fera anti-social. Mas isso certamente não era verdade agora e Emily, esposa de Grady, tinha se tornado paciente e amiga de Sarah, inicialmente passando a ser atendida por Sarah por preferir uma médica mulher para seus exames de rotina. Sarah gostava de Grady e ele era muito agradável e pé no chão, considerando-se o fato de ser um bilionário e ter vindo de uma família de Boston que fora abastada, por muitas gerações.

Que tipo de cara é um bilionário e se torna um policial, um detetive de homicídios, em Los Angeles?

O cérebro de Sarah funcionava como um computador, tentando analisar dados, mas ela sempre ficava sem resposta para essa pergunta. Ela tinha um QI de gênio, mas o que Dante Sinclair havia feito era simplesmente... irracional.

Ele é um paciente como qualquer outro. Eu certamente não preciso me preocupar com sua escolha incomum para uma carreira.

Sarah deixou a cidade sacudindo a cabeça, imaginando por que seu cérebro estava tão curioso em relação a Dante Sinclair.

Talvez seja porque eu passei o fim de semana inteiro ouvindo recados e apelos de seus colegas, irmãos e amigos.

No instante em que o funeral havia terminado, o telefone de seu consultório passou a tocar continuamente, forçando Kristin a deixar que a secretária eletrônica começasse a atender as ligações. Sarah supunha que os irmãos dele disseram aos colegas policiais de Los Angeles para onde Dante Sinclair ia e quem ficaria encarregado de cuidar dele. Entrava uma ligação atrás da outra em seu consultório, de pessoas de Los Angeles, desde todos os seus irmãos, até seus colegas de pôquer, implorando para que ela ajudasse Dante a voltar ao normal. Muitos deles tinham oferecido para fazer qualquer coisa por ele. Certamente, Los Angeles tinha muitos policiais, mas Sarah nunca tinha visto nada semelhante à onda de preocupação por Dante Sinclair. Muitas das pessoas tinham até oferecido dinheiro para ajudá-lo, caso ele precisasse, provavelmente, pessoas que não se deram conta de que ele tinha sido ferido no cumprimento do dever e todas as suas despesas médicas estavam completamente cobertas. Mas estava bem claro que nenhuma das pessoas que ligou – exceto seus irmãos – sabia que Dante era, junto com seus quatro irmãos, provavelmente uma das pessoas mais ricas do planeta. A tristeza dessas pessoas que ligavam era genuína, levando Sarah a pensar que Dante Sinclair só podia ser um cara e tanto, antes desse incidente.

Ao aproximar o carro do portão de entrada da península, ela esperou que os portões automáticos fossem abertos, permitindo sua entrada no território dos Sinclair. Toda essa imensa extensão de terras além do portão pertencia à família Sinclair e era uma propriedade magnífica. Sarah sempre quis vê-la, mas nunca tivera um motivo para adentrar a área... até agora. Emily morava com Grady numa casa no final da península, mas elas sempre se encontravam na cidade, porque era mais fácil.

O estrondo de um trovão assustou Sarah e ela olhou para as nuvens escuras que se aproximavam, enquanto seguia pela entrada de carros, parando na primeira vaga, à direta. Ao se aproximar da casa, ela não pode deixar de ficar boquiaberta, ao estacionar seu carro, distraidamente, vagamente percebendo que a estradinha privativa que conduzia à casa de Dante Sinclair se abria a uma entrada de carros grande o suficiente para abrigar uma frota inteira de veículos.

A casa era enorme e construída ao estilo de Cape Cod, exatamente igual à sua pequena residência, fora da cidade. Mas essa casa não era nenhuma casinha aconchegante, com uma metragem provavelmente dez vezes maior que a de sua casa.

- Quem tem uma casa desse tamanho e nunca usa? – ela murmurou consigo mesma, com a visão obscurecida pela chuva que começava a cair, pingos largos descendo sobre o seu pára-brisa, cada vez mais rápido.

Pegando a bolsa, Sarah abriu a porta do carro e deu uma corrida até a entrada da frente. Ela bateu e depois tocou a campainha, sentindo-se ligeiramente ansiosa. Embora ela ficasse totalmente à vontade no consultório, com seus pacientes, ela ficava meio constrangida socialmente, em situações não profissionais, provavelmente por ter sido tão acelerada na escola. Ela nunca tivera amigos de verdade, até se mudar para Amesport, e a maioria dos alunos com quem ela estudou, a viam como uma nerd – o que ela realmente era – ou eram velhos demais para fazerem amizade com ela, por não terem muito em comum.

Socialmente, as coisas simplesmente saíam de sua boca, sem que ela pensasse muito a respeito. A maioria de seus comentários provavelmente era incrivelmente chata para boa parte das pessoas do mundo, a menos que realmente quisessem saber cada detalhe científico do universo. Ou qualquer outro fato, dos milhões que permaneciam em sua cabeça, por mais que ela estudasse ou lesse sobre eles. Ela parecia reter informação como um computador, com um espaço de armazenagem ilimitado.

Talvez ela estivesse, sim, se acostumando a conversar trivialidades desde que viera para Amesport, mas tinha dificuldades com as conversas do dia a dia, com pessoas que não conhecia muito bem.

Ele ainda é um paciente. Só vou fazer sua consulta em sua casa. Um paciente é um paciente, não importa onde eu o atenda. Falaremos sobre seu estado médico, o que podemos fazer para acelerar sua recuperação, e pronto. Ele está ferido. Não vai esperar nem querer conversas sociais.

Sarah passou as mãos acima e abaixo, nos braços, desejando que ele atendesse à porta. A varanda tinha um toldo, mas o vento estava tão brutal que ela ainda estava ficando encharcada pelos respingos da chuva.

Ele tinha que estar em casa. Ela tinha chegado exatamente na hora que fora solicitado para sua consulta inicial e Dante Sinclair não estava exatamente em condições de estar em nenhum outro lugar, a não ser em casa. Ela estendeu a mão até a maçaneta ornamentada e apertou, descobrindo que a porta estava destrancada. Pressionando levemente a porta, ela se viu em pé no imenso foyer da casa.

Não posso simplesmente ir entrando na casa dele!

Mas, aparentemente, ela podia – e tinha acabado de entrar. Talvez ela não pudesse, mas, e se ele estivesse machucado, e se precisasse de ajuda?

- Sr. Sinclair – ela chamou hesitante, mas claramente. Sua voz ecoou pela sala gigantesca, à sua frente. Ela chamou mais alto e mais firme, tirando as sandálias molhadas junto à porta, começando a adentrar a casa. Seu temor pela segurança dele estava se sobrepondo ao receio de estar invadindo a sua casa. Pouco tempo depois, após procurar pela casa inteira, Sarah ainda não havia conseguido encontrar seu paciente.

Sarah estava prestes a desistir e ligar para o seu irmão Grady, quando ouviu uma batida ruidosa perto da cozinha. Ela encontrou uma porta fechada que achou ser um armário e abriu, percebendo que, na verdade, era a entrada de um porão. Ela desceu a escada voando e parou, subitamente, no pé dos degraus, vendo uma silhueta masculina imensa erguendo o que parecia um par de pesos extraordinariamente pesados, erguendo-os acima da cabeça, repetidamente.

Sem dúvida, ela estava vendo Dante Sinclair.

Ele não a ouviu chegar porque estava de headphone e a música heavy metal estava tão alta que ela conseguia ouvir, lá da escada.

Uma prova maior de que esse era, de fato, Dante Sinclair, era o corte visível em seu rosto e um hematoma gigantesco no peito e dorso esculpidos que, fora isso, eram perfeitos. Ele estava vestindo só uma calça de moletom, com o elástico pendendo em seus quadris, como uma amante, a bela trilha de pelos escuros abaixo de seu umbigo sumindo por dentro do cós da calça.

Os olhos dela voaram de volta ao rosto dele, observando o suor se formando e pingando de sua testa e acentuadas maçãs do rosto, pingando em seu peito. Seu cabelo escuro era quase tão curto quanto de militar e estava encharcado de suor. Seu rosto estava contorcido de dor e Sarah sabia que não era do exercício. Seria preciso muito mais esforço para fazer com que um corpo tão musculoso e tonificado como aquele suasse. Porém, com esse tipo de ferimento, ela já tinha visto homens feitos chorando, só por fazer um movimento errado, ou simplesmente respirando. Costelas quebradas causavam uma dor excruciante e a atividade que ele estava realizando, nesse momento, não fazia sentido algum.

Que diabo ele está pensando?

Ela se aproximou e arrancou um dos pesos da mão dele e soltou no chão. Antes que ele pudesse reagir à sua presença, ela arrancou o outro, deixando cair no chão com um estrondo ruidoso, reconhecendo o barulho exatamente como o que ela ouvira lá de cima. Ele obviamente tinha soltado os pesos.

- Quem é você? – ele rugiu num tom baixo e perigoso. Ele tirou o headphone e a música parou. Depois de soltar o fone numa cadeira próxima, ele virou e olhou-a de cara feia.

Agora irritada, Sarah o ignorou. – Você está tentando fazer com que os seus ferimentos fiquem piores do que já estão? – Colocando as mãos nos quadris, ela o encarava fulminante. Ela era alta para uma mulher, tinha 1m74, mas ainda precisava inclinar a cabeça para trás, para olhar para ele. Ele tinha de ter pelo menos 1m90. Honestamente, ela estava surpresa que, em suas condições, Dante Sinclair estivesse sequer de pé, quem diria levantando pesos. – Se isso dói, não faça, enquanto está se recuperando. Você é masoquista, ou só completamente ignorante? – Era uma pergunta sensata, depois do que ela acabara de ver. A pergunta era... por que ele estava fazendo isso? Ele tivera sorte, considerando a quantidade de tiros que ele tinha levado. Por que motivo desse mundo ele iria querer uma situação dolorosa ainda pior?

Sarah ficou olhando o rosto dele, fascinada pelas narinas tremulando e os olhos castanhos hostis e conturbados. Ele não parecia mais estar sentindo dor – pelo menos, não fisicamente. Ele a olhava como se quisesse estrangulá-la, ou a qualquer um que impedisse de fazer exatamente o que ele quisesse.

Esse é o mesmo cara que todos querem que eu ajude, porque gostam dele?

De alguma forma, ela não conseguia conciliar o homem à sua frente com o homem que todos queriam ver curado. Seu maxilar estava com barba por fazer e ele não parecia querer nada, além de ser deixado em paz.

- Masoquista e ignorante? – Sarah murmurou em voz alta, imaginando se ele pretendia dizer algo.

- Você invadiu a minha casa. E eu disse ao Grady que não precisava de uma porra de uma babá – Dante finalmente respondeu, com a voz rouca e falhada. – Vá embora.

Sarah cruzou os braços. – Grady não me mandou. E eu não invadi a sua casa. A porta estava destrancada.

- Não me interessa quem a mandou. Apenas dê o fora da minha casa.

- Não posso. Não sou uma babá – Sarah respondeu, calmamente. Estou aqui para cuidar de você.

- Nesse caso... pode tirar a roupa – ele respondeu, na lata. – Não transo há um tempo e essa é a única ajuda que eu preciso de você.

Ele não tem a intenção de dizer nada do que está dizendo. Está tentando me chocar para me fazer ir embora.

- Sexo é outra atividade que você não deve desfrutar, por pelo menos algumas semanas – Sarah respondeu, sem deixar que ele tivesse o gostinho de abalá-la com seus comentários indecentes. – Você precisa se deslocar, mas não de forma extenuante. – Ela estava acostumada a comentários depravados, vindos de pacientes homens, mas geralmente acontecia com idosos acima de oitenta anos, com demência. – Precisa de ajuda para subir?

Sarah esperou, enquanto via a expressão dele mudar de hostil e zangado para confuso e irritado. Não era muita coisa, mas era algo e isso lhe dizia exatamente o que ela precisava saber. Ela estava começando a perceber que esse Dante, o homem zangado à sua frente, era uma fachada. Ele havia perdido seu melhor amigo – seu parceiro – e quase perdera a própria vida. Parte dele desejava que tivesse morrido no lugar do amigo e ele provocaria o próprio sofrimento por não ter morrido, embora o incidente não tivesse sido culpa sua. Parte do trabalho dela era garantir que ele passasse essa fase de recuperação sem se machucar. Ele já tinha passado por muita coisa e a indignação dela sumiu, dando lugar à compaixão. Ela ainda estava zangada por ele estar fazendo algo tão imbecil, mas meio que entendia o motivo.

- Eu não preciso da ajuda de ninguém – ele negou, com uma voz rabugenta, seguindo em frente mancando, para subir a escada.

Sarah foi atrás dele, sem conseguir ignorar totalmente o traseiro incrivelmente rijo que qualquer mulher teria dificuldade de não querer apalpar. Repreendendo a si mesma por ficar olhando esses glúteos incríveis, ela viu seu corpo grande dolorosamente subir a escada. Ele cambaleou algumas vezes, mas conseguiu subir, sem incidentes.

Na cozinha, ele virou de frente para ela. – Você tem que ir embora. Não quero ninguém aqui.

Ele quer ficar sozinho para lamber as próprias feridas. Sarah entendeu essa parte, mas não ia acontecer. Ela tinha um trabalho a fazer e ele tinha ferimentos que precisavam ser verificados.

Ela se opôs – Você precisa de um banho. Não apenas está fedorento, mas precisa manter seus ferimentos limpos.

- Você está pretendendo me ajudar nisso? – ele perguntou secamente, sem tom de provocação.

- Não. Se você pôde subir a escada, presumo que possa se lavar sozinho.

- Você já está molhada – Dante respondeu, com a voz rouca, estendendo a mão para pegar um cacho de seu cabelo molhado. – Você podia ser útil e me ajudar.

Batendo na mão dele, ela respondeu – Caso você não tenha percebido, está uma tempestade, motivo pelo qual eu fui em frente e entrei. Como eu disse, sua porta estava destrancada. Olhe, se você realmente precisar de ajuda, eu vou ajudá-lo. Posso fazer o meu exame, ao mesmo tempo. – Fazia sentido. Ele talvez estivesse instável, e ela tinha que examinar o ferimento cirúrgico em sua coxa.

Pelo amor de Deus, eu sou médica. Até parece que nunca vi um homem nu.

Se bem que, ela tinha de admitir, ela provavelmente nunca vira um homem nu com o porte tão perfeito quanto o de Dante Sinclair. Mas ela ainda podia ser profissional. Esse negócio todo de atendimento em domicílio a deixou meio desnorteada. Seu consultório era um lugar mais seguro, onde havia limites definidos quanto às suas funções. Ali, ela se sentia deslocada. Com o dinheiro que a família Sinclair tinha, ela esperava encontrá-lo com algum tipo de assistência. Ele obviamente havia recusado.

- Exame? – Dante lançou um olhar duvidoso. – Quem a mandou vir aqui?

Sarah respirou fundo, antes de responder. – O dr. Blair, de Los Angeles. Ele transferiu seu tratamento para mim. Eu fui selecionada para ser sua médica aqui em Amesport, e o consultório do dr. Blair me mandou todo o seu histórico médico e eu já conversei com ele, ao telefone, para obter um relato sobre o seu estado.

- Está de sacanagem comigo? Você sequer é maior de idade, pode beber? – Dante debochou. – O dr. Blair disse que me encaminharia a um *médico*, aqui em Amesport. Eu vou precisar ter alta para voltar ao trabalho. Não que eu ainda queira lidar com médicos, mas isso é uma exigência do meu departamento.

- Tenho vinte e sete anos, Detetive Sinclair. Meu nome é Sarah Baxter, *doutora* Sarah Baxter e eu *sou* sua médica.

Ele a observava com os olhos castanhos claros e Sarah se retraiu ligeiramente. Sem maquiagem e com o cabelo molhado, ela provavelmente parecia ainda mais jovem do que realmente era, e era muito jovem para ser médica.

Finalmente, Dante sacudiu a cabeça e um pequeno sorriso se formou em seus lábios. – Ora, mas essa é boa. Você parece mais uma babá.

Sem dar mais nenhuma palavra, ele virou e seguiu mancando na direção da cozinha, deixando Sarah olhando sua bunda perfeita novamente, enquanto ele se retirava, e ela seguiu atrás dele imaginando se ele sequer acreditou nela. – Sou especialista em doenças internas, não cuido de crianças. Mas cuidar de você certamente começa a me fazer sentir mais como se eu fosse babá – ela murmurou descontente, ao acompanhá-lo até lá em cima.

Capítulo 3

Dante estava sentado à mesa da cozinha, olhando a loura ágil, com grande fascinação, enquanto ela fazia as coisas com movimentos fluídicos, eficientes. Ele não tivera coragem de fazê-la ajudá-lo no chuveiro, embora não fosse se importar se ela o acompanhasse, já que ele não transava há tempos. Em vez disso, ele a fez esperar no quarto, até que ele terminasse, e então deixou que ela olhasse seus ferimentos, com o pau completamente coberto. Ele deu uma risadinha, imaginando se ela tinha notado a barraca armada por baixo da toalha, principalmente quando ela tocou perto do ferimento em sua coxa. Porra, até o cheiro dela o deixava de pau duro. Ela tinha um cheiro do frescor da chuva e baunilha, uma fragrância que subitamente o deixou inebriado.

- Então, você é médica, mesmo? Vinte e sete é bem jovem para ser uma médica formada. – Mesmo recém-saída da escola de medicina, ela era jovem demais.

Mas ela é terrivelmente mandona. Ela tinha assumido a cozinha, sem nem perguntar, avisando que faria algo para os dois comerem, quando descobriu que ele não tinha comido nada naquele dia.

- Eu sou médica. Entrei no primeiro ano de faculdade com doze anos. Concluí duas graduações, em biologia e música, quanto tinha dezesseis anos. Minha formatura da escola de medicina foi aos vinte e um anos, e eu completei minha residência em medicina interna em Chicago, quando estava com vinte e quatro. Exerci a profissão por um ano, em Chicago, antes de me mudar para cá e estou em Amesport há quase um ano. Acabei de fazer vinte e sete anos, semana passada.

- Uma criança prodígio – Dante concluiu, observando Sarah, enquanto ela terminava de fazer os dois sanduíches.

Ela sacudiu os ombros. – Deteste esse termo. Eu apenas tive estudos acelerados.

Estudos acelerados porra nenhuma. Ela é um gênio.

Isso, ele já tinha concluído, só em vê-la falar, mas, nesse momento, não estava muito concentrado no cérebro dela.

Os olhos de Dante viam a bunda arredondada perfeita e suas pernas compridas, imaginando-as em volta da cintura dele, enquanto ele mergulhasse o pau dentro dela. Linda e talentosa seria uma descrição mais apropriada de Sarah Baxter, mas ele não lhe disse isso. Ele cometera o erro de mencionar seus olhos deslumbrantes, momentos atrás, a íris parecendo ter um tom de violeta. Ele fez quase uma dissertação de como eles eram, na verdade, um tom de azul escuro, e que olhos cor de violeta não existiam na escala de cores de olhos de Martin alguma coisa, exceto em casos de albinismo. Ela prosseguiu falando sobre vestir determinadas cores e o nível de luz que faz com que seus olhos pareçam de uma cor diferente. Ele deixou de notar a maioria dos detalhes porque ainda estava encarando aqueles olhos incríveis, enquanto ela falava, imaginando exatamente de que cor eles ficariam, quando vidrados de desejo, quando ela gozasse para ele. Em vez de tediosa, sua inteligência era excitante. Ela era diferente de todas as mulheres que ele já tinha conhecido. Nada parecia realmente surpreendê-la, ou deixá-la zangada – exceto pelo seu momento de estupidez no porão – então, por enquanto, ele havia desistido de irritá-la e passou a fazer perguntas.

- Q.I. de gênio? – ele arriscou, notando que agora seu cabelo estava seco, e era de um tom de louro mais claro do que quando estava úmido, as pontas formando cachos largos.

- Cento e setenta, da última vez que fui testada. Foi um tempo atrás – ela admitiu, parecendo sem graça.

- Nível de Einstein – ele comentou, casualmente.

Sarah colocou um sanduíche de presunto na frente dele e gesticulou para que ele comesse. – Na verdade, Einstein nunca fez um teste de Q.I. Há somente uma estimativa quanto ao Q.I. dele ter sido entre cento e sessenta e cento e oitenta. Ninguém nunca soube, ao certo.

- Nível de Einstein – ele confirmou, entretido ao ver que as informações pareciam simplesmente voar de sua boca. Será que ela tinha alguma conversa normal? Dante pegou o sanduíche e começou a comer, surpreso por realmente sentir fome, pela primeira vez, desde que fora alvejado. Infelizmente, ele perdeu seu apetite, assim que ela trouxe os comprimidos para dor e um copo de suco, depois de alguns minutos. – Não vou tomar esses comprimidos. Tomei alguns, há pouco tempo. – Ele achou que seria mais fácil, simplesmente deixar que ela pensasse que ele já tinha tomado. A última coisa que ele precisava era de outra porra de discurso, sobre esses comprimidos.

- Não tomou, não. – Sarah colocou o suco e os comprimidos ao lado do prato dele, trouxe o sanduíche dela e o leite até a mesa, e sentou na cadeira de frente para ele.

Dante fez uma cara feia, olhando a expressão descontente de Sarah. Não, ele não tinha tomado os comprimidos, mas geralmente era bom em enrolação. Ele tinha desenvolvido esse talento em seu emprego. – Como é que você sabe?

Os olhos dela o penetraram com uma expressão que o atingiu no âmago, um olhar que dizia que ela sabia que ele estava mentindo e estava decepcionada. Ela deu uma mordida no sanduíche, mastigando pensativa, antes de responder. – Provas, Detetive Sinclair. Você deveria entender disso melhor que qualquer um. Foram prescritos sessenta comprimidos e ainda têm sessenta comprimidos no frasco. Cheguei à uma conclusão óbvia. Você não tomou nem um sequer.

Merda. Fui pego! Eu realmente não gosto do fato de que ela seja tão inteligente! Ela contou cada comprimido. Que médico faz uma merda dessas?

Ela deu um gole no leite, antes de continuar. – Você está respirando ofegante. Tenho certeza de que o outro médico lhe disse como era importante, nesse momento, respirar profundamente e tossir, para evitar pneumonia, por conta das suas costelas quebradas. Você precisa dos analgésicos por um tempo, para conseguir suportar a dor da tosse e da respiração profunda. Todos os seus outros ferimentos estão cicatrizando bem.

- Eu quero sentir a dor – Dante admitiu, testando.

- Por quê?

Dante ficou olhando os olhos de Sarah. Agora, ele não o estava julgando, nem estava tentando acalmá-lo como o psicólogo do departamento. Ela estava simplesmente... curiosa. O que ele estava fazendo, não tinha sentido em sua mente lógica.

- O Patrick está morto. Eu estou vivo. Ele tinha esposa e filho, que o adoravam. – Merda. Como ele poderia explicar para Sarah, como se sentia, se ele mesmo não entendia? Ele só sabia que deveria ter sido ele. O que ele tinha? Seus irmãos se preocupavam com ele. Ele sabia disso. Mas não era como ter a vida do Patrick, com Karen e Ben. Eles eram uma família. Patrick era pai. Seu filho agora estava órfão de pai, e a esposa era viúva.

Dante nunca tinha sido próximo de uma mulher. Claro, ele transava sempre que possível, mas, geralmente, com mulheres que queriam algo casual, como ele. Ser um detetive de homicídios era um trabalho que se estendia por vinte e quatro horas diárias, sete dias da semana. Ele era o emprego. Ele comia, respirava e dormia o emprego. E gostava que fosse assim.

- Eu entendo que você perdeu seu melhor amigo e seu parceiro, mas o que isso tem a ver com você se cuidar? O que vai mudar, se você tomar sua medicação? – Sarah perguntou confusa.

- Eu que deveria ter tomado aquela bala. Eu não teria deixado um filho sem pai e uma viúva de luto. Patrick tinha muito pelo que viver. Porra, eu sabia os riscos do meu trabalho quando assumi, e aceitava o fato de que poderia morrer a qualquer momento, tentando tirar assassinos das ruas.

- E você acha que o Patrick não sabia disso também?

Ele morreu fazendo exatamente o que queria fazer. Ele adorava ser um detetive e ser seu parceiro. Isso não foi culpa sua.

Nós dois sabíamos dos riscos. Eu os aceitei, quando formamos nossa parceria.

O corpo grande de Dante estremeceu, enquanto as palavras de Sarah flutuavam em sua cabeça. – Ele aceitava intelectualmente, mas acho que não achava que realmente pudesse acontecer com ele – ele finalmente respondeu, a contra gosto.

- As pessoas lidam com empregos arriscados de formas diferentes. Tenho certeza de que ele sabia, mas não ficava pensando nisso – Sarah respondeu, com sensatez. – E, a julgar pela quantidade de telefonemas e recados que eu tive que ouvir, por conta da preocupação das pessoas com você, eu diria que você deixaria a mesma quantidade de gente de luto. Tome os comprimidos, Detetive Sinclair. E considere-se sortudo por tantas pessoas se importarem. – Sarah olhou-o diretamente, enquanto levantava e levava seu prato vazio até a pia.

Num ímpeto súbito de frustração, Dante passou com força a mão no lado esquerdo da mesa, para fazer os comprimidos voarem da superfície. A mão dele errou o frasco e bateu no copo de suco, lançando-o pelo ar, na direção de Sarah. O copo espatifou perto da pia, bem ao lado de onde ela estava. Com a reação ao barulho, ela deu um passo atrás e o pé descalço pisou bem em cima dos cacos de vidro.

- Ai! – ela recuou confusa e o outro pé pisou em outro pedaço de vidro. Dessa vez, ela foi menos cuidadosa com as palavras. – Merda! – Subitamente parando, ela analisou a situação, seus olhos vendo o chão, antes de recuar da sujeira de vidro e suco, pegando uma porção de toalhas de papel. Ela sentou de volta na cadeira e lançou um olhar acusador para Dante. – Você estava tentando me acertar? Se estava, você tem uma péssima pontaria.

Horrorizado, Dante viu o sangue empoçando e manchando o chão onde ela tinha pisado. Tão rápido quanto pôde, ele contornou a mesa e ajoelhou, alheio à dor que isso lhe causou. Ele poderia ter dito a ela que era especialista em tiro, um dos melhores de toda a corporação, e se mirasse em alguma coisa, ele não errava. – Porra! Eu não eu estava tentando acertá-la. Foi um acidente. – Ele olhava, enquanto ela catava pedacinhos de vidro e tirava dos pés, colocando-los cuidadosamente numa toalha de papel, na mesa, e tentava conter o fluxo de sangue de seu pé direito, obviamente o pior dos dois, já que era o pé que minava sangue. – O que posso fazer? Vou levá-la ao hospital.

- Não!- Sarah exclamou, com um tom ligeiramente excessivo. – Eu sou médica. É superficial. Eu mesma posso cuidar. – Ela apontou na direção da entrada da cozinha. – Preciso de um pouco das ataduras que usei no seu braço e perna.

Dante foi pegar como se estivesse com a bunda pegando fogo, mesmo com seus ferimentos, sentindo-se inútil e muito culpado. Em instantes, ele estava de volta com o saco de ataduras para dar pra Sarah. Até a hora em que se ajoelhou novamente diante dela, ela já estava examinando o outro pé.

- Aranhão superficial – ela murmurou, olhando o pé esquerdo, seus cachos louros caindo sobre seu rosto abaixado, para olhar bem de perto. Ela rapidamente cobriu o corte com gaze, e voltou para o pé direito.

Dante prendeu a respiração, quando viu o sangue saindo do ferimento. Merda! Ele era um babaca e seu coração apertou, quando ele percebeu que seus atos negligentes tinham machucado Sarah. – Talvez precise de pontos. – Ele podia não ser médico, mas tinha treinamento em primeiros socorros.

Sarah nem olhou pra ele, ao responder. – Precisa ser bem lavado. Eu vou cuidar disso. – Ela embrulhou a atadura em volta do pé, após aplicar várias camadas de gaze, diretamente em cima do corte.

Dante ficou boquiaberto, quando ela levantou e começou a passar o esfregão no sangue do chão e catar os pedaços grandes de vidro. – Deixa! – ele ordenou, num rugido baixo, uma voz perigosa. Ele levantou, passou a mão em volta da cintura dela, e ergueu-a do chão, sem conseguir disfarçar um pequeno gemido de dor que escapou de seus lábios, quando segurou o seu peso e o corpo dela bateu em seu peito, ao girá-la para longe do vidro. Ele estava ofegante ao colocá-la de volta no chão, mas não soltou sua cintura. – Desculpe. Eu não tive a intenção de machucar você, Sarah. Eu só queria me livrar dos comprimidos. Não quis bater no copo. Não queria quebrá-lo. – Merda.

Ele estava tagarelando feito um idiota, mas, por algum motivo, era importante para ele que ela entendesse que machucá-la não tinha sido intencional.

Ela se afastou dele, ao murmurar – Tenho certeza de que não quis. – Mas ela não parecia muito convencida.

Dante a seguiu, quando ela pegou a bolsa na sala e enfiou os pés enfaixados nas sandálias que estavam junto à porta. Depois de abrir a porta, ela olhou de volta para ele. – Olhe, eu entendo que você tenha perdido seu parceiro e lamento por isso. Mas pense em Patrick, Detetive Sinclair. Será que ele iria querer vê-lo fazendo isso, agindo dessa forma? Se você tivesse morrido, iria querer que ele se portasse da maneira como você está se portando? Você não está ajudando seu parceiro nesse momento.

- Eu não quis que você se cortasse – Dante resmungou, ainda aflito pelo sangue que vira no chão.

Sarah olhou-o, obstinada. – Se realmente lamenta, tome a porcaria do remédio. – Sem dizer mais nada, ela foi embora e fechou a porta ao sair.

Incrédulo que Sarah tivesse saído com o pé machucado, Dante escancarou a porta a tempo de vê-la entrando no carro e seguindo pela entrada de carros.

- Mulher teimosa – Dante murmurou irritado, sem conseguir se livrar do sentimento de culpa pelo que lhe fizera, não intencionalmente.

Será que o Patrick iria querer que ele agisse feito um idiota? Porra nenhuma, claro que não. Seu parceiro teria lhe dado uma comida de rabo, para que ele controlasse seu gênio e parasse de fazer essas merdas autodestrutivas. No princípio, logo que se tornaram companheiros de trabalho, Patrick dera vários trancos em Dante, para que ele parasse de agir pela emoção e, à época, Dante aprendera a lição, rapidamente. Ao longo dos anos, Dante aprendera a conter sua raiva, sabendo que um gesto tolo poderia pôr tudo a perder numa investigação.

De volta à cozinha, ele lentamente limpou a bagunça no chão, se retraindo ao remover as gotas de sangue dos ladrilhos. Ele estava ofegante, ao terminar.

Você está respirando ofegante.

Irritado porque as palavras de Sarah Baxter continuavam a assombrá-lo, ele respirou fundo e tossiu com força, agarrando a beirada do armário para manter o equilíbrio, sentindo uma dor tão forte no peito que quase perdeu a consciência. Ele estava realmente vendo estrelas.

Sou um babaca mesmo. Se realmente queria me torturar, bastava tossir!

Ele poderia ter se poupado do esforço de descer até o porão e levantar pesos, bastava respirar fundo ou tossir. Certamente essa era uma dor infernal, provavelmente pior. Dante não tinha certeza que diabo estava pensando, quando fez aquilo. A verdade era que ele não estava pensando. Estava reagindo. Talvez estivesse torcendo para que a dor o anestesiasse, o impedisse de pensar, de reviver cada momento da morte de Patrick.

Será que ela querer vê-lo fazendo isso, agindo dessa forma?

As palavras que Sarah dissera ao partir o provocavam, enquanto Dante tirava uma cerveja da geladeira, destampava e sentava à mesa da cozinha. Ele e Patrick deram cobertura um ao outro, durante os cinco últimos anos. Quando estavam trabalhando num caso complicado, às vezes passavam doze, até quinze horas por dia na companhia um do outro. Não havia muita coisa que Dante não soubesse sobre Patrick. Eles tinham passado muito tempo falando bobagens, mas ele sabia exatamente como seu parceiro teria reagido diante do comportamento de Dante.

- Você me daria um esporro, amigo – Dante disse, baixinho, para si mesmo, antes de dar uma golada na cerveja e pousá-la na mesa. Ele esfregou as mãos no rosto, tomando cuidado com o machucado que estava sarando. O jeito como ele estava agindo não era por Patrick, era por ele mesmo. Seu parceiro iria querer que Dante cuidasse de sua família, tivesse certeza de que Ben e Karen estavam bem. Ele tinha garantido que eles jamais tivessem problemas financeiros, mas não tinha conseguido ligar pra Karen ou Ben, desde que eles o visitaram no hospital. Apenas vê-los fazia com que ele se lembrasse de Patrick e o fato de que ele estava vivo e Patrick partira. Karen e Ben tinham muitos familiares na Califórnia, mas isso não importava. Sua esposa e filho eram as pessoas mais importantes da vida de Patrick e ele teria contado com Dante para garantir que eles estivessem bem emocional e fisicamente.

Karen e Ben não me culpam. Eles até foram me visitar no hospital. Eu estou sendo um babaca completo. Eu me distanciei deles por me sentir culpado. Eu. Eu. Eu. Isso tudo foi por minha causa, não por eles.

Dante levantou, fazendo uma careta ao estender o braço para pegar os comprimidos, que ainda estavam na mesa.

- Chega de ficar com peninha de você, Sinclair – Dante disse, num sussurro, usando a expressão que Patrick usara, sempre que Dante precisava tomar uma chamada.

Ele vinha agindo com um tolo, desde o minuto em que acordou da cirurgia e se deu conta de que Patrick estava morto. Ficou distante de seus irmãos, embora cada um deles tivesse vindo correndo, quando souberam que ele tinha sido ferido, Evan veio do outro lado do mundo. E ele nem se dera ao trabalho de checar como Karen e Ben estavam indo, desde que saíra do hospital.

E ele ainda tinha machucado Sarah Baxter, uma mulher que só estivera ali para ajudá-lo, fazendo seu trabalho, porra.

Tudo porque estou lamentando a minha perda. Sarah estava certa. O que ele estava fazendo não estava ajudando em nada, o seu parceiro.

Dante sabia que precisava desenterrar a cabeça do chão. *Isso* que o Patrick iria querer. Ele tinha ficado anestesiado ao saber da morte do melhor amigo, sepultando sua agonia emocional dentro de si mesmo, querendo sentir a dor física, porque era melhor do que a culpa de saber que ainda estava vivo, enquanto Patrick estava morto. Talvez ele estivesse anestesiado por agir em negação. Estranhamente, ao encarar a tristeza de frente, a dor física de seus ferimentos ganhara vida e vieram com tudo, sem que ele sequer tentasse fazer doer. Ele pegou a cerveja na mesa, foi mancando pela cozinha e despejou na pia. *Nada dessa merda, até eu ficar bom.* Ele abriu o armário, pegou um copo e encheu de água.

Cristo! Até erguer o braço doía. Cada um de seus ferimentos parecia pegar fogo e a dor em seu peito era a pior.

Se realmente lamenta, tome a porcaria do remédio.

Um pequeno sorriso sincero se formou nos lábios de Dante. Sarah Baxter era provavelmente uma das mulheres mais diretas e singulares que ele já tinha conhecido, mas ele gostava disso nela. Honestamente, ela era um mistério e seu lado policial notou isso – junto com outra parte de sua anatomia que ele parecia não conseguir controlar, quando olhava para ela.

Droga! Ele lamentava tanto tê-la machucado. Ele era um policial e seu primeiro instinto era proteger. O policial dentro dele se odiava por ter falhado em proteger Sarah. Na verdade, ele tinha lhe causado um ferimento, o que o deixava ainda mais injuriado consigo mesmo. Ele não negaria a vontade que tinha de transar com ela e esse ímpeto percorra seu corpo desde o momento em que ele a viu. Isso era realmente significativo, já que ele não estava exatamente em estado físico de sequer pensar em querer transar. No entanto, ele estava pensando nisso, pensando nela. E havia algo em Sarah Baxter que o fascinava mais que fisicamente. A mente dela parecia processar tudo para encontrar uma resposta lógica, ainda assim, parecia irradiar inocência e compaixão. Era uma combinação estranha e intrigante.

Ele jogou a cabeça pra trás ao tomar "a porcaria do remédio" e os engoliu com a água, bebendo o copo inteiro, antes de colocá-lo na pia.

Dante deixou a cozinha com uma missão. Ele deu vários telefonemas, sendo o primeiro e mais demorado, para Karen e Ben.

Capítulo 4

Sarah fez uma careta ao terminar de enfaixar o pé. Assim que chegou de volta em casa, ela se certificou de que havia removido todo o vidro dos ferimentos da sola dos pés. A maior parte dos cortes era superficial e ela os pusera de molho, depois passou pomada antibiótica, antes de enfaixar. O corte não era grande nem fundo, mas tinha uma perfuração que fez sangrar bastante. Talvez doesse um pouco para andar, mas ela sobreviveria.

Ela levantou do sofá e começou a guardar os medicamentos, com sua cachorrinha, Coco, em volta de seus pés. Coco pertencera a um paciente idoso que havia falecido e Sarah não resistiu em adotá-la. Tinha sido uma das coisas mais impulsivas que ela já havia feito, mas ela não se arrependia nem um pingo. Com apenas seis meses quando ela adotou-a, Coco era muito esperta, fácil de treinar e aliviava um pouco da solidão que assolara Sarah, pela maior parte de sua vida. Talvez não tivesse sido muito sensato adquirir um cão, mas saber que ela não chegaria a uma casa vazia, toda noite, ajudava a deixar mais leve o coração de Sarah. Agora Coco era uma companheira constante, sempre que ela não estava trabalhando e as crianças no centro juvenil a adoravam.

Grady Sinclair havia fornecido ao Centro Juvenil de Amesport (CEJA) uma variedade de instrumentos musicais e Sarah doava seu tempo para ensinar lições básicas de piano a algumas das crianças. Embora Sarah tivesse achado que o Steinway fosse meio excessivo para apresentar as crianças à música, ela não podia deixar de apreciar o belo som do instrumento. Ela só dava aulas uma vez por semana, mas sempre dava uma passada no CEJA, só para ensaiar e ter certeza de que o piano deslumbrante fosse bem aproveitado. Sua casinha era pequena demais para um piano. Talvez, algum dia, ela comprasse um lugar maior e um piano só seu, mas, por enquanto, frequentar o centro tinha duplo propósito: isso a obrigava a ser mais sociável e permitia que ela tocasse piano.

Obrigada, Grady.

Beatrice e Elsie nunca paravam de discutir o quanto as coisas haviam mudado, desde que Grady Sinclair se casara com Emily. O CEJA certamente tinha tudo de imaginável, para a população de Amesport e dos vilarejos vizinhos. Grady transformara o centro juvenil, de um local de encontro para eventos locais, que mal conseguia se manter, para um clube de campo gratuito e para todos. Emily tinha conseguido expandir os programas para as crianças que utilizavam o centro, e tornar o local um núcleo para quaisquer atividades da cidade. Agora, o local abrigava desde concertos e danças, até bingos semanais para a terceira idade.

Um pequeno sorriso se formou nos lábios de Sarah, ao encher as tigelas de Coco com água fresca e comida, pensando em como era óbvio o amor e a devoção que Grade dava à Emily. Os dois eram tão apaixonados e felizes juntos. Emily dizia que o marido a mimava, mas Sarah sabia que Emily também fazia Grady feliz. Sua amiga tinha um coração enorme e, por mais que eles não parecessem combinar por fora, eles foram feitos um para o outro. O bilionário rude e a loura borbulhante formavam um par perfeito.

Sarah ficou distraidamente imaginando como seria ser amada por alguém como Grady amava Emily. Sem jamais ter vivenciado esse tipo de amor, ela não tinha ideia de como se sentiria: sufocada por ele, ou se isso a faria sentir-se segura e confortada, como era com Emily e Grady. Sara estava acostumada a ser só.

Mas eu me sinto solitária e sozinha. Acho que talvez quisesse o que Grady e Emily têm, mas não entendo muito bem.

Ela estava contente ali em Amesport e tinha amigos, pela primeira vez na vida. Estava aprendendo a falar sobre pequenas coisas que eram importantes para as pessoas da comunidade, em vez de constantemente tentar analisar grandes feitos científicos. Surpreendentemente, ela achava incrivelmente fascinante e gratificante conversar com gente normal. Às vezes, conversar sobre emoções era muito mais interessante do que teorias científicas. Era certamente mais educativo, porque eles não sabiam praticamente nada sobre estágios mentais, exceto pela solidão e tristeza que ela via todos os dias, como médica. Nesse momento, sua falta de entendimento era frustrante, pois dificultava a análise do que estava acontecendo com o belo Detetive Sinclair.

De alguma forma, ela esperava que Dante Sinclair tivesse algumas semelhanças com Grady, mas, depois do encontro breve e tumultuado que eles tiveram, ela não achou muitas. Eles tinham o mesmo cabelo escuro e alguns traços faciais, ambos eram homens grandes, bem encorpados. Porém, enquanto Grady era um gênio brilhante em computadores, com um coração generoso, Dante era carrancudo e agressivo. Apesar de que o cara tivesse acabado de passar por uma experiência horrenda, Dante quase reverberava uma energia teimosa e bravia que Sarah estava bem certa ser algo inerente à sua personalidade. Talvez, em momentos melhores, ele não fosse tão rabugento, mas ela podia apostar que ele era obstinado e inflexível, mesmo quando não estava estressado.

Ele é um detetive da divisão de homicídios de Los Angeles, no município que tem a maior taxa anual de assassinatos. Talvez essa obstinação que o mantenha vivo.

Isso fazia sentido. Obviamente, Dante e Grady tinham vivido vidas adultas completamente distintas. Provável que tivessem formado personalidades diferentes, modos diferentes de lidar com as coisas.

Ela acreditou em Dante, quando ele disse que não tivera a intenção de machucá-la. O remorso estava estampado naqueles lindos olhos castanhos, por um instante, quando ela estava prestes a sair pela porta. Nesse momento, Dante Sinclair estava zangado com o mundo, por ter lhe tirado seu parceiro e amigo. Ela por acaso estava muito perto, quando ele estourou.

Sarah suspirou, desejando que houvesse mais que ela pudesse fazer para ajudar Dante. Ele era seu paciente, cunhado de Emily e irmão de Grady. Tomara que a família pudesse ajudá-lo emocionalmente, mais que ela.

Ela tomou um demorado banho de banheira, cautelosa para proteger o pé enfaixado, e terminou de ler um romance que Emily lhe recomendara. Os romances haviam recentemente se tornado uma obsessão para ela. Tanta emoção e tanto sexo. Ela lia as histórias de amor e desejo com um fascínio que nunca tinha experimentado com outros livros. Claro que eram ficção, mas ela se perguntava se sequer seria possível sentir uma emoção tão profunda por um homem. E o sexo? Bem, isso certamente não era realista em sua experiência, que ela tinha de admitir havia sido bem esparsa, quase inexistente. Mas, por algum motivo desconhecido, ela estava viciada em ler sobre relacionamentos que não acreditava serem possíveis. Como médica, ela até podia admitir que algumas partes de um relacionamento podiam ser prazerosas – provavelmente, mais para um homem do que para uma mulher, por conta das diferenças anatômicas. Ainda assim, as mulheres decididamente podiam encontrar algum tipo de prazer com o amante experiente, ela supunha.

Eu fiz sexo com um aluno de medicina. Era de se pensar que ele soubesse fazer as coisas de forma apropriada. Não foi prazeroso de forma alguma. Talvez, eu simplesmente não seja uma pessoa sexual.

A campainha tocou bem na hora em que ela saiu do quarto e ia colocar uma comida no microondas. Depois de guardar a comida de volta no freezer, caso fosse alguma emergência médica, ela passou as mãos no jeans e foi atender a porta, com Coco em seu encalço.

Ela ficou boquiaberta quando viu Dante Sinclair em pé, à sua frente, com um sacão branco na mão e um sorriso hesitante no rosto. Vestido de forma casual, de jeans e uma camiseta preta, o homem ainda parecia grande e perigoso.

- Uma oferta de paz – ele disse, com uma voz rouca, balançando o saco na frente do rosto. – Pãezinhos de lagosta.

Estava escurecendo e a chuva ainda caía, numa garoa fina. Ele parecia úmido, assim como o saco que estava segurando. Sarah agarrou o saco e o puxou porta adentro.

- Você ainda não pode sair. Está maluco? – Dante Sinclair precisava estar descansando, aquecido e aconchegado, em sua própria casa. Ele mal tinha saído do hospital.

Dante sacudiu os ombros. – Já estive pior. Eu queria ver se você estava bem. Os comprimidos funcionaram. Mas eles fazem que eu me sinta meio esquisito. – Ele fechou a porta, antes de perguntar, franzindo o rosto – Você realmente deveria estar de pé, com esses cortes?

Sarah olhou para ele e piscou, ainda tentando imaginar por que ele estava fora de casa. – Os cortes até que são bem superficiais. Detetive Sinclair, você precisa de descanso. Os comprimidos o deixam esquisito porque você deveria estar em casa, na cama, dormindo, depois de tomá-los.

- Eu estava preocupado – ele confessou, hesitante.

Sarah olhou-o cautelosa, feliz por ele finalmente ter tomado o remédio, mas imaginando se ele não estava ligeiramente entorpecido. – Acho que você está meio doidão, Detetive Sinclair. – Ela levou o saco de pães de lagosta para a cozinha, dizendo, por cima do ombro – Sente-se. – A casa dela era pequena e ela podia vê-lo por cima da bancada da cozinha americana, quando colocou a preciosa embalagem na bancada. – Como soube que eu gostava de pãezinhos de lagosta?

- Meu nome é Dante. E descobrir o que você gosta não foi exatamente um trabalho difícil para um detetive. Eu liguei para o Grady e a Emily. – Ele veio até o balcão, sentou numa das banquetas e pousou os cotovelos na bancada, encarando-a de forma enervante.

A cadelinha se aproximou e sentou educadamente, junto aos pés dele.

- Coco gosta de você. – Sarah estava começando a achar que também gostava dele, considerando que ele veio com uma oferta de paz e tinha dedicado um tempo para descobrir do que ela gostava.

Mas o cara era intenso demais, mesmo que estivesse meio alto, com o efeito dos remédios. – Por favor, me diga que você não dirigiu.

- Eu não dirigi – ele respondeu, afavelmente. – Meu irmão Jared acabou de chegar à cidade. Ele me levou para comprar os pãezinhos de lagosta e me deixou aqui.

Ai, meu Deus. Outro irmão Sinclair solteiro em Amesport, não. – Faça o que for, mas não diga a Elsie e Beatrice que tem outro irmão Sinclair na cidade. – Depois de pegar dois pratos no armário para os pãezinhos, ela colocou dois nos pratos e empurrou um deles, sobre a superfície ladrilhada entre os dois, junto com um guardanapo.

Dante sacudiu a cabeça. – São para você. E quem são Elsie e Beatrice?

Sarah revirou os olhos. – Não posso comer seis pães de lagosta. Coma.

- Elsie e Beatrice? – ele olhou pra ela curioso, ao pegar um pãozinho.

Agora parecia haver algo diferente nele, ele não estava nem de longe tão emburrado e zangado.

Dante não vivia ali permanentemente, então, Sarah presumiu que ele nunca tivesse conhecido a dupla perigosa. – São casamenteiras da cidade. As duas têm mais de oitenta anos e são senhorinhas muito meigas. Mas bem assustadoras, quando começam a tentar casar a cidade toda. Estou surpresa que elas não soubessem que seu irmão estava vindo para Amesport. Certamente sabiam que você estava a caminho daqui.

Ela ficou observando, enquanto Dante dava a primeira mordida, fechando os olhos, por um momento, enquanto mastigava. Sarah não tinha certeza, mas ela estava bem certa que sua expressão era a mesma do arrebatamento que ela sentiu da primeira vez que experimentou a lagosta suculenta de Maine, em Amesport. Misturada com maionese, suco de limão e ervas, ficava inacreditável em pãezinhos quentes, que levavam pinceladas de manteiga por fora. – Você nunca comeu pãezinhos de lagosta? Vende em todo lugar por aqui. – Ela foi até a geladeira, pegou duas latas de refrigerante e empurrou uma na direção dele.

Dante abriu e tomou um gole, antes de responder. – Só estive aqui duas vezes e fiquei só um ou dois dias. Se eu soubesse desses pãezinhos, eu teria comprado – ele disse, antes de dar outra mordida.

Sarah começou a comer o seu pãozinho e os dois comeram em silêncio, por um tempo, antes que ela perguntasse, curiosamente – Por que você só esteve aqui duas vezes? Todos os Sinclair têm casas aqui na península, há anos.

- Isso foi ideia do Jared. Ele decidiu que todos nós deveríamos construir uma casa aqui, já que éramos donos da propriedade. Ninguém discutiu, então, ele as construiu. Ele fez isso depois que Grady fez sua casa, no fim da península. As duas únicas vezes que eu vi a minha casa foi quando Emily e Grady ficaram noivos e no casamento deles. Não pude ficar muito tempo, em nenhuma das duas vezes. – Ele olhava para ela, com uma expressão preocupada, quando perguntou – Você deveria estar de pé, com os pés assim?

Sarah sentiu o coração enternecer, só um pouquinho, com a expressão preocupada no rosto dele. – Eu fiz escola de medicina. Sou médica. Estou acostumada a comer de pé. Meus pés não estão doendo. Não foram cortes sérios.

Depois que ele recusou outro pãozinho, Sarah levou os dois pratos, enxaguou e colocou na lavadora de louça. – Foi você que fez a planta para a sua casa? – ele perguntou, virando pra trás.

- Porra nenhuma. A casa é grande demais. Não consigo encontrar nada lá. Tenho um apartamento de um quarto, em Los Angeles, e só isso que eu sempre precisei. Eu disse ao Jared que queria uma sala de exercícios e algumas outras coisas. Ele cuidou de todo o restante. – Dante finalmente olhou abaixo, onde Coco estava calmamente sentada, junto aos seus pés. – Isso é um cachorro?

Sarah deu um último gole em seu refrigerante, antes de jogar a lata no cesto de reciclagem, embaixo da pia. Ela caminhou até a sala, sentou no braço do sofá e cruzou os braços. – Claro que a Coco é um cachorro. Ela é um Chipoo.

Dante virou na banqueta, de frente para ela, com um ligeiro sorriso nos lábios. – Que diabo é um Chipoo? Ela mais parece um esfregão com olhos. Mas, pelo menos não fica pulando em cima.

Afrontada pela descrição que ele fez de sua cadelinha preciosa, Sarah o encarou fulminante. – Ela é extremamente bem treinada e obediente, portanto, espera um convite para se aconchegar. Um

Chipoo é uma mistura de raças, um cruzamento entre Chihuahua e poodle. – Coco parecia mais com um pequeno poodle marrom, e seu pelo era comprido, mas ela parecia um cãozinho adorável, não um esfregão. – E por que motivo desse mundo você deixaria que seu irmão construísse a sua casa? Isso não faz sentido algum.

Dante sacudiu os ombros. – Tudo tem que fazer sentido para você? Ele queria que todos nós tivéssemos uma casa aqui e eu não dava a mínima. Não tinha tempo para me preocupar com detalhes. Já que ele queria isso mais que eu, deixei que ele fizesse.

Sarah sacudiu a cabeça, mas deixou a conversa continuar. Era óbvio que os irmãos Sinclair tinham dinheiro a ponto de nem saber o que fazer com ele. Talvez, fazer uma casa de milhões, numa península e deixá-la vazia, fizesse sentido para Dante Sinclair, mesmo que ela não visse sentido algum. – Se você tivesse uma mãe como a minha, você sempre tomaria decisões sensatas – Sarah murmurou, batendo na coxa algumas vezes, para permitir que Coco pulasse em seu colo. Ela afagou o pelo espesso de seu bichinho de estimação, e Coco acomodou-se confortavelmente, em seu colo.

- Cão de sorte – Dante comentou, com a voz rouca, antes de acrescentar – Sua mãe era feitora de escravos? Você já era um prodígio. Que diabo mais ela queria?

Sarah suspirou, afagando a cabeça de Coco, distraidamente, ao responder. – Minha mãe é professora de matemática em Chicago, e membro da Mensa, além de uma lista bem longa de realizações. O mundo acadêmico é tudo para ela. Ela faz a maioria das grandes mães tigresas parecerem gatinhos. Para ela, me ver saindo de Chicago e me mudando para uma cidade pequena para exercer a medicina, não foi algo muito empolgante. Ela ficou decepcionada.

- E seu pai?

- Ele morreu logo depois que eu nasci. Mas ele também era um gênio. Um verdadeiro cientista de foguetes – ela respondeu baixinho. – E quanto a você? Por que se tornou um policial? Um policial bilionário não é algo que pareça muito lógico. – Essa era uma pergunta que ela estava morrendo de vontade de fazer, desde que conhecera Dante Sinclair.

- Era a única coisa que eu sempre quis fazer. Meu pai foi um bêbado abusivo e, por sorte, ele já tinha morrido, quando eu terminei o Ensino Médio. Então, eu estava livre para seguir a carreira que eu quis. E eu queria ser policial. Primeiro fui para faculdade, torcendo para obter um progresso mais veloz na polícia. Eu sabia que queria trabalhar na divisão de homicídios e tinha que passar meu tempo na patrulha primeiro. Quando fiz vinte e seis anos, consegui o que eu queria e fui designado para homicídios.

- E você gostou?

Dante sacudiu os ombros. – Fiquei satisfeito. Acho que fazer o trabalho de polícia é meio como um chamado, a mesma coisa de querer ser médico. Como detetive de homicídios, eu ficava no emprego basicamente vinte e quatro horas por dia, sete dias por semana. Assassinatos geralmente não acontecem em minha jurisdição, em plena luz do dia.

Sarah conseguia entender isso. – Eu também nunca quis fazer outra coisa. – Ela sonhou ser médica por toda sua vida e começou a realizar seu sonho ao mesmo tempo em que outras garotas estavam começando a notar a existência dos meninos.

- Imagino que você não tenha tido muita infância, hein? – Dante mencionou casualmente, como se tivesse lido sua mente.

Sarah sorriu cautelosa. – Nem me lembro de ter sido criança. Enquanto a maioria das meninas estava sonhando em ser animadora de torcida, eu estava estudando biologia em nível universitário. Eu sempre fui... diferente. Amesport é o primeiro lugar onde sinto pertencer. Sou meio desajeitada socialmente, mas ninguém liga. Todos falam comigo, mesmo assim. Tem uma mistura e tanto de personalidades diferentes aqui e eu acho que me encaixo.

- Você não é diferente – Dante disse, com a voz arrastada. – Você é especial. Talentosa. Não há nada de errado nisso.

- Sozinha é sozinha, certo? Por qualquer que seja o motivo – ela respondeu, lançando um olhar interrogativo a Dante. Ele a olhava de maneira estranha, um olhar que ela podia quase jurar que era possessivo e fogoso, e ela começou a ficar inquieta, sentindo-se um espécime sob a lente do microscópio. Desviando de seus olhos ardentes, ela colocou Coco no chão e levantou. – Você precisa descansar. Eu vou levá-lo para casa.

Dante segurou-lhe o braço, quando ela passou por ele, puxando-a para perto, antes de passar o outro braço em volta da cintura dela. A respiração de Sarah deu um tranco, quando seus quadris escorregaram para dentro das coxas dele. Com ele sentado na banqueta, eles ficavam quase da mesma altura, e ela o olhava nos olhos, que tinham uma expressão voraz e turbulenta, parecendo ainda mais assustadores de perto.

- Você não tem namorado? – ele perguntou, com a voz áspera.

Sarah balançou a cabeça lentamente, sem conseguir desviar o olhar dos olhos cativantes e da pegada poderosa em sua cintura. Honestamente, ela não tinha certeza se queria. Mesmo ferido, Dante parecia pulsar com um poder bruto e um domínio que a atraía perigosamente para ele.

- Você já esteve com um homem? – a pergunta dele foi em tom baixo e feita com um tom que exigia uma resposta.

Sarah nem iria fingir que não tinha entendido o que ele estava perguntando. – Uma vez. Na escola de medicina. Foi estranho e doloroso. Eu estava namorando um aluno do mesmo curso e queria ver o que eu podia estar perdendo. Ele terminou comigo no dia seguinte. Acho que nenhum de nós gostou. Ou, talvez, eu não tenha sido muito boa nisso. Não consegui ver grande coisa. O acasalamento é da espécie humana e pronto. Realmente, nunca descobri outro motivo para isso. – Ela estava dizendo a verdade, mas tinha ficado, sim, curiosa. Então, ela experimentou, só para descobrir que não estava perdendo nada.

- Cristo! Você está de sacanagem comigo? Será que é possível ser médica e ser tão inocente assim? – Dante disse, olhando o rosto dela, como se procurasse alguma coisa.

O coração dela estava disparado no peito, enquanto ela olhava o rosto dele, a cicatriz sarando na bochecha o deixando ainda mais atraente, mais perigoso. – Não sou inocente e não sou virgem. Só não gosto de relações sexuais. Não acho muito prazeroso.

Dante mergulhou a mão no cabelo dela e acarinhou a pele sensível de sua nuca, com um sorriso pecaminoso. – Acho que acabei de descobrir um assunto sobre o qual você é totalmente desinformada. Existe uma coisinha chamada química sexual, sobre a qual não se lê nos livros.

Ah, tá. Sei. Algumas pessoas parecem sentir química sexual e atração, mas ela não. Obviamente, ela entendia, sob o aspecto médico, por que o sexo poderia ser prazeroso, mas para ela simplesmente não era. Ela nunca mais teve o desejo de voltar a experimentar. – Não existe uma única coisa que eu não possa lhe dizer sobre a anatomia humana. Não existe base concreta para acreditar na química sexual. Atração sexual é apenas as pessoas acessando o potencial reprodutivo de seus possíveis pares – ela argumentou, mas lambeu os lábios nervosamente, querendo mergulhar naquele calor intenso que Dante parecia emanar em ondas, de seu corpo rijo e musculoso. Seus mamilos estavam começando a ficar dolorosamente contraídos, e ela quase gemeu, quando a mão em sua cintura entrou por baixo da bainha de sua blusa, e começou a acarinhar a pele nua em sua cintura e costas. Ele fazia círculos preguiçosos com a palma e os dedos, deixando toda a região sensível.

- Quando olho para você, a última coisa que estou pensando é se você pode reproduzir. Estou pensando em mergulhar meu pau dentro de você, simplesmente porque seria bom demais – ele respondeu, num tom sedutor.

Sarah abriu a boca para dizer alguma coisa, mas ela não sabia como responder. Seu corpo estava, sim, reagindo ao dele, e isso certamente não tinha nada a ver com o potencial genético que ele tinha como macho reprodutor. Era pura e simplesmente... cobiça. – Não existe tal coisa como verdadeira química sexual – ela respondeu, num tom fraco, embora seu corpo dissesse algo diferente.

- Você não tem ideia de como uma transa boa pode satisfazer – ele disse num sussurro rouco, com a mãos nas costas dela mergulhando em seu cabelo, segurando-a de um jeito que não machucasse, mas decididamente o deixando em controle. – Me beija – ele ordenou, puxando a cabeça dela para perto dele, com os lábios dos dois bem perto.

Ai, Deus. Sarah não conseguia respirar e ela estava ligeiramente sem ar, com o desejo de eliminar a distância entre as duas bocas. – Dante, não. Você está machucado e com dor. – Confusa, ela tentou se afastar dele, mas ele segurou mais firme em volta da cintura dela, e ela simplesmente não conseguia sobrepor o desejo de se soltar com mais força. Ela se sentia presa e capturada e estranhamente forçada a devorar o homem que a mantinha presa. Sarah sentia um aperto em seu âmago, enquanto a respiração dele brincava em seus lábios, esperando.

- Me beija, porra – ele ordenou de novo, dessa vez, com um tom persuasivo.

- Não posso. Não quero machucar você – ela se remexeu, desesperada para se unir a ele, sentir sua boca. – Sou sua médica. – Ela desistiu completamente de discutir a questão da química sexual. Independentemente de ser cobiça ou química sexual, não importava. Isso era algo que ela nunca tinha vivenciado e ela estava aturdida.

- Que se dane o seu juramento Hipocrático. Eu preciso mais disso do que de um médico – Dante rugiu, ao trazer sua boca até a dele, com um gemido de tesão.

Sarah tentava se lembrar de que ele estava machucado e ela não podia agarrar-se a ele. Em vez disso, ela segurou no encosto da cadeira, enquanto Dante devora sua boca com uma possessividade fervorosa. Esse beijo tirou qualquer pensamento da cabeça dela, exceto a sensação deliciosa de sentir a língua dele passando pelos lábios dela, para depois tomá-la num abraço que abalou as estruturas de Sarah. O calor tomou todo seu corpo, enquanto Dante apertava sua nádega, enquanto a puxava para junto de sua ereção pulsante. Ela gemeu, quando pressionou a pélvis junto a ele, odiando o jeans que os separava.

Ela se perdeu completamente nos beijos quentes e deliciosos, se remexendo junto dele, enquanto ele mordiscava seu lábio inferior, depois passava a língua devagar, acarinhando.

- Eu quero você, Sarah. Serei o homem a lhe mostrar como você pode arder e como uma transa pode ser gostosa. – A voz baixa e grossa saía com força, insistente.

Sim. Sim. Sim.

Sarah sentia o corpo inteiro vibrando de tesão, clamando para ser possuído por esse macho poderoso, o primeiro homem que a fez sentir-se dessa forma. Era magnífico e assustador, ao mesmo tempo.

- Detesto interromper esse encontro aconchegante, mas está na hora de ir para casa, Dante. – Disse a voz masculina vindo da porta, com um tom malicioso e desinteressado.

Desconcertada, Sarah quase pulou do meio das pernas de Dante, com o rosto todo vermelho, ao virar para esse homem incrivelmente bonito, que acabara de entrar em sua casa. Ela não tinha dúvidas de que era Jared, irmão de Dante. – Você poderia ter batido – ela murmurou constrangida.

- Na verdade, eu bati. Várias vezes. Acho que vocês dois estavam ocupados – ele respondeu, descontraído. – A porta estava destrancada, então, eu finalmente entrei.

Ai, Deus. Sarah queria se enfiar debaixo de uma pedra, em algum lugar, e nunca mais sair. Já ruim que ela estivesse tão envolvida no beijo de Dante que nem tivesse ouvido a porta, mas ele era seu paciente. Dante Sinclair tinha ferimentos que teriam deixado qualquer outro homem de cama, chorando e pedindo a mãe, mesmo tomando algum remédio para dor. Sim, ela praticamente o devorou pedindo mais. – Desculpe – ela disse, mortificada. – Ele precisa, mesmo, estar na cama.

Jared ergueu uma sobrancelha, brincando.

- Sozinho – ela rapidamente acrescentou. – Dormindo.

- Não se desculpe para ele – Dante disse, com uma voz irritada. – Ele simplesmente entrou na sua casa.

Jared deu um sorriso malicioso. – Você não me ouviu bater? Você que é o policial.

- Eu ouvi. Só esperava que você tivesse o bom senso de ir embora. Obviamente, eu estava errado. – Dante olhou fulminante para o irmão.

Sarah ficou observando os dois homens, um irritado e o outro parecendo altamente entretido. Ela nunca tinha encontrado Jared Sinclair, mas ele era outro homem poderoso e atraente, exatamente como os irmãos. Ele e Dante compartilhavam alguns traços físicos, mas Dante era bruto e esse homem era... polido. O cabelo de Jared era mais castanho avermelhado do que escuro. Era mais comprido que o de Dante e tinha um corte profissional, mas dava para ver alguns cachos, no estilo elegante. Os olhos de Jared eram quase um verde jade, e os cílios eram de dar inveja a qualquer mulher. Talvez uns dois centímetros mais baixo que Dante, Jared tinha o mesmo porte musculoso que o irmão, e vestia uma calça esportiva, uma camisa abotoada que parecia de seda e sapatos de couro bem sofisticados.

- Leve o Dante para casa, sr. Sinclair. Dê-lhe seus remédios e não o deixe sair de casa por uma semana. Ele realmente precisa descansar para se recuperar mais depressa. Se ele fizer algo que possa doer, não deve fazer mais – Sarah instruiu quase sem ar, envergonhada por ter se deixado levar.

- Pode me chamar de Jared, por favor – o homem insistiu, dando um sorriso brincalhão. – E eu peço desculpas por ter entrado. Eu estava ficando preocupado. Esperei no carro, mas já passou muito da hora que Dante e eu combinamos. Eu sabia que ele não deveria ficar fora por muito tempo.

- Eu entendo – Sarah rapidamente o tranquilizou. – Eu deveria tê-lo levado de volta para casa, assim que ele chegou aqui. Pode mantê-lo em casa, por um tempo? Isso irá ajudar a fazê-lo melhorar mais rápido.

- Não.

- Sim.

Os dois homens responderam ao mesmo tempo, Jared afirmando e Dante negando. Ela não pôde deixar de sorrir.

Jared abriu a porta e saiu. – Vamos, princesa – ele disse ao Dante, debochando. – Essa é provavelmente, a única vez, em toda nossa vida, que eu posso te dar uma dura. Vou aproveitar.

- Só em sonho, irmãozinho. – Dante enfatizou "irmãozinho", olhando as costas de Jared, mas seguiu para a porta. Antes de seguir Jared, ele parou e silenciosamente olhou para ela.

O coração de Sarah acelerou quando ele sussurrou – Vamos terminar isso depois. E não se desculpe pelo que aconteceu. Não doeu nada.

- Isso não deveria ter acontecido – ela sussurrou de volta, ansiosa. – Eu sou sua médica. – Sua ética agora berrava.

- Aconteceu e vai acontecer de novo. Pode contar – Dante alertou, ao lhe dar um beijo na testa e seguir o irmão. – Não force os pés – ele disse, por cima do ombro, lentamente caminhando atrás do irmão, até o carro.

Sarah fechou a porta e recostou nela, imaginando que diabo tinha acabado de acontecer.

Pelo restante da noite, ela tentou destrinchar a lógica de seu breve encontro com Dante Sinclair, mas fracassou terrivelmente, pensando que talvez precisasse pesquisar os dados recentes sobre química sexual.

Capítulo 5

Uma semana depois, Dante estava inquieto e com uma irritação infernal. Cumprindo a palavra, seu irmão Jared – com Grady, às vezes o substituindo, na função de carcereiro – o manteve confinado em casa. Ele só tinha visto Sarah algumas vezes, em visitas breves e dava para notar que ela estava se sentindo constrangida. Ela foi profissional e fortuita, e Dante odiou. Ele estava desesperado para ter outra amostra da mulher terna e fervorosa que ele havia descoberto, na casa dela, semana passada.

Nada de química sexual porra nenhuma. Nós dois estávamos prestes a pegar fogo e eu nem estava transando com ela.

Ele contraiu o maxilar de impaciência e estava mais que pronto para dar à sua moça de gênio adorável algumas lições sobre o assunto de prazer carnal. O tempo que ele passara à toa no hospital já tinha sido bem ruim. Agora, o tempo todo em casa o deixava maluco. Claro que ele gostava de conversar com Jared e Grady, já que os irmãos só se viam poucas vezes, depois de adultos. Mas ficar preso em casa realmente era enlouquecedor. Ele não estava acostumado a ter tempo livre para fazer nada. Seu trabalho sempre o consumiu, sem lhe restar praticamente tempo algum para pensar em fazer mais nada.

Agora, eu só consigo pensar em fazer a Sarah gozar. Sua carência era quase uma obsessão e ficava pior a cada dia que passava.

O corpo de Dante estava sarando e ele tinha parado de tomar os analgésicos, porque não os precisava mais. Ainda doía muito, quando ele tossia com força demais, mas ele estava recuperando seu vigor e queria passar mais tempo ao ar livre.

Eu estou enrolando a mim mesmo. O que eu realmente quero é mergulhar meu pau na minha linda médica e dar a ela o gosto de fazer algo só pelo prazer.

- Acabou a semana. Não preciso mais que vocês dois fiquem de babá e eu posso ir ao consultório ver a médica, se precisar. – Dante ergueu os olhos para Jared, que estava sentado numa cadeira, diante de sua escrivaninha, fazendo algum trabalho no computador. – O que você está fazendo?

- Olhando um possível projeto – respondeu Jared, parecendo meio distraído.

Jared era empreiteiro imobiliário e arquiteto. Dante sabia que seu irmão tinha feito as plantas do projeto e pessoalmente ajudado a construir todas as casas da península, exceto a de Grady. No entanto, ele raramente se envolvia tanto em qualquer um de seus projetos, a menos que fossem pessoais, mas nenhum deles realmente era. Jared comprava, construía e vendia imóveis comerciais para ganhar dinheiro, não que ele precisasse.

- Vou até a cidade – Dante o informou, levantando o traseiro da cadeira onde havia ficado por tempo demais. – Você pode ir para sua casa. Ou ficar aqui e terminar. Mas você e o Grady não precisam mais ser meus cuidadores.

Jared ergueu os olhos com uma expressão ligeiramente magoada. – Olhe, eu sei que você está injuriado. Mas nós não estaríamos aqui, se não estivéssemos preocupados.

Dante sabia disso. – Não é que eu não seja grato por vocês se preocuparem. – Ele enfiou as mãos nos bolsos do jeans, com dificuldade de dizer o que realmente queria. Seus irmãos podiam ser um pé no saco, às vezes, mas sempre estiveram presentes quando achavam que ele precisava. – Eu só estou ficando tenso de tanto tempo à toa. Preciso sair. Agora já estou melhor.

E preciso transar! Infelizmente, só uma mulher serve.

Jared olhou-o silenciosamente, por um instante, antes de dar um suspiro masculino. – Eu vou para minha casa. Você me liga, se precisar de alguma coisa?

- Ãrrã. – Só se eu estiver morrendo. Dante precisava de um pouquinho de espaço, um tempinho para pensar. Ele tinha passado a semana inteira quase que em companhia constante dos irmãos. Não que ele não quisesse ficar mais tempo com eles, mas não para brincar de enfermeiros... ou carcereiros. Ele sabia que Jared pretendia ficar mais tempo nessa visita, provavelmente, até que Dante estivesse pronto para voltar para Los Angeles.

Jared levantou e desligou o computador. – Hoje tem bingo da terceira idade no centro juvenil. Estou pensando em dar uma passada lá.

Dante deu uma gargalhada estrondosa. – Você? Desde quando você joga bingo?

- Não jogo e o bingo é só para os idosos. Mas ouvi falar que a Sarah ia tocar piano essa noite, antes do início dos jogos. Grady disse que ela é melhor que muitos concertistas. Pensei em talvez passar lá e ouvir.

Dante tirou as mãos dos bolsos e ficou olhando o irmão, com uma expressão desconfiada. – Qual é o seu interesse nela? – Jared era muito rico, muito bem-sucedido e muito exposto publicamente. Ele era conhecido por nunca ser visto com a mesma mulher mais de uma vez. Dante não dava a mínima se Jared queria trocar de mulher diariamente, mas Sarah não seria um de seus pratos do dia.

- Meu único interesse é ouvi-la tocar. Ela é uma médica local, amiga de Emily e uma mulher fora de cogitação para mim – assim como deveria ser para você, Dante. Ela não é o tipo de mulher com quem você pode ficar de sacanagem. Você vai acabar voltando pra Los Angeles. Não comece algo para depois fazê-la sofrer. Ela é uma mulher legal.

Aliviado que o irmão não daria em cima de Sarah, ele respondeu – Eu não quero ficar de sacanagem com ela. Na verdade, eu gosto dela.

Não consigo parar de pensar nela. — Ele pulou a parte das fantasias sexuais que ele tinha com ela, e como queria desesperadamente transar com ela.

- Se você sacanear com ela, o Grady vai te matar, por deixar a Emily chateada. Você sabe como ele é com a Em — Jared alertou. — Se ela tem um cisco no olho, ele já perde a cabeça.

É. Dante sabia como Grady era protetor com Emily, mas ele sabia que nem isso o impediria de ir atrás de Sarah, tentar se aproximar dela. Ele sentia que estava sendo atraído por um sentimento maior que cobiça. Ele queria transar com ela, mas tinha... mais. — Talvez a gente possa ser amigos. Ainda tenho várias semanas para me recuperar. Podemos andar juntos. — Certo, essa foi fraca, mentira total. Mas ele estava tentando ser desinteressado na frente do irmão.

Jared caiu na gargalhada. — A quem você está tentando enganar? Dante, eu vi o jeito como você olha para ela. Cada olhar que você dá diz que você a quer nua. E vi que ela te olha do mesmo jeito.

- Olha? — Dante olhou esperançoso para Jared. Honestamente, ele não tinha sentido, visto, ouvido muito dela, na última semana, a não ser seu lado prático e lógico, o que o deixava completamente insano, depois de ter experimentado a paixão que ela era capaz de sentir. Ele queria matar o homem que a iniciara no mundo do prazer físico. Por outro lado, havia um lado primitivo nele que se deleitava pelo fato de que ela só havia ficado com um cara e não tinha sido bom. Ele queria ser o homem a fazê-la gritar de prazer, o único que a fizesse gozar até que ela se despedaçasse e gritasse o nome dele, quando fosse a única coisa que ela conseguisse pensar. A cicatriz em seu rosto estava sarando, mas nunca iria sumir completamente e o restante dele não estava particularmente atraente, nesse momento. Ele sabia que não havia sido o único a sentir o calor quando estivera com Sarah, mas perguntou ao Jared, de qualquer forma. — Você acha que ela se sente atraída por mim?

Jared sacudiu a cabeça. — Você é realmente patético. Sabia disso? Sim. Ela está atraída. Mas o fato que prevalece é que ela não é mulher para sacanagem.

Ela está atraída. Dante ignorou o restante do sermão de Jared.
– Estou saindo. Falo contigo mais tarde. – Dante queria chegar ao
centro juvenil antes que Sarah começasse a tocar.

- Dante – Jared o chamou.

- Hã? – Dante virou para Jared, impaciente.

- Aqui está a chave sua picape.

Dante pegou o molho de chaves que vinha voando acima de
sua cabeça. – Valeu – ele murmurou sinceramente, feliz por ter
novamente as chaves. Pegar a chave de sua caminhonete, assim que
o veículo chegasse em Amesport tinha sido uma das manobras de
seus irmãos para mantê-lo preso.

Ele parou, ao chegar lá fora, tirando um momento para absorver o
cheiro e o som do mar. Ele tinha sua pequena praia particular atrás
da casa e adorava o som das ondas batendo na costa. Abrir a janela
toda noite tinha se tornado um hábito, deixando que o som do mar
o fizesse dormir. Estranhamente, desde seu encontro impetuoso com
Sarah, ele nunca mais tivera nenhum pesadelo com Patrick.

Ele pulou no banco do motorista de sua caminhonete e teve uma
sensação de paz, só por fazer algo normal novamente. Evan tinha
providenciado para que o carro fosse transportado para Amesport,
um gesto que Dante tinha achado desnecessário, à época. Ele voltaria
pra Los Angeles e podia alugar um carro. Agora ele estava enviando
um agradecimento silencioso ao irmão mais velho. Essa sensação
familiar de seu carro grande e o cheiro de couro no interior fez com
que ele se sentisse quase equilibrado de novo. – Eu te devo uma,
irmão – Dante sussurrou para si mesmo, sorrindo, ao sentir o motor
potente ganhando vida.

Evan, aos trinta e três anos, era decididamente quem cuidava de
detalhes como trazer a picape de Dante para Amesport. Ele sempre
sabia o que os irmãos mais novos precisavam. Grady tinha acabado
de completar trinta e dois. Dante tinha trinta e um e Jared era o mais
jovem dos homens, com quase trinta. Hope, a irmã caçula, não era
mais tão pequena, tendo acabado de completar vinte e sete anos, e
recém-casada com Jason Sutherland, um amigo de infância de Grady.
Na verdade, Jason era amigo da família, porque ele tinha crescido

perto da casa deles de infância, em Boston, mas chegou muito perto de tomar uma surra de todos os irmãos Sinclair, depois de fazer a gracinha de casar com Hope. Por sorte, tudo acabou bem, porque Jason administrava o patrimônio de Dante e de Grady, garantindo que os dois irmãos continuassem ficando cada vez mais ricos. Dante admitia não ligar muito para o dinheiro. Ele vivia praticamente com seu salário de detetive e raramente tocava no dinheiro que o pai lhe deixara. Ele ficara bem perplexo quando foi sacar dinheiro para dar a Karen e Ben, finalmente dando uma olhada no saldo, pela primeira vez, em anos. Ele já era incrivelmente rico, quando transferiu o gerenciamento financeiro de seu patrimônio para Jason, anos antes, mas agora ele estava ridiculamente rico.

Tirar o dinheiro para Karen e Ben nem tinha significância em seu patrimônio líquido. Por mais que o dinheiro fosse representar para o futuro da esposa e filho de seu amigo falecido, Dante sabia que as ligações diárias significavam ainda mais para eles. Os telefonemas também o ajudavam. Falar de Patrick, lembrar de tudo de bom no amigo, estava ajudando todos eles a atravessarem o processo do luto. Talvez nenhum deles ainda tivesse chegado ao ponto de aceitação, mas todo dia ficava menos doloroso.

Ele acelerou a caminhonete pela curta entrada de veículos e virou à esquerda, para chegar ao portão e deixar a península. Dante tinha ido ao centro juvenil nas visitas anteriores. Saber que Sarah estaria lá o enchia de uma expectativa desconhecida, e ele pisou um pouquinho mais forte no acelerador.

- Como vão as aulas? – Emily Sinclair perguntou à Sarah, curiosa, ao sentar-se na banqueta do piano, ao seu lado.

- Acho que estão indo bem – Sarah respondeu, feliz em ver Emily. Ela tinha acabado de lecionar o básico em piano para três crianças do Ensino Fundamental e embora ela adorasse fazê-lo, ela também gostava de conversar com adultos.

- A turma começou com dez crianças e está terminando só com três, mas elas são dedicadas. – Sarah só ensinava o inicial, para fazer com que as crianças se interessassem pela música. – Acho que os três que ficaram, vão prosseguir com lições, portanto, acho que é alguma coisa.

- É fantástico – Emily respondeu, entusiasmada. – Você é impressionante, por ser voluntário em fazer isso.

- Só estou tentando retribuir o uso desse piano incrível. – Sarah correu as mãos afetuosamente pelas teclas do piano.

- Ele está aqui para uso público – Emily argumentou. – Depois que o Grady encomendou, eu fiquei contentíssima que alguém soubesse tocá-lo.

Sarah riu, pensando o quanto era insensato que Grady tivesse encomendado um piano como esse, sem saber se alguém em Amesport sabia tocar. Havia alguns adultos que tocavam muito bem na cidade, mas a maioria tinha seus próprios instrumentos.

- Jared disse ao Grady que viu você tirando um sarro com o Dante. Vocês dois estão juntos? – Emily perguntou, numa voz sussurrada, reservada.

Droga! A única coisa que eu não queria que se espalhasse já se espalhou.

- Por favor, não diga nada. – Sarah olhou para a loura vivaz ao seu lado, torcendo para que o fato de ter se aproveitado de um cara ferido e sob efeito de remédios não fosse além da família Sinclair. Ela não entendia como podia ter perdido totalmente o bom senso, naquela noite, mas ainda estava repleta de culpa pelo incidente.

- Ninguém sabe – Emily respondeu em voz baixa, num cochicho. – Jared e Grady jamais contariam a ninguém, exceto a família, mas o Grady não gostou do fato de Dante pegar pesado com você. Ele receia que o Dante esteja se aproveitando. O que aconteceu? Eu ouvi dizer que você se machucou na casa de Dante e o Grady queria saber o que lhe dar, para se desculpar. Faz dias que estou querendo falar com você, mas nós temos andado muito ocupados, essa semana.

Sarah suspirou, imaginando se ela deveria dizer à Emily que tinha atacado o seu cunhado, enquanto ele estava meio dopado de analgésicos. – Nosso primeiro encontro não foi muito bem. Ele estava sendo um babaca autodestrutivo, e quebrou um copo, se querer. O meu corte não foi grande coisa, mas eu lhe dei uma espinafrada. Naquela noite, ele apareceu mais tarde, na minha casa, levando uma porção de pãezinhos de lagosta e um pedido de desculpas. Ele me beijou. Não teve nada de mais, Emily. Ele estava doidão de medicamentos. Tenho certeza de que isso foi algo que ele não faz habitualmente. Depois disso, nós temos sido muito profissionais. Está tudo bem. – *Bem, quase tudo, exceto o fato de que eu ainda sinto cobiça por ele, toda vez que o vejo.* Dante tinha ateado um fogo que ela simplesmente não conseguia apagar.

Emily lançou um olhar duvidoso para Sarah. – Não acho que alguns comprimidos tenham motivado esse comportamento. Tem que haver alguma química sexual.

Ai, Deus. Lá vêm essas palavras de novo. Cobiça? Atração sexual? Química sexual? Será que isso faz diferença? O fato é que... Eu sinto, sim, alguma coisa.

Ela não tinha como negar. – Para mim houve – Sarah admitiu relutante. – Mas não pode acontecer novamente. Ele é meu paciente e o que aconteceu não foi profissional.

A gargalhada satisfeita de Emily flutuou pela sala de música do centro juvenil. – Eu procurei o Grady a negócios, para pedir uma doação. Também acabei o beijando, embora eu estivesse lá para uma transação profissional. Algumas atrações são impossíveis de negar. Eu conheço você. Se você o beijou, você o acha incrivelmente atraente.

Mais que isso. Acho que Dante é o fogo mais quente que pode existir.

- Eu me deixei levar pelo momento. Foi só isso – Sarah disse, nervosa, sem querer admitir a ninguém que havia achado Dante Sinclair muito além de atraente. Ela tinha ficado fascinada por ele, desejando-o tão desesperadamente que sua mente havia deixado de lado qualquer pensamento racional e ela não conseguia se concentrar em nada exceto a sensação de seu toque.

Por apenas alguns minutos, ela se sentira totalmente ligada a ele e sua solidão se dissipara. Vivenciar algo assim tinha sido um afrodisíaco poderoso.

- O pessoal do bingo da terceira idade está chegando. Vamos nos encontrar essa semana para um café? – Emily levantou, lançando um olhar interrogativo.

Sarah viu as cadeiras da sala sendo ocupadas. Havia várias fileiras disponíveis e estavam todas sendo rapidamente ocupadas. Tocar antes do início do bingo semanal passara a ser um hábito e ela não se importava em tocar para qualquer um que gostasse de música. Ela estudara música desde criança e tinha perdido as contas dos recitais de piano que havia feito. O ritual tinha começado meses antes, sem querer, quando ela estava tocando por lazer, depois de uma lição voluntária para as crianças. Os idosos que chegaram cedo para o bingo começaram a entrar e ouvir, antes do início do jogo. Depois disso, acontecia toda semana, os velhinhos chegando na sala de música para passarem meia hora antes do bingo, ouvindo-a tocar, antes de seguirem ao ginásio, onde era realizado o bingo.

- No Brew Magic, na sexta? – Sarah sugeriu. – Depois do trabalho? – Ela adorava seus papos de garota com Emily, mas tinha a sensação de que essa semana talvez ficasse meio aflita. Emily sabia ser tão terrível quanto Elsie, quando queria saber de alguma coisa.

- Estarei lá. Quero ouvir a história toda – Emily alertou, com uma piscada, antes de deixar a sala para cuidar de seus deveres de diretora do centro juvenil.

- Não tem história nenhuma para contar – Sarah sussurrou baixinho, para si mesma. Tudo havia sido um erro terrível, um incidente que jamais deveria ter acontecido. Ela se sentia culpada, sabendo que deveria ter mandado Dante de volta para casa, no instante em que ele chegou, mas não o fez. Não eram somente os pãezinhos de lagosta, nem a tentativa dele de se desculpar. Era o homem em si. Algo em Dante Sinclair a deixava fascinada e ela queria esmiuçá-lo, pedacinho por pedacinho, para descobrir exatamente como sua mente funcionava. Talvez isso lhe desse alguma pista para saber o motivo para que ela se sentisse tão atraída por ele.

Precisando de uma distração, Sarah começou a tocar. Ela não precisava olhar partituras. Tocava praticamente tudo de ouvido, depois de ter tocado as composições musicais centenas de vezes.

Ela começou com Prelúdio, de Rachmanioff. Era uma de suas músicas clássicas preferidas, pois o compositor deixava muito do arranjo em aberto para a interpretação do artista. Deixando-se perder na melodia, ela se permitia expressar a paixão na música, os dedos voando por cima do teclado, enquanto ela despejava toda a emoção que vinha sentindo ao longo da semana. Essa era sua válvula de escape emocional, a atividade onde ela se sentia segura em abrir mão do intelecto e do racional para apenas... sentir. Cada sentimento era entremeado na música: tristeza, alegria, confusão, decepção, culpa e dor. Finalmente, a parte final terminava para uma salva de palmas da pequena plateia e Sarah prosseguia à próxima música, "La Campanella", de Franz Liszt. Era uma composição mais vivaz, que nunca falhava em deixar seu coração mais leve, após tocar. Ela terminou com grande eloquência, ofegante ao tocar o último acorde. Ao levantar-se para agradecer o público idoso, ela se assustou quando viu Dante e Jared Sinclair sentados na plateia.

Os dois irmãos Sinclair não passavam despercebidos. Eram os ouvintes mais jovens, com seus cabelos escuros se destacando entre um mar de senhoras grisalhas. O olhar dela se fixou no de Dante, que tinha uma expressão voraz e os olhos tão famintos que mais parecia um predador que finalmente avistara sua presa. O olhar de Dante era tão intenso que Sarah não conseguia desviar. Ela não tinha certeza de quanto tempo passou assim, paralisada, com os olhos presos pelos dele, antes que outros na sala começaram a fazer pedidos musicais. Finalmente, Sarah se desvencilhou do olhar fixo e assentiu hesitante, quando alguém pediu que ela tocasse uma canção. Ela sentou de volta e tocou pelos quinze minutos seguintes, esperando pelo próximo pedido, antes de recomeçar a tocar, mantendo o foco na madeira brilhosa à sua frente.

Dá para sentir seus olhos em mim e a tensão entre nós, mesmo a essa distância.

As mãos de Sarah estavam tremendo, quando a última canção finalmente terminou e o pessoal do bingo começou a deixar a sala, todos sorrindo e lhe dizendo o quão linda havia sido a sua performance.

- Você é incrível. Nunca ouvi Rachmaninoff interpretado dessa forma. Foi lindo, incrivelmente eloquente – disse Jared Sinclair, ao aproximar-se dela. – Foi a meia hora mais prazerosa que passei em algum lugar, em muito tempo.

Sarah sorriu para ele, apesar do fato de ele ter contado seu segredo. Seu tom era autêntico e o elogio, obviamente sincero. Não havia nada mais satisfatório que saber que ela havia deixado o dia de alguém mais animado com a música. – Obrigada. Você gosta de música clássica?

- Gosto – Jared admitiu. – Já ouvi alguns dos melhores pianistas do mundo, mas sua interpretação é excepcional. Fico surpreso que você nunca tenha seguido a carreira musical.

Sarah levantou e cuidadosamente empurrou a banqueta para perto do piano. – Acho que eu não iria gostar tanto, caso se tornasse um emprego de verdade. – Ela não podia imaginar tocar para viver, fazendo com que sua música se transformasse num dever que ela tivesse de exercer dentro de uma programação. Não seria a mesma coisa.

- Agradeço por você compartilhar o seu talento – Jared respondeu, com um tom genuíno, ao sorrir para ela, antes de sair lentamente da sala.

- De nada – ela disse atrás dele, ao descer da plataforma elevada, onde o piano estava situado, e pegar sua bolsa no chão.

Sua cabeça girou à direita, quando ela viu que a sala não estava totalmente vazia. Dante Sinclair não saíra de sua cadeira e sua expressão ainda estava focada nela, como antes.

- Preciso trancar a sala – Sarah disse a ele, com o máximo de calma possível, mas o coração começando a disparar, quando ele levantou.

- Nós precisamos conversar – Dante disse a ela, num tom de voz rouca e exigente.

Ele parecia um homem que não aceitaria não como resposta.

Capítulo 6

Minha!
O corpo inteiro de Dante estava agitado e tenso, sua intuição gritando para ele levar Sarah para algum lugar e saciá-la até que ela não pudesse mais pensar direito. Ela estava com um short listrado de azul e amarelo, e uma camiseta azul de mangas curtas, combinando. O short, na verdade era uma bermuda comprida que batia quase nos joelhos e não tinha a intenção de ser provocativa, porém, nela, estava sexy de matar. Até o esmalte rosa e inocente nas unhas de seus pés, numa sandália informal, o deixava de pau duro.

Ele não apenas a ouvira tocar piano; ele a sentira. Por baixo daquele exterior lógico e analítico, havia uma mulher de fogo e paixão. É. Ele sempre soubera disso, mas não tinha percebido o quão sensíveis eram seus sentimentos. Ele observara seu rosto, o tempo inteiro que a ouviu despejar seu coração na música e isso o derrubara, o deixara completamente destruído. Ele pôde sentir a carência dela, assim como a dele, e as sensações não cessaram quando a música parou. Dante sentia aquela sensação de anseio e sabia que estava emanando isso, tanto quanto Sarah. A tensão fluía no espaço entre eles como uma corrente elétrica e sua ereção estava tão rija que mal conseguia conter o ímpeto de tocá-la, de algum modo clamar por ela. Apenas vê-la sorrir para Jared já quase o matara. Ele não queria outro homem perto dela, principalmente com ela tão vulnerável. Será que só ele via que ela tinha todos os sentimentos perto da superfície, quando estava tocando?

- Vamos dar uma volta – Dante sugeriu, cerrando os dentes para evitar sugerir o que ele realmente queria; vamos para casa transar até que nenhum de nós consiga se mexer. Ele se aproximou dela e pegou sua mão, guiando-a para fora da sala.

- Espere. Preciso trancar tudo e tenho que buscar a Coco – ela disse a ele, nervosa.

Ele esperou impacientemente, enquanto ela trancava a porta da sala de música, seguindo-a, enquanto ela deixava a chave numa caixa perto da entrada da frente, depois seguia em direção ao ginásio, para dar uma espiada nos jogos de bingo. – Randi deve estar com ela – Sarah murmurou, seguindo a outra sala e abrindo uma fresta da porta para olhar lá dentro.

Dante deu um suspiro de alívio quando Sarah abriu mais a porta e ele viu que na sala havia uma mulher miúda, de cabelo escuro, e algumas crianças. Randi era mulher.

- Ei, Randi. Eu só queria levar a Coco para não lhe atrapalhar mais – disse Sarah, pousando os olhos na cadelinha que a mulher segurava no colo.

- Ela nunca atrapalha. Você sabe que eu a amo. Eu a roubaria de você, se pudesse me safar. – A mulher levantou de seu lugar e colocou Coco no chão. – E as crianças a amam. Levei um tempo para conseguir que sentassem para fazer o dever de casa. – Ela se inclinou ao lado do corpo de Sarah. – Quem é esse?

- Dante Sinclair, essa é Miranda Tyler. Ela é professora local e uma boa amiga de Emily – Sarah disse, saindo do meio dos dois, para que ele pudesse ver Randi.

Dante sorriu para a morena e estendeu a mão. – Na verdade, nós nos conhecemos. Ela foi uma das madrinhas de casamento de Emily. Que bom vê-la novamente, Randi.

- Igualmente – Randi respondeu, apertando a mão dele, antes de acrescentar. – Lamento pelo seu parceiro, Dante. E lamento por você ter se ferido. Fiquei aliviada em saber que você está melhor.

- Obrigado – ele respondeu baixinho, constrangido porque não estava habituado a falar de Patrick morto. Ele não conhecia Randi muito bem, mas pelo pouco que vira dela, no casamento de Grady, ela parecia uma mulher agradável.

Sarah tirou uma coleira da bolsa e prendeu no pescoço de Coco. – Emily e eu vamos nos encontrar no Brew Magic, depois do trabalho, na sexta-feira, se você puder vir.

O rosto de Randi se animou. – Eu não perderia. Parece que temos muito para pôr em dia. – Ela olhou curiosamente para Sarah, depois para Dante. – Eu não sabia que vocês dois estavam... juntos.

Dante viu o rosto de Sarah corar e ela gaguejou – Ah, não... nós não temos... não somos... ele é meu paciente.

Dante piscou para Randi. – Na verdade, nós temos e somos. Eu acabei de mudar de médico, portanto, ela não é mais minha doutora. – *Porque eu estou desesperado demais para transar com ela, para mantê-la como minha médica.* Dante estava bem cansado de Sarah ficar tentando ignorar a atração entre eles.

- Opiniões diferentes? – perguntou Randi, com um tom de malícia.

- Talvez, por enquanto. Mas eu vou convencê-la – Dante disse à Randi, irredutível, ao atracar a mão de Sarah e puxá-la para fora da sala, fechando silenciosamente a porta atrás dele.

- Não posso acreditar que você tenha dito isso – Sarah sussurrou asperamente, enquanto eles caminhavam na direção da entrada da frente. – Você mentiu. Eu sou sua médica. Não posso vê-lo de nenhuma outra forma.

- Essa é uma das coisas sobre as quais nós temos que conversar – Dante respondeu, apertando a mão dela, quando ela tentou se soltar. – Nós vamos resolver isso agora, Sarah.

- Não há nada para resolver – ela disse zangada. – Eu confio em Randi, mas se você não soltar a minha mão, a cidade inteira irá pensar que nós estamos... juntos.

Estava escuro, quando eles caminharam lá para fora e Dante seguiu para o calçadão de madeira, na margem da praia. Até podia ainda haver gente circulando, mas era um pouquinho mais privativo. – Não posso continuar fingindo que você é apenas a minha médica, que não sinto vontade de arrancar a sua roupa e transar contigo até que ambos estejam satisfeitos.

- O que aconteceu na minha casa, nunca deveria ter acontecido. Você estava sob efeito de drogas. Eu não deveria ter reagido daquela maneira. Eu deveria ter levado você para casa. Sou sua médica e não deveria ter me aproveitado da situação. Lamento – ela disse ofegante.

Dante parou embaixo de um dos postes do calçadão para ver bem o rosto dela. Nada. Ela não estava de sacanagem com ele. Dava para ver o remorso e o arrependimento na expressão dela.

Merda. Será que ela era realmente tão inocente assim? Ela tinha de ser. Aquela expressão de culpa era verdadeira.

Mas que droga, isso o deixava ainda com mais tesão.

- Você está achando que, de alguma forma, me molestou? De que eu não estava inteiramente ciente de cada coisa que estava acontecendo? Dante não conseguia eliminar o tom divertido da voz.

- Não tem graça. – Sarah olhou-o, fulminante. – Talvez, eu não tenha tentado exatamente seduzi-lo, mas contribuí para o que aconteceu. Não impedi. Eu até incentivei.

- Isso é o que acontece quando duas pessoas ficam com tesão, quando precisam transar tão desesperadamente que nem conseguem se lembrar de seus próprios nomes – ele disse a ela, num tom visceral, só conseguindo pensar no quanto ele queria fazer com que ela gozasse. Na verdade, ele não podia dizer que tinha muita experiência com esse tipo de situação. Ele nunca havia se sentido assim, com uma mulher.

- Eu não fico desse jeito – Sarah protestou.

Se Dante queria um desafio, era esse. Talvez Sarah não tivesse tido essa intenção, mas ele certamente estava disposto a provar que ela estava errada. – Você queria a mesma coisa que eu. Admita. – A necessidade dele de ouvi-la dizer era algo que ele não conseguia ignorar. Seus instintos possessivos estavam batendo com tudo e ele sabia que essa dor torturante que sentia por dentro não passaria, até que ela admitisse que ela o queria, tanto quanto ele a ela.

- Não importa o que eu queria. Você não estava totalmente sóbrio e eu sou sua médica. – Ela desviou dele e ficou olhando o mar, além do calçadão.

Dante estava morrendo de vontade de rir, mas não o fez. Sarah estava obviamente aborrecida e aflita, e por mais estranhas que suas impressões fossem para ele, tudo isso significava algo para ela. Para ele, podia até ser engraçado que ela achasse que o coagira, de alguma forma. Porra, quem dera. Ele fantasiava sobre isso.

Ele tentou dizer a ela, calmante – Eu não estava drogado. O efeito dos remédios já tinha passado e eu não tomei mais nenhum, até voltar para casa. Quando eu disse que os comprimidos me deixavam meio estranho, eu só quis dizer que não iria dirigir quando tomasse e estava falando no passado. – Ele puxou a mão dela, levando-a abaixo, para uma praia iluminada somente pelo luar. Ele estendeu a mão abaixo, soltou Coco da coleira e soltou no chão. – Acho que ela não irá longe.

- Ela não vai – Sarah concordou nervosa.

Dante pegou novamente a mão dela e puxou junto à sua virilha. – Olha como você me deixa, eu tenho ficado assim, desde o instante em que te vi. Não tem uma porra de um segundo que meu pau não fique duro, quando você está perto de mim. Isso não é por nenhuma droga e nem eu me entendo. Mas não posso ignorar e já passei do ponto de ligar para o motivo, não estou nem aí. – Dante não estava no clima de ponderar sobre nada. Ele precisava dela e queria fazer algo a respeito. Ele era o tipo de cara de atitude. Nunca tinha ficado tão obcecado por uma mulher. Jamais. E, nesse momento, tudo que ele queria era se acalmar saciando-a.

Dante quase gemeu quando sentiu os dedos hesitantes tracejando seu pau preso ali dentro. Mesmo por cima do jeans, sentir seu toque o deixava com mais tesão do que mulher alguma jamais havia deixado, e ele ainda estava com o pau dentro da calça.

- Não entendo isso. – Ela ficava tracejando os dedos por cima do brim. – Nós mal nos conhecemos. Não sei qual é a sua cor favorita, nem que tipo de música você gosta. Não tenho ideia de qual seja a sua comida predileta, ou se você tem um livro de sua preferência. Você é um bilionário que tem mais dinheiro do que quase todo mundo no planeta e eu sou uma médica que estudo com bolsas e empréstimos estudantis. Meu pai pode ter sido um cientista espacial, mas não era bom com dinheiro e não deixou muito para minha mãe, quando ele morreu. Nós não temos quase nada em comum.

Dante ouvia a incerteza e a confusão na voz dela. Apesar de seu brilhantismo, Sarah ainda era inocente. Sua mente inteligente ainda estava tentando dar sentido aos dois quererem um ao outro. Na realidade, isso não tinha sentido. Simplesmente... era assim. Pelo amor de Deus, ele era um detetive da divisão de homicídios que transava sempre que possível, mas não se envolvia por conta de seu emprego, e nunca ficava todo possessivo depois. Nunca. Agora ele estava todo dominador e só tinha beijado Sarah. Esse não era o seu comportamento normal e ele estava bem inquieto com toda essa situação. O problema era que ele não podia ignorar seus instintos. E a vulnerabilidade que ele ouvia na voz dela fazia com que confortá-la fosse a sua primeira prioridade.

Ele agarrou a mão que ela passava sobre o seu jeans e puxou-a para junto de seu corpo, passando os braços em volta da cintura dela. Depois mergulhou o rosto no cabelo dela, inalou, deixando que o cheiro dela tomasse seus sentidos. — Eu adoro azul marinho, um azul tão escuro que parece quase violeta. Não tem muita música que eu não goste, só depende do humor que eu tiver. Acho que pãezinhos de lagosta são a minha comida preferida e não tenho muito tempo para ler, porque nunca estou parado o suficiente para concluir um livro. — As mãos dele passaram para as nádegas dela, puxando-a para junto dele, de seu pau dolorido. — E eu não estou nem aí para o meu dinheiro. Nunca liguei. Vivo num apartamento de quarto e sala em Los Angeles, e meu salário mais que cobre todas as minhas necessidades, a menos que eu queira algo especial. Uso um amigo da família para gerir e investir meu dinheiro para mim. Meu emprego sempre me consumiu, por isso, nem nunca tive muito tempo para gastar dinheiro. Não tenho um jatinho particular, embora eu tenha que admitir que o do Grady seja bem legal. Na maior parte do tempo, eu até me esqueço que sou bilionário. Vivo do mesmo jeito que você: vivo para o meu trabalho.

Sarah se remexeu, delicadamente tentando se afastar dele. – Suas costelas...

- Ficariam bem melhor se você parasse de se mexer – Dante completou.

Sarah gelou. – Desculpe. Eu machuquei você?

Jesus. A ereção latejando só de sentir o calor dela, seu corpo macio e cheiroso junto a ele. – Eu daria qualquer coisa para ter você nua, nesse momento – ele disse, com a voz embargada, o coração disparado no peito.

- Você ficaria decepcionado – ela disse, cautelosa.

Não, ele não ficaria e não entendeu por que ela acharia isso. Ele iria saborear cada pedacinho de sua pele macia e perfumada, até que ela estivesse se contorcendo para que ele a tomasse. Sem conseguir esperar mais nem um instante, ele subiu as mãos pelas costas dela e segurou sua cabeça com as duas mãos. Ele achava que, a essa altura, ela já sabia mais que o suficiente sobre ele. Se ela quisesse detalhes, ele poderia dar, mais tarde.

Foda-se essa porra.

Ele colou os lábios nos dela, saboreando a doçura da ligação entre os dois, enquanto a devorava. Mergulhou as mãos nos cachos do cabelo dela, perdendo-se na sensação de seu corpo e do alívio de finalmente tê-la, de alguma forma.

Minha. Ela é minha.

Dante parou de lutar contra sua carência. Ele precisava marcá-la como sua, tinha que dominá-la e protegê-la, e cedeu a esses desejos, enquanto sua língua sondava cada pedacinho dos lábios dela. Quando ela passou os braços em volta do pescoço dele e o puxou com mais força, unindo as duas bocas, Dante quase perdeu a cabeça, pelo prazer da submissão dela.

Preciso tocá-la, antes que eu fique maluco.

Tirando uma das mãos do cabelo dela, ele a deslizou entre os corpos dos dois e puxou o cadarço do short dela.

Um toque. Não tem ninguém por perto. Está escuro.

Quando a mão dele escorregou para dentro do short e por baixo da calcinha, ele soube que um toque não seria o bastante. Seus dedos encontraram seu sexo aveludado, quente e molhado. Dante quase gemeu ao acariciar suas dobras escorregadias, os dedos buscando o clitóris.

Ele sentiu um pequeno som vindo dela, um gemido de tesão que o fez não pensar em mais nada, apenas em fazê-la gozar. Ela precisava e ele queria lhe dar esse prazer.

Ele recuou dela e disse, rouco – Goza para mim, Sarah. Preciso ver você gozar. – A vontade dele de saciá-la era incontrolável. Por mais que ele quisesse mergulhar dentro dela, ele não podia. Naquele momento, a praia estava deserta e só o luar iluminava os dois, mas seu senso egoísta não queria que ninguém mais a visse vulnerável, só ele.

- Não posso – ela disse, ofegante. – Eu...

- Pode, sim – ele disse, com a voz áspera, a respiração mais ofegante, ao pegar um cacho do cabelo dela e inclinar-lhe a cabeça para trás, para beijar seu pescoço. Ele remexia no sexo dela, afagando o clitóris, sentindo que ela ia ficando cada vez mais molhada. – Você é muito gostosa, meu benzinho.

- Dante, eu não consigo parar...

- Não pare – ele mandou, sentindo o corpo dela, junto a ele, começando a tremer. – Goza para mim.

Ela gemeu, emitindo pequenos sons de prazer que foram satisfazendo Dante de um jeito que ele nunca tinha vivenciado. Ele a mordiscava delicadamente na pele do pescoço, o que parecia deixá-la ainda mais louca. Ela se contorcia, mas ele nem ligava para a dor que isso causava em suas costelas machucadas. O frenesi dela aumentava o seu e ele foi fazendo mais pressão no clitóris, mexendo mais depressa.

- Dante, Dante – ela gemia, cravando as unhas nas costas dele, por cima da camiseta fina.

- Goza para mim, Sarah – ele rugia, adorando o som de seu nome nos lábios dela, quando ela estava prestes a gozar, querendo sentir seu orgasmo.

- Sim – ela gemeu, totalmente perdida.

Dante a beijou de novo, dessa vez, mais de leve, para abafar os gritos dela, enquanto seu corpo vibrava com a força de seu clímax. Ele prolongou o prazer por mais tempo, acariciando seu sexo até que ela desfaleceu, exausta.

Minha.

Ele passou um braço em volta da cintura dela, para ampará-la e pousou a cabeça em seu ombro, afagando-lhe o cabelo, enquanto sentia o tesão pulsante percorrendo seu corpo. A satisfação que ele sentia, nesse momento, era melhor que qualquer transa que ele já tivera.

- Isso é o que nós temos em comum, Sarah – disse ele, com a voz inebriada, brincando com o cabelo dela.

- Cobiça? – ela respondeu, sem ar. – Não posso acreditar no que acabou de acontecer.

Por algum motivo, Dante não ficou contente com a descrição dela, do que estava acontecendo entre eles. Ela já sentira cobiça antes. Isso era totalmente diferente. Mas ele respondeu – É. O que há de errado com cobiça?

- Não achei que seria assim – ela admitiu, com a voz pontuada de incerteza. – Isso foi... irresistível.

Dante teve vontade de bater no peito. Irresistível era bom. Ele queria destruir toda ilusão que ela tivesse de paixões ajuizadas. Ela tinha arrasado a possibilidade de ele voltar a fazer sexo descompromissado. Ele sabia disso e queria que ela ficasse tão perplexa quanto ele.

- Ai, Deus. Desculpe. Eu estou caindo por cima de você – Sarah exclamou, parecendo mortificada. – Você não deveria estar suportando nenhum peso, nesse momento. Droga! Por que você me fez esquecer de pensar racionalmente?

Dante deu um sorrisinho no escuro e segurou-a com mais força. – Não dói e você não consegue pensar direito porque acabou de ter um orgasmo surpreendente. E eu bem que gostaria que você estivesse, mesmo, caindo por cima de mim.

- Isso não tem nada de divertido. – Sarah recuou dele e pegou a coleira da cachorra na areia. Coco estava deitada na praia, a poucos metros, e ela prendeu a coleira no pescoço dela, antes de virar de volta para ele. – Nós temos que parar com isso, Dante.

- Não posso – ele disse sério, sabendo que não podia. Isso era tão novo para ele quanto para ela, mas ele não tinha medo. Ele tinha mais medo de perder a chance de ter a intensidade de sentimentos que Sarah lhe causava. Ele vinha vivendo na escuridão, desde o dia em que Patrick morrera. Para ser honesto, o vazio provavelmente já estava ali, por um bom tempo, mesmo antes da morte de Patrick. – Você fez com que eu me sentisse vivo outra vez – ele confessou, rouco.

Dante pegou a mão dela e a conduziu de volta ao calçadão de tablado, onde havia mais luz. Eles começaram a caminhar lentamente de volta para o centro juvenil.

- Eu sei que essas últimas semanas têm sido difíceis para você, Dante. Talvez você só precise de uma distração, mas eu não posso fazer isso – ela disse, diretamente, caminhando ao lado dele.

- É isso que você acha que foi? Uma distração? Uma distração é assistir a um filme, ou um jogo de futebol. Distração é ir pescar e parar para tomar uma cerveja. Distração não é perder a cabeça por uma porra de uma mulher. – Dante parou perto de sua caminhonete e a pegou pelo braço, para impedir que ela continuasse. – Jante comigo.

Ela olhou-o, acima, com os olhos brilhando de incerteza e molhados de lágrimas. Ver seus olhos tristes e cheios de água foi como um soco no estômago.

- O que foi? – Agora ele estava realmente preocupado, e estava bem certo de que esse era um lado que Sarah não mostrava a ninguém com frequência. Ele a empurrou devagarzinho contra a caminhonete e se aproximou, pondo as mãos no carro, uma de cada lado dela. Ela não ia sair, até que voltasse a sorrir.

- Você também faz com que eu me sinta viva – ela disse séria, como se isso fosse um acontecimento horrível, transformador. – Não sei como lidar com isso. Eu não sei como fazer... isso. – Ela gesticulou para ela e ele.

Dante sorriu para ela. – Meu benzinho, eu sei como fazer. E ficarei feliz em ensiná-la.

Ela franziu o rosto para ele. – Não foi isso que eu quis dizer. Eu sei a parte anatômica. – Ela parou, por um instante, antes de dizer, num cochicho – Estou com medo. Nunca me senti assim e meu corpo não reage assim. Eu penso, raciocino, e quanto estou com você, eu só *sinto*, em vez de tentar dar sentido ao que está acontecendo entre nós. É meu corpo que está em controle, em lugar do meu cérebro. Isso nunca aconteceu antes, Dante.

Dante ficou imaginando se ela teria dito essas palavras em toda sua vida. Novamente, ele foi invadido pelo desejo de protegê-la, quando ela estava vulnerável. – Não tenha medo. – Ele a pegou nos braços, segurou, com o coração disparado ao tentar embrulhá-la dentro dele, para que ela nunca mais temesse nada. – Jante comigo. Nós podemos ir ao Tony's Fish House. O Jared disse que a comida é boa.

Sarah fungou, ao recuar e olhar para ele. – É um local turístico e caro. Nunca comi lá.

- Acho que posso pagar. Vá comigo. Nós temos que comer, certo? Eu detesto comer sozinho.

Ela olhava cautelosa, e Dante ficou na expectativa, até que ela murmurou – Eu sou sua médica. Não posso ser vista com você, em público.

- Você não é mais minha médica – ele disse, irritado. – O que eu disse à Randi é verdade. Solicitei uma troca, ao Dr. Samuels. Portanto, chega de papo furado. Você verá a solicitação do meu prontuário em seu fax, de manhã. – ela sabia que se não mudasse de médico, ela manteria distância. Pelo menos, se ele trocasse de médico, ela não poderia usar mais essa desculpa. Agora ele estava bem contente por ter feito a troca, depois de vê-la se corroer de culpa. A ideia de que ela havia se aproveitado dele era ridícula, mas ela ainda tinha um senso ético profundo. – Portanto, acabou o relacionamento de médica-paciente.

- Você realmente trocou? – ela perguntou, parecendo perplexa.

- Sim.

- Por quê?

- Porque eu sei que se não fizesse, você ia continuar a me tratar como um paciente – ele respondeu. – E essa é a última coisa que eu quero de você.

- Vou pensar a respeito – ela respondeu, cuidadosa. – Me liga.

Ele ligaria. Amanhã. Ou talvez essa noite. Ele lhe daria uma canseira, até que ela cedesse, pois queria saber melhor o que estava se passando entre eles.

Ele a soltou, esperando que ela caminhasse até o carro. Em vez disso, ela seguiu caminhando na direção da Main Street. – Onde foi que você estacionou?

– Não vim de carro. Eu caminhei. Gosto de caminhar.

Dante calculou a distância até a casa dela e os locais ermos por onde ela teria que passar. – Entre na caminhonete, mulher. – Ele começou a suar frio, só em pensar nela caminhando para casa no escuro. – Não é seguro para uma mulher ir andando para casa.

Sarah parou e virou. – Isso aqui é Amesport, não é Los Angeles, nem Chicago.

– Não estou nem aí. Há muitos lugares onde algo pode acontecer. Há turistas na cidade. Nem todos são locais. – E mesmo que fossem todos locais, tem gente doida em todo lugar. – Entre no carro.

As sobrancelhas dela se franziram de irritação, formando uma ruguinha entre seus olhos. – Faz um ano que sempre vou andando. Preciso me exercitar.

– Há modos bem mais prazerosos de se exercitar – ele disse a ela, destrancando e abrindo a porta do passageiro de sua picape. – Entre – ele mandou. Nem ferrando ele a deixaria ir caminhando mais um passo no escuro.

Ela veio até ele lentamente, parando em sua frente. – Essa é sua voz de policial? É uma voz bem mandona.

– Meu benzinho, você não tem ideia do chato que eu sei ser. Fique feliz por você não ser uma criminosa – ele disse, num tom perigoso.

– Até fiquei com vontade de sair correndo e cometer um crime. Esse negócio todo de ditador é bem excitante – ela mencionou, casualmente. – Não que eu sempre fosse obedecer suas ordens, mas esse lado homem das cavernas tem seu mérito, sexualmente. – Ela parou, antes de acrescentar – É capaz que eu goste disso.

Puta merda! Ela vai me deixar maluco! Eu queria era bancar o homem das cavernas agora mesmo.

Não que sua ereção tivesse passado, mas seu pau pulsava alegremente, nesse momento. Ele a pegou e sentou devagarzinho no banco do passageiro. Depois de tirar a coleira da mão dela, ele pegou a Coco e colocou a cadelinha no banco traseiro. Ao prender o cinto de segurança de Sarah, ele respondeu – É melhor você se acostumar, porque eu acho que você vai me jogar de volta para a Era da Pedra. – Ele fechou a porta, antes que ela pudesse responder. Se ela dissesse mais uma palavra sobre os méritos de ser sexualmente dominada, o pau dele iria explodir.

O engraçado era que era só uma observação para ela, pois ela estava começando a perceber sua própria sexualidade. Sarah não estava dando em cima dele, mas isso não importava. A voz sexy e ligeiramente desnorteada já era o suficiente para ele.

Ele deu uma corrida contornando o carro e sentou atrás do volante. – Chega de caminhar sozinha à noite. Sua vira-lata do tamanho de um ratinho não é exatamente boa para proteção.

- Sim, Detetive Sinclair – ela respondeu imediatamente, os lábios formando um sorriso.

Dante olhou-a fixamente, imaginando se ela estaria sendo sarcástica. – Qual é a graça? Sua segurança não é piada. É perigoso para uma mulher andar sozinha, à noite.

- Não tem nada de engraçado. Acho que eu nunca tive alguém que se preocupasse com a minha segurança – ela respondeu. – É... estranho.

- Então, já é hora que alguém se preocupe – ele disse, baixinho, pasmo por ela nunca ter tido alguém que olhasse por ela. Mas ela havia contado sobre a mãe, uma mulher que parecia só se interessar pelas realizações acadêmicas da filha, e ela não tinha irmãos. Era bem possível que todos achassem que pelo fato de ela ser tão talentosa, tão especial, ela nunca tenha precisado de apoio, de amparo. Como pode, uma estupidez como essa? Por conta de sua situação, o que Sarah realmente precisava era de um protetor. Sarah lidava com as coisas em preto e branco, lógica e razão. Infelizmente, os doidos do mundo não analisavam as coisas do mesmo jeito que Sarah.

Minha!

Ele ficaria contente em ser o homem que cuidaria dela. Ela talvez fosse mais inteligente que ele, na parte acadêmica, mas ele tinha a sabedoria de rua, que era exatamente o que ela precisava.

Ele ligou o carro, deu ré para sair da vaga e seguiu na direção da casa dela. Eles não falaram muito, mas toda vez que ele virava para olhar pra ela, ela ainda estava sorrindo.

E u tinha acabado de ter um orgasmo, numa praia escura, como uma adolescente fogosa!

Ela deveria estar morrendo de vergonha, mas não estava. Pela primeira vez, ela se sentia... normal. Dante tinha acabado de abrir essa porção de sua alma, cuja existência ela desconhecia. Ela não tinha mentido, quando admitiu que ele a fazia se sentir viva. Quando ele disse isso para ela, foi como se o seu corpo estivesse ecoando as mesmas emoções, como se uma parte dela, que estivera adormecida, finalmente tivesse despertado.

O mundo de Sarah só revolvera ao redor dos estudos. A única coisa prazerosa nos anos em que viveu com a mãe era a música, aqueles momentos quando ela podia expressar sua solidão tocando piano. Infelizmente, ninguém jamais quis protegê-la... até Dante. Ele a tratava como alguém especial, mas, pela primeira vez, isso não tinha nada a ver com seu nível de inteligência.

Ele me quer.

De algum jeito, era importante que ele a olhasse e visse a mulher à sua frente, a aceitasse com tanta facilidade. Ele não mantinha distância dela, por ficar intimidado. Na verdade, ele não parecia nada intimidado. Ele certamente não tinha qualquer problema em ficar mandando nela, quando estava tentando protegê-la e seus hormônios femininos estavam em alerta. Talvez Dante tivesse, sim, um alto nível de testosterona, mas ele estava empurrando os limites dela, fazendo com que ela se tornasse ciente de si, como fêmea. Ainda assim, ela sabia que ele tinha suas próprias vulnerabilidades e isso o tornava um macho atraente, um cara bem irresistível para ela.

Dedução brilhante, Einstein. Ele é tão irresistível que eu perco todo o raciocínio e a lucidez, toda vez que ele me toca.

O problema era que ela realmente não queria resistir a ele. Ela queria que ele a tocasse, que a ensinasse tudo que ela deixou de saber. A educação decididamente era falha no departamento de prazer carnal. Se um simples beijo, um simples toque tinha abalado tanto, ela podia imaginar como seria ficar nua com ele.

Não posso fazer isso. Ele provavelmente perderia completamente o tesão, se eu realmente ficar nua.

- O que foi? – Dante perguntou curioso, do banco do motorista.

Sarah deixou seus pensamentos. – Nada. Por quê?

- Você não está mais sorrindo. Não gostei – Dante respondeu bruscamente.

Ela estava sorrindo? Talvez estivesse. Basicamente, ela estivera pensando nele e nos efeitos após seu orgasmo estarrecedor. Ela também gostava do fato de que ele quisesse protegê-la. Se isso não a fizesse sorrir, nada mais faria. – Nada.

Exceto pelo fato de que eu estava pensando em ficar nua com você e como é triste que eu não possa. Talvez, no escuro...?

- Você não me disse a sua comida predileta, nem sua cor favorita – Dante disse. – Fale comigo.

O pedido de Dante para compartilhar algo sobre ela bateu direto no coração. Nenhum homem jamais se mostrara curioso sobre ela, como pessoa. Até o homem que lhe havia tirado a virgindade a usara, provavelmente para se adiantar numa matéria em que vinha tendo problemas. Ou isso, ou ela era uma transa ruim. Ela nunca descobriu o motivo para que ele a tivesse dispensado depois da primeira relação que eles tiveram, mas ela não ligou muito. A única coisa que eles tinham em comum era a escola de medicina, e ela estava muito mais adiantada, embora ele fosse mais velho. E após aquela experiência constrangedora, ela havia concluído que realmente não estava perdendo nada. Agora ela estava bem certa do quanto estivera errada. Só faltava o homem certo para ensiná-la.

- Não sei andar de bicicleta, nem dançar. Nunca tive uma boneca, quando era pequena; eu tinha um piano. Nunca tive amigos, quando era jovem, porque isso tirava o tempo dos estudos e não era algo essencial no desenvolvimento do meu potencial. Sempre me senti estranha porque era jovem, num mundo de adultos, mas eu não me lembro de ter sido criança. E o único jogo que eu tinha permissão para jogar era xadrez, por ser um jogo intelectual, mas eu só podia jogar com alguém que ganhasse de mim, porque minha mãe queria que eu fosse desafiada. – O desejo de Dante em querer saber mais sobre ela havia aberto uma torrente de informação que ela nunca tinha contado para ninguém. – Nunca tive amigos de verdade, até vir morar em Amesport, e foi solitária por toda minha vida, por ser diferente. Nunca me senti normal. – Sarah respirou trêmula, antes de dizer – Minha cor predileta é vermelho, mas nunca uso, porque minha mãe achava inapropriado para uma mulher intelectual. Chamativo demais. Você já sabe que eu adoro pãezinhos de lagosta e música clássica, mas também gosto de ouvir country. Honestamente, gosto de todo tipo de música. – Ela hesitou, antes de dizer – Estou bem certa de que você está correto: há muito mais no sexo do que a reprodução da espécie humana.

Dante entrou com a picape na entrada de garagem da casa dela e desligou o motor, antes de se virar para ela, com uma expressão pasma. – Como pode alguém não saber andar de bicicleta?

Sarah sacudiu os ombros. – Eu não sei.

- Cristo! Você nunca faz nada, só de curtição?

- Geralmente, não. Mas já fiz muito mais coisas aqui do que em Chicago. Eu caminho, simplesmente porque posso. Não faz sentido e desperdiça o tempo, mas eu faço porque gosto e adoro todas as lojinhas na Main Street. Eu me encontro com algumas amigas que fiz aqui, e sou voluntária no centro juvenil. Adoro clássicos, mas, ultimamente tenho devorado todos os romances que encontro.

– Sarah abriu a trava do cinto e pulou da caminhonete. Talvez ela não devesse ter dito nada. Talvez agora ele a achasse uma aberração. Ela rapidamente procurou a chave e tirou da bolsa, depois pegou Coco, quando ela pulou para o banco que Sarah tinha vagado. Depois de deixar a cachorrinha no chão, ela soltou a coleira, deixando que ela perambulasse por seu próprio território.

Ela seguiu até a porta sem perceber que Dante estava atrás, até que ele pegou a chave da mão dela e a prendeu entre seu corpo volumoso e a parede ao lado da porta. Olhando o rosto dele, Sarah via sua expressão volátil.

- Que tipo de mãe nunca dá uma boneca à filha, nem a ensina a andar de bicicleta, nem deixa brincar com jogos? Merda! Eu achei que fosse meio ferrado por ter tido um pai abusivo e alcóolatra, mas até nós tínhamos jogos. E por sermos podres de ricos, tínhamos o melhor de tudo, incluindo bicicletas. Se não tivéssemos, isso poderia ferir a imagem do velho, em meio à elite. – As narinas dele tremularam e sua respiração ficou ofegante. – Acho que você é a mulher mais tesuda do mundo, com ou sem roupa, mas vermelho é muito sexy. Você tem um vestido vermelho?

Sarah assentiu hesitante. Ela tinha um, mas nunca tinha usado, comprou no impulso, um dia que estava fazendo compras com Randi e Emily.

- Vista, quando nós sairmos para jantar – Dante instruiu. – Eu vou ensinar você a andar de bicicleta. Eu vi umas trilhas incríveis por aqui. Porra, eu vou até deixar você me ganhar no xadrez. Eu jogo, mas não tenho dúvida de que você é melhor.

Sarah olhou-o, cautelosa. – Por quê?

- Porque já não é sem tempo que você viva a vida. Eu sei como é ficar embrenhado no trabalho, fazendo daquilo o seu mundo, portanto, não posso dizer que não sou culpado da mesma coisa. Mas tem de haver momentos em que você tira tempo para outras coisas. Coisas prazerosas. As melhores lembranças que eu tenho do Patrick são de quando saímos para pescar, ou pegávamos as nossas motos só para sair da cidade. Não tenho equilibrado a minha vida muito bem, mas pretendo começar a fazer isso. O Patrick costumava me dizer que a vida é curta demais para não tirarmos um tempinho para os prazeres da culpa. Acho que ele tinha razão. E agora, não estou mais vivendo a minha vida só por mim. Estou vivendo por ele. Vou fazer todas as coisas que eu sempre falei em fazer, mas nunca tive a chance. Acho que ele iria gostar disso.

Os olhos de Sarah se encheram de água, enquanto ela via a expressão de Dante mudar de zangado para triste. Ele não tinha superado a morte do parceiro, mas estava seguindo na direção certa. – Eu também acho – ela disse a ele, erguendo a mão para pousar no rosto dele.

- Você está pronta para correr alguns riscos? – um sorriso foi lentamente se formando no rosto de Dante, mas foi aumentando. – Sou um professor muito dedicado.

Ele estava certo. A criação dela impediu que ela fizesse muitas coisas que queria. Embora ela tivesse amadurecido emocionalmente, depois de se mudar para longe da mãe, ela ainda estava bem longe de realmente romper a casca do isolamento da qual se cercara, durante a infância e adolescência.

Ela queria passar mais tempo com Dante, pesquisar essas novas emoções e sua sexualidade. Sua ética a teria comido viva, se ele ainda fosse seu paciente, porém, agora que ele havia resolvido esse problema, ela estava livre para examinar esse negócio com Dante – independente do que fosse. – Já que você não é mais meu paciente, eu acho que gostaria disso. Embora o Dr. Samuels não seja nem de perto tão bom médico quanto eu – Sarah brincou. Honestamente, o Dr. Samuels era um ótimo médico que já exercia a profissão por pelo menos vinte anos, mas ela não pôde resistir em pegar no pé de Dante por dispensar seus serviços.

- Prefiro ficar com um médico medíocre a ter você reclamando e se recusando a ficar comigo – Dante disse impaciente.

Sarah abriu a boca para falar, mas Dante rapidamente tomou seus lábios num rompante logo a fez esquecer-se do que queria dizer. O abraço dele foi rápido, mas forte e dominador. Até a hora em que ele a deixou voltar a respirar, o corpo dela já estava clamando para que ele lhe desse mais.

- Entre, antes que eu te pegue aqui mesmo, na parede – Dante disse, enquanto ele destrancava a porta e abria, antes de devolver a chave para ela.

- Você não está bem para isso – Sarah argumentou, ainda sem ar, vendo a expressão séria no rosto dele.

- Você se surpreenderia – ele respondeu.

Sarah entrou pela porta, ainda tonta pelo beijo de Dante. Porém, num piscar de olhos, ela passou de entorpecida a horrorizada.

- Ai, meu Deus! – Ao dar uma olhada em sua casinha adorável, ela ficou boquiaberta de medo e repulsa, sem conseguir dizer mais nada. Literalmente parecia que uma bomba havia explodido. Suas lindas luminárias e tudo que era feito de vidro estava quebrado, os cacos espalhados pelo chão. Todos os móveis estavam cortados, todos os quadros das paredes, destruídos. No lugar dos quadros, que agora estavam no chão, apenas uma coisa... um recado.

Seu coração já disparado quase parou, quando ela leu a mensagem pintada de vermelho na parede:

Morra, sua puta!!

- Porra! Mas que diabo? – Dante rugiu, ao entrar atrás dela. – Não toque em nada. – Ele a puxou pela cintura e levou-a para fora da casa. Deixou-a na varanda. – Fique aqui e ligue para polícia. – A voz dele estava zangada.

Sarah o viu disparar até a caminhonete e voltar com uma arma em punho, e uma expressão tão gélida e letal quanto a de um assassino. Ele mudara num instante, e Sarah teve de lembrar a si mesma de que Dante era o mocinho, não o bandido. O pânico a invadiu, enquanto ela o observava entrando na casa, enquanto ela pegava o telefone. Ela olhava, enquanto explicava o que havia acontecido à atendente que lhe garantiu que a ajuda estava a caminho. Ela desligou o telefone, olhando, boquiaberta, enquanto Dante percorria a casa, segurando a arma como se fosse uma extensão de si mesmo, tomando o cuidado de não tocar em nada, por onde passava.

- Dante – ela sussurrou baixinho, enquanto ele sumia de vista, entrando pelo corredor que dava nos dois quartos e o banheiro. As sirenes soaram ao longe, mas o foco de Sarah estava em Dante.

E se ainda tiver alguém aí? E se ele se ferir? Ele ainda não sarou.

Ela teve de lembrar a si mesma de que ele era um detetive experiente, um policial, mas isso não importava. Policiais também morriam. Ele tinha acabado de perder um parceiro.

Ela ficou na expectativa, enquanto seu corpo inteiro tremia de medo, esperando por algum som que indicasse que Dante estava em apuros.

As sirenes se aproximavam e ela deu um suspiro de alívio, quando Dante veio andando atentamente pelos destroços no chão, enfiando a arma na cintura, no pé das costas. – O cretino já foi embora – ele disse, abraçando-a, confortando seu corpo trêmulo. – Eu lamento. Quem faria uma coisa dessas? E por quê?

Talvez ele tenha me encontrado!

Ela tentava silenciar a voz em sua cabeça, agarrando-se a Dante como a um salva-vidas, tentando dar sentido ao que tinha acabado de acontecer. Era mais provável que fossem garotos destrutivos, talvez turistas procurando encrenca, possivelmente drogados ou bêbados.

Morra, sua puta!!

Alguém que a conhecia, ou só um palpite de que havia uma mulher na casa? A frase era sinistramente familiar.

- Os outros cômodos estavam bem? – ela murmurou, junto ao ombro dele.

- Não – Dante disse, simplesmente.

- Então, a casa inteira estava do mesmo jeito? – Partia seu coração pensar que tudo que ela tinha estava em frangalhos.

- Sim. Eu lamento muito, meu benzinho. – Ele apertou mais forte em volta de sua cintura, passando a palma da mão em suas costas. – Eu queria ter pegado quem fez isso a você. Jesus. E se você estivesse em casa?

Sarah estava contente por ele não ter encontrado ninguém. Ela ficava nauseada, só em pensar em ver Dante passando por esse tipo de confronto, principalmente, por ainda estar se recuperando.

Uma caminhonete da polícia entrou pela entrada da garagem, seguida por algumas viaturas. Sarah reconheceu o delegado Joe Landon, quando ele entrou correndo pela porta. Joe era um homem geralmente jovial, sempre visto pela cidade conversando e mostrando fotografias de seu novo neto, e da esposa, Ruby. Sarah achava que ele devia ter por volta de sessenta e poucos anos. Seus cabelos escuros estavam ficando grisalhos, mas ele tinha um porte robusto e estava em boa forma para um homem de sua idade.

Dante rapidamente contou a ele o que havia acontecido e disse ter procurado pelo criminoso, mas sem tocar em nada.

- A equipe de peritos está bem aqui, atrás de mim – Joe afirmou, num tom de quem não está de brincadeira. – Não o estou reconhecendo. – Ele deu uma olhada para a cicatriz no rosto de Dante, que estava claramente visível sob a luz forte da varanda. – É o tal detetive herói, do qual estamos todos ouvindo falar?

Dante assentiu. – Dante Sinclair – ele afirmou, ao estender a mão para o delegado.

- Chefe Landon, mas todos me chamam de Joe. – Ele pegou a mão de Dante e apertou com força, antes de soltar.

A equipe de peritos vinha pela entrada da garagem e todos entraram na casa para uma investigação, depois que Joe resumiu os fatos, para que eles soubessem que quase não tinham informação, exceto que a casa havia sido saqueada.

- Você mesmo atende os chamados daqui? – Dante perguntou, perplexo.

- Nem sempre. Mas meu detetive resolveu se mudar para Boston. A esposa arranjou um emprego lá. Estou cobrindo. Não tem ninguém na polícia de Amesport com experiência suficiente para a função. – Ele olhou Dante curioso. – Imagino que não esteja procurando um emprego.

Alarmada, Sarah respondeu – Ele precisa sarar, antes de sequer pensar em fazer qualquer coisa.

- Sou um detetive de homicídios. É o que faço – Dante respondeu, enfático.

- Tem mais variedade de funções aqui – respondeu o chefe, persuasivo. – Se mudar de ideia, venha falar comigo. Você provavelmente é mais qualificado, mas eu acho que vou me aposentar em um ou dois anos. Amesport irá precisar de um novo delegado.

- Obrigado – Dante respondeu distraidamente, enquanto olhava a equipe colhendo provas, mantendo o braço em volta da cintura de Sarah, para apoiá-la.

Joe veio até o lado dele, supervisionando seus funcionários fazendo o trabalho para o qual haviam sido treinados. Depois de alguns instantes de silêncio, Joe disse a Dante, sério – Eu lamento por seu parceiro, filho. Nunca é fácil perder um amigo.

Dante sacudiu os ombros. – É uma jurisdição dura. Muitos homicídios, a maioria relacionada a gangues ou drogas.

- Servi duas vezes no Vietnã, vi meus companheiros morrendo, um atrás do outro, às vezes, bem diante dos meus olhos – respondeu Joe. – Amesport não tem muitos homicídios, mas eu sei o que é perder um amigo no cumprimento do dever.

Dante olhou para Joe, atônito. – Como conseguiu sobreviver a isso?

- Um dia de cada vez – Joe respondeu, pensativo. – Quando voltei da segunda vez, eu encontrei a Ruby e ela mudou a minha vida. O amor de uma boa mulher pode fazer muito por um homem. Nunca me esqueci dos amigos que perdi, mas eu tento honrá-los vivendo uma boa vida. Amesport tem sido boa para mim.

- Você é daqui? – Dante perguntou curioso.

- Nascido e criado. Encontrei a Ruby aqui e ela tinha crescido quando eu voltei do Vietnã – Joe respondeu, com um sorriso.

Eles continuaram observando a equipe trabalhando silenciosamente, por alguns minutos, antes que Joe olhasse para Sarah. – Tem ideia de quem pode ter feito isso, doutora? Considerando as circunstâncias, acho que temos que presumir que pode estar relacionado ao que aconteceu com você, em Chicago.

Sarah estremeceu. – Pode ter sido qualquer um. Talvez tenha sido roubo para comprar drogas, ou garotos problemáticos.

Joe sabia de toda a história porque o caso em Chicago ainda estava aberto. Ela havia lhe contado um resumo da situação, quando se mudara para Amesport.

- Parece que havia um bocado de coisas que poderiam ter sido vendidas para arranjar dinheiro pra drogas, mas, em vez disso, estão quebradas. Sarah, eu sei que é uma possibilidade assustadora, mas nós temos que estar preparados. Preciso colocar o pessoal em alerta para esse cara. Depois que as provas forem coletadas, você pode ver se sumiu alguma coisa. Mas nós temos que considerar a possibilidade – Joe disse a ela, numa voz séria, mas bondosa.

- De que diabo você está falando? – Dante disse. – O que aconteceu em Chicago?

- Isso é a Sarah que tem que lhe dizer, filho. Se ela não disse, então, é porque não quer.

Sarah estremeceu e seu sangue pareceu gelar. Ela não queria nem pensar nessa possibilidade. Mudar-se para Amesport havia sido sua fuga. Ela deveria estar segura ali. No entanto, seu cérebro racional entrou em ação e ela sabia que precisava enfrentar os fatos. – Acho que é possível.

- Vou entrar em contato com o pessoal da polícia de Chicago. Ver se eles têm alguma novidade e avisá-lo sobre o que aconteceu aqui – disse Joe, com a voz emanando tristeza.

- Vou poder entrar na minha casa? – perguntou Sarah, sabendo que provavelmente jamais conseguiria pregar os olhos ali, depois do que havia acontecido.

- Não. Agora, não. E você não deve ficar sozinha – Joe respondeu, firme.

- Ela não vai ficar. Ela estará comigo – Dante respondeu num tom irredutível.

- Eu não tenho nada. Não tenho roupa...

- Nós vamos comprar o que você precisa. Você não pode entrar aí agora. Eu não sei exatamente por que sua casa foi atacada, ou o que aconteceu em Chicago, mas alguém obviamente quer você morta. Isso parece ter sido feito num ataque de fúria porque não a encontraram aqui. – Dante olhou pra Sarah com uma cara feia, zangada. – Você vai me contar sobre quem quer vê-la morta.

- Tudo bem, doutora? – Joe perguntou, olhando para Sarah esperando a confirmação.

- Por essa noite – Sarah concordou, sabendo que ela não poderia voltar para casa, até que a equipe de peritos concluísse a coleta de provas e que a bagunça fosse arrumada.

Dante lançou um olhar que garantia que os dois iriam discutir mais tarde, mas Sarah se preocuparia com isso depois que passasse o trauma de ver sua casa destruída. Nesse momento, ela ainda estava abalada e não conseguiria ponderar sobre nada. Tudo que ela queria era o conforto de saber que Dante estava perto.

- Está armado, Detetive Sinclair? – Joe olhou o corpo de Dante, com seus olhos castanhos aguçados.

Dante pôs a mão para trás e lentamente puxou a arma da cintura. – Em Los Angeles, eu estou sempre armado. Não achei que fosse necessário aqui. Mas estava com a minha Beretta na caminhonete. – Ele entregou a arma a Joe. – De agora em diante, sempre estarei armado.

- Então você é um homem que gosta de Beretta – disse Joe, examinando a arma, antes de devolvê-la a Dante.

- Também tenho uma Glock em casa. Só para você saber – Dante o informou.

- Não tenho nenhum problema quanto a você andar armado, principalmente agora, que está protegendo Sarah. Apenas fiquem atentos e me liguem, se acontecer algo fora do comum – Joe aconselhou.

Os dois homens trocaram seus números telefônicos, antes que Dante pegasse a mão de Sarah e começasse a conduzi-la de volta para a picape.

- Coco! – Sarah exclamou. – Eu tenho que levá-la comigo.

No instante em que a cachorrinha ouviu seu nome, ela estava junto aos pés de Sarah. Dante se abaixou e a pegou com uma mão. – Peguei.

Sarah pegou Coco de Dante, depois de sentar-se no banco do passageiro de sua caminhonete. A cachorra se aninhou junto a ela e pousou a cabecinha no peito de Sarah, com se soubesse que a dona estava aflita. Ela segurou o bichinho com mais força, sentindo a necessidade de qualquer consolo que pudesse ter.

Capítulo 8

A raiva de Dante só aumentava, enquanto ele olhava a ficha policial sobre o caso de Sarah. Apenas alguns telefonemas fizeram com que as informações chegassem ao seu computador pessoal. Ele não dava a mínima se era questionável que ele estivesse revisando fichas, enquanto estava fora de serviço, estudando um caso que não estava nem perto de sua jurisdição. Porra, ele era policial, vinte e quatro horas por dia, e isso era pessoal.

Sarah tinha ficado em silêncio durante todo o trajeto para casa, e só falou com ele para pedir uma de suas camisetas para dormir. Ela tinha tomado banho e se recolhido no quarto de hóspedes, quase sem dizer nada. Pela primeira vez, desde que ele a conhecera, ela parecia frágil e aterrorizada. Dante não gostava disso. Ele queria vê-la sorrindo de novo, agora mesmo, porra.

Cretino!

O punho de Dante bateu na escrivaninha do escritório, bem em cima da foto do suspeito. Isso não ajudou. Ele precisava ouvir o barulho dos ossos da sua cara quebrando, enquanto ele batesse nesse cretino até matar. Depois do que ele tinha feito a Sarah, ele merecia.

A intuição dizia a Dante que esse era o agressor por trás da destruição da casa de Sarah. Tudo se encaixava: o ódio por trás do crime, a destruição de pertences pessoais e o recado violento que foi deixado. O filho da puta que quase a matara ainda queria vê-la morta.

Não se admira que agora ela evite hospitais.

Ela lhe dissera, durante uma das consultas, que ela só atendia pacientes que não estivessem internados. Ele nunca questionou por que Sarah não admitia pacientes aqui no hospital de Amesport, por que ela transferia os cuidados para outro médico, se eles precisassem ser hospitalizados. Ela era relativamente nova na área e ele achou que apenas não estava desfrutando de seus privilégios ainda.

Ela não quer voltar para um hospital.

- Dante? – a voz hesitante de Sarah soou perto da porta do escritório.

Ele ergueu os olhos e viu Sarah ali em pé, só com sua camiseta branca. Ela parecia exausta e sua expressão estava aflita. Ele queria segurá-la em seu colo e abraçá-la até que ela se sentisse segura novamente. Impulsos ferozes o fizeram fechar os punhos sobre a mesa e ele teve de conter o ímpeto de imediatamente estender os braços para ela. Ela estava se aproximando dele e ele tinha de deixá-la falar. – Achei que você estivesse dormindo.

Ela sacudiu a cabeça devagar. – Não consegui. Acho que você precisa saber o que aconteceu. Você está me ajudando. Não quero que você entre nisso sem saber de nada. Você precisa saber de tudo. Desculpe. Acho que eu só não quis considerar que isso pudesse estar ligado ao que aconteceu em Chicago. Mas não é sensato. Provavelmente está ligado. Coisas assim, simplesmente não acontecem em Amesport.

Ela está vindo a mim. Ela confia em mim.

Embora ela não quisesse falar do que havia acontecido, ela estava contando para ele para evitar que ele se ferisse por não saber de todas as informações. Para Dante, isso era muito mais importante do que ter que confrontá-la e arrancar a história dela. Ele queria ouvir dela, mas não queria forçá-la. – Converse comigo.

Ele ficou observando, enquanto ela entrava na sala e se acomodava numa poltrona de couro confortável, na frente de sua mesa, pondo os pés embaixo do corpo, antes de respirar fundo. – Eu só estava terminando meu primeiro ano depois de formada em Chicago, quando recebi um novo paciente, um garoto de dezenove anos. Ele tinha se envolvido num acidente de carro, tinha sido uma batida de frente, por um motorista bêbado, e a mãe que estava dirigindo. A mãe morreu na hora, mas Trey sobreviveu. Ele quebrou as duas pernas, teve vários outros ferimentos, mas era jovem, foi melhorando, gradativamente. Ele estava no primeiro ano da faculdade e queria seguir a escola de medicina. Acabei passando bastante tempo com ele. Nós tínhamos um ortopedista especialista no caso, mas eu era a clínica geral. Adotei o hábito de sempre vê-lo por último, na minha ronda no hospital, para ajudá-lo a acompanhar as matérias da faculdade e auxiliar com alguns de seus estudos de biologia. Nós nos tornamos muito afeiçoados um pelo outro.

- Ele desenvolveu uma paixão monstruosa por você – Dante disse, baixinho.

Sarah sacudiu a cabeça. – Não. Não foi assim.

- Meu benzinho, pode não ter sido assim para você. Mas, acredite, eu já fui um garoto de dezenove anos e sei o que se passa na mente primitiva de um macho dessa idade. – Dante parou, um minuto, antes de acrescentar – Você é linda e bondosa, e era apenas alguns anos mais velha que ele.

Sarah sacudiu os ombros. – Ele nunca agiu de forma inapropriada. Ele falava mais de suas ambições de ser médico.

Dante podia garantir que o garoto tinha suas fantasias, mas ele incentivou Sarah a falar. – O que aconteceu?

- Numa noite, eu o estava ajudando com seu trabalho, umas três semanas após o acidente. O pai dele também estava lá. Trey não era próximo do pai e disse que ele tinha um temperamento ruim. Trey era mais próximo da mãe e ainda estava lidando com a perda dela. Naquela noite, enquanto eu estava lá, ajudando com seus estudos de biologia, Trey morreu. – A voz de Sarah começou a tremer de sentimento, mas ela continuou. – Nós tentamos ressuscitá-lo, fizemos todos os procedimentos, por uma hora, mas ele tinha partido. A autópsia mostrou que ele teve uma embolia pulmonar muito grande, embora nós tivéssemos tomado todas as precauções, por ele estar correndo um risco tão alto. O caso foi revisto e todos os médicos do caso foram isentos de qualquer erro. Simplesmente... aconteceu. – A voz dela começou a falhar.

Dante olhou para a expressão angustiada no rosto dela, seu coração apertado por ela. Que devastador deve ter sido essa experiência para ela, conhecendo o paciente tão bem, e ainda no primeiro ano na profissão? Ela era tão jovem. – O pai dele a culpou – Dante disse, secamente.

- Acho que ele não tinha mais ninguém para culpar. A esposa estava morta e o filho que ele achou que sobreviveria, depois do acidente, acabou morrendo também. Eu estava lá, quando aconteceu. Repassei todo o procedimento, enquanto tentávamos ressuscitar Trey e fracassamos. O pai teve que ser retirado da sala porque surtou completamente. Mais tarde, naquela noite, dizer a ele que o filho estava morto foi uma das coisas mais difíceis que eu já fiz. Ele estava zangado.

- Dois dias depois, ele tentou matar você. Eu vi os relatórios policiais, Sarah – Dante confessou.

Sarah se remexeu na poltrona e assentiu vigorosamente, reposicionando o corpo em outra direção. – O pai de Trey sabia que eu ia sempre para a UTI pela escada, toda noite. Ele me viu entrando e saindo por lá com frequência. Dois dias depois, ele me pegou na escada, no lance entre o segundo e o terceiro andar. Todo o restante ficou embaçado. Quando ele me atacou, ele bateu a minha cabeça contra a parede de pedra da escada. Só me lembro dele gritando que eu tinha matado sua família inteira e tinha que morrer. Tentei lutar com ele, mas não tinha muita chance. Ele já tinha me jogado no chão e assim que começou a me esfaquear, eu fiquei ainda mais fraca, pela perda de sangue. A mensagem que ele deixou na parede da casinha é o que me lembro de ouvi-lo gritar, repetidamente. "Morra, sua puta".

- Vinte vezes, porra. Puta merda. É um milagre que você ainda esteja viva – Dante disse, tentando controlar seus próprios impulsos homicidas, naquele momento. Está certo que o homem tinha perdido a esposa e o filho, mas ele descarregou em cima de uma mulher inocente que só tentara ajudar seu filho. E o cretino quase conseguiu matá-la.

- Se uma das enfermeiras não tivesse descido a escada na hora certa, eu teria morrido naquela noite. O John fugiu correndo escada abaixo e conseguiu sair, assim que ouviu alguém descendo a escada. Ele atingiu uma artéria do meu braço e eu teria morrido rapidamente, de hemorragia, se não estivesse no hospital. A equipe da emergência de lá salvou a minha vida.

- A polícia nunca o capturou. – Dante cruzou com o olhar de Sarah, vendo apenas a tristeza em seus olhos azuis escuros, as lágrimas escorrendo pelo seu rosto.

- Não – ela confirmou, limpando as lágrimas. – Quando eu me recuperei, eu não conseguia voltar ao hospital. Depois que o Trey morreu, eu ficava quase nauseada, só de entrar pela porta do hospital. E depois que todos os ferimentos feitos pelo John cicatrizaram, eu não conseguia mais entrar num hospital. Comecei a ter crises de pânico.

Sem conseguir mais controlar os seus instintos, Dante levantou e pegou a mão de Sarah, puxando-a e segurando em seus braços. – Quem cuidou de você? – Dante perguntou baixinho, numa voz confortante, enquanto passava a mão nas costas dela. Cristo. Ele queria tanto ter estado lá por ela.

- Minha mãe. Eu tinha um apartamento em Chicago, perto do hospital, mas fiquei com ela por um tempo, depois do incidente. Acho que também foi difícil para ela, que queria de volta a sua filha médica independente e bem sucedida. Mas eu não conseguia evitar as crises de pânico, toda vez que tentava voltar a um hospital, e sabia que eu precisava de uma mudança. Comecei a procurar cidades menores pelo país, onde precisassem de médicos, e vim parar aqui. Sempre quis ficar perto da costa e quando descobri como era resumido o número de médicos nessa cidade, eu achei perfeito. Ainda não consegui ir ao hospital daqui mas tenho sido muito feliz em Amesport, até essa noite. Para mim, foi um recomeço. Eu realmente achei que ele nunca viria atrás de mim. Achei que ele tivesse me atacado num ataque de fúria pós-traumática. Se o John fez isso, então, ele ainda quer que eu morra.

- Foi ele – Dante disse, segurando o corpo trêmulo, com um pouquinho mais de força. Porra! Quem poderia tentar ferir essa mulher? Todos os instintos de Dante gritavam para que ele a protegesse. Sarah caminhava em volta de sua bolha intelectual, e um babaca tinha estourado da forma mais horrenda. Agora, em vez de se sentir isolada e solitária, ela se sentia sozinha e amedrontada, quando nunca fez nada além do bem pelas outras pessoas. Ele não sabia muita coisa em relação a confortar uma mulher, mas mantê-la em segurança ele podia. Ela agora era sua protegida – desde que ele abraçou seu corpo macio e responsivo, mais cedo, quando ela desabou em seus braços.

- Eu sei que é ele – ela suspirou. – Dá para sentir. Ninguém daqui é maluco o suficiente, ou me detesta tanto a ponto de fazer o que foi feito na minha casa. Eu soube, assim que vi o recado na parede. Era a mesma coisa que ele gritava, na noite em que me esfaqueou.

Dante se esforçava brutalmente para não formar essa imagem na mente. Se ele imaginasse um maluco esfaqueando Sarah, ele ia perder a cabeça. – Você sabe que eu serei a sua sombra, até o pegarmos – Dante alertou.

- Eu preciso trabalhar, cuidar das minhas responsabilidades...

- Tudo bem. É onde eu estarei. Pode me considerar seu guarda-costas particular. Ele está aqui, em algum lugar, e sabe onde você mora. Obviamente, ele sabe onde você trabalha. Essa não é uma cidade grande.

- Ai, Deus, meu consultório...

- Está tudo bem. Liguei para o Joe, depois que você foi pra cama, e ele já tinha estado no seu consultório. Lá está tudo bem – Dante disse a ela, calmamente.

- Dante, eu não quero que você se envolva nisso. Você já está lidando com muita coisa, nesse momento.

Ele estava se recuperando e não dava a mínima pelo resto de seus problemas. Ele não tinha uma única coisa acontecendo em sua vida que fosse mais importante do que garantir que Sarah não se ferisse. – Eu já estou envolvido e pretendo continuar assim até que John Thompson seja preso ou morto – Dante rugiu, recuando a cabeça para lançar um olhar obstinado a Sarah. – Você não faz nada sem mim. Não vai a lugar nenhum sem mim. Se você sair, eu quero saber. Não estou querendo deixá-la paranóica, mas nós sabemos que ele está na área e não vai demorar para que ele a encontre. Nós precisamos pegar esse babaca, Sarah. Você não terá uma vida, até fazermos isso. Eu prefiro ter você viva e injuriada comigo, do que a alternativa. – Dante não conseguia nem pensar em algo acontecendo com Sarah. Se ela fosse ferida ou pior, ele perderia o que restara de seu juízo.

- Isso também o coloca em perigo e você ainda não está recuperado. Eu não gosto disso – Sarah disse a ele com um olhar resoluto, enquanto recuava e sentava no braço da poltrona, cruzando os braços sobre os seios.

- Você não precisa gostar – Dante concordou prontamente. – Você só tem que lidar com isso. Você é uma mulher que lida mais com a realidade. Qual é a sua alternativa? Você sabe que precisa de proteção e sabe que nós precisamos pegar esse cretino.

- Eu posso ir embora. Posso me mudar de novo. Ir para algum lugar onde eu possa recomeçar – Sarah gritou, desesperada. – Tem que ser melhor do que correr o risco de alguém mais se ferir.

Dante olhou-a, abaixo, notando que seu corpo inteiro estava tenso e ela parecia tão exausta que não estava pensando racionalmente – o que era novidade. – Por quanto tempo? Até que ele te ache novamente? É assim que você quer viver a sua vida... fugindo? Eu posso lhe dizer que isso não funciona. Deixar Los Angeles não fez com que tudo doesse menos e não impediu a minha tristeza por ter perdido o Patrick. Estou feliz de estar aqui, mas a única pessoa que pode resolver essas questões sou eu. O local não faz a menor diferença.

- Eu tenho que fazer alguma coisa – ela disse a ele, desesperadamente.

- Nem tente – Dante disse, irritado. Ele se inclinou abaixo e pôs as mãos em ambos os lados de seus quadris, olhando dentro dos olhos. – Onde quer que você vá, eu vou encontrá-la. Para onde você se mudar, eu vou descobrir e vou atrás de você.

- Você está me ameaçando? – ela perguntou, na defensiva.

- Não. Isso não é ameaça e é uma promessa. Confie em mim.

Jesus, mas que mulher teimosa.

Contudo, havia uma parte dela que era tão vulnerável e Dante conseguia enxergar. Ela podia até mostrar um rosto corajoso, o quanto quisesse, mas ele entendia o inferno que ela já tinha passado e queria que ela finalmente tivesse uma vida livre do medo, uma vida que não a fizesse se sentir diferente ou estranha.

- Eu confio em você, sim. Só não quero ver você se ferir – Sarah disse hesitante.

Dante sacudiu lentamente a cabeça, incapaz de entender essa mulher que se preocupava mais com a segurança dele do que a dela própria. Será que ela tinha se esquecido que ele era policial? – Eu não vou me ferir. Isso é o que eu faço, Sarah. E já tive casos muito mais perigosos do que esse. – Mas, naquele momento, nenhum deles parecia tão importante quanto manter Sarah em segurança de alguém que a queria morta.

Eu preciso protegê-la. Se alguma coisa acontecer com ela, eu nunca vou me perdoar e jamais conseguirei superar. Agora ela é minha para proteger.

- Eu quero resolver isso. Você está certo. Não posso fugir. Eu estaria colocando outras pessoas em perigo, onde quer que eu fosse. O que posso fazer? – ela perguntou, agora com a voz resignada e determinada.

Obviamente, sua mente racional voltou. – Simplesmente, não fuja. Não estou em forma para correr atrás de você, mas, se for preciso, eu farei.

No rosto dela surgiu uma expressão de preocupação. – Você está com dor?

- Não. Mas eu vou ficar, se tiver que correr atrás da sua bunda linda – ele disse a ela, num tom de alerta.

- Você é maluco. Sabe disso, não é? Você mal me conhece e está disposto a ser meu guarda-costas particular. – A voz dela estava desconcertada.

- Não há costas que eu quisesse guardar mais do que as suas, meu benzinho. – Ele a beijou na testa, antes de levantar de novo. – Tenho planos futuros para isso.

- Eu já lhe disse que você não vai querer me ver nua – Sarah o lembrou.

- Ah, mas eu quero, sim – Dante argumentou, estreitando os olhos castanhos, numa expressão desafiadora.

- Vamos apenas resolver logo esse problema e tirar isso do caminho – ela murmurou irritada.

Sarah levantou na frente dele e deu um passo atrás. Dante ficou olhando, fascinado, quando ela cruzou os braços, pegou a bainha da camisola provisória e rapidamente ergueu, como se pudesse mudar de ideia. Ela não estava usando absolutamente nada por baixo. Ela estava diante dele, completamente nua e seu pau subitamente deu um tranco de gratidão.

- Esse é o corpo que você verá – Sarah disse a ele, trêmula. – Nada além de cicatrizes. A faca não era grande, mas as cicatrizes são numerosas e não são muito bonitas. Eu sobrevivi ao ataque, mas vejo os lembretes no espelho, todos os dias.

Dante estava ali em pé, boquiaberto, olhando para ela, os olhos percorrendo seu corpo, de cima a baixo. Ela tinha cicatrizes, sim, mas isso era de se esperar, depois do que tinha acontecido com ela. Fora isso, ela tinha um corpo absolutamente perfeito, desde os lindos seios, com mamilos rosados e generosos, até as pernas alongadas. Ele tentou não pensar naquelas pernas esguias em volta da cintura dele, enquanto ele mergulhava dentro dela, até que os dois ficassem exaustos, mas não conseguiu. O tufo de pelos louros entre as coxas era tão claro quanto seu cabelo e Dante queria mergulhar o rosto entre suas pernas e se banquetear nela. Tocá-la tinha sido inebriante, mas saboreá-la seria demais.

Minha.

A palavra irradiava por seu corpo até que ele quase não conseguia tomar o que ele já sabia lhe pertencer.

- Coloque a camiseta de volta. – A voz dele era rouca e a vontade de levá-la para cama era esmagadora. Mas ela tinha passado por coisa demais hoje. Nesse momento, ela precisava de outro tipo de consolo e ele queria lhe dar o que ela precisava. – Vá dormir um pouco.

Puta merda. Eu preciso que ela cubra esse corpo lindo agora, antes que eu faça alguma coisa da qual possa me arrepender. Não que eu consiga me esquecer exatamente como ela é. Ficará gravado em minha mente para sempre.

Porra! Ele a queria tanto que quase não conseguia respirar, mas não queria Sarah desse jeito. Ele a queria cheia de tesão, implorando, se dando a ele por estar ardendo de desejo. Não numa noite assim, pois ele não queria nenhum arrependimento depois. Dolorosamente, ele conteve seus instintos carnais, mas demorou um bocado, com ela ali, em pé, nua em seu escritório. *Sexo não é o que ela precisa. Pode baixar, garoto!* O que Sarah precisava agora era de um amigo e ele seria o que ela quisesse, mesmo que isso quase o estivesse matando.

- Você não pode dizer que eu não o alertei sobre o meu corpo – ela murmurou, ao puxar a camiseta de volta por cima da cabeça.

Dante olhou, confuso, quando ela virou e saiu correndo da sala. Ele ouviu os passos correndo escada acima, pelo tapete, antes que ele realmente entendesse o que estava acontecendo.

Ela acha que eu não quis olhar para o corpo dela por causa das cicatrizes?

- Puta merda! – Dante sussurrou voraz, passando a mão frustrada no cabelo curto. Como ela não sentiu a tensão sexual entre eles? Porra, o tesão *dele* era tão palpável que quase o asfixiava.

Vejo os lembretes no espelho, todos os dias.

Pensando em retrospectiva, na conversa que eles tiveram sobre química sexual, Dante ficou imaginando se Sarah realmente acreditava em toda aquela baboseira de propagação da espécie e ser atraída ao par ideal – alguém que ela obviamente tinha a impressão de ser isento de cicatrizes ou imperfeições. Aos olhos dele, todas aquelas marcas visíveis eram parte dela, símbolos do inferno que ela tinha passado e sobrevivido. Para ele, o pacote completo de Sarah era o ideal *dele*.

Ele desligou o computador e pegou a pistola na beirada da mesa, checou as trancas e acionou o sistema de alarme, antes de subir para o seu quarto. Ao chegar lá, ele colocou a Glock na mesa de cabeceira e tirou a roupa, largando as peças no chão.

Eu estava errado. Sarah não precisa apenas de um amigo, embora eu queira ser aquele a quem ela possa recorrer, sempre que precisar de alguém para ouvi-la. Ela também precisa de um amante, um homem que louve e dê prazer ao seu corpo e serei eu. Ela precisa entender que o desejo físico é muito mais profundo que a ciência.

Ele tinha de admitir que o que estava acontecendo entre ele e Sarah estava fora de sua base de conhecimento. Verdadeiramente, ele nunca ansiara tanto por uma mulher quanto ansiava por Sarah. Mas ele estava disposto a dar asas à isso, ouvir seus próprios instintos.

Dante foi andando com passos firmes pelo corredor e empurrou a porta do quarto dela com o pé, deixando que a luz do corredor banhasse a cama dela. Lá estava ela, encolhida bem no meio, quase em posição fetal. Sem saber se ela o abraçaria, ele a pegou e jogou por cima do ombro, sentindo a pontada nas costelas ao segurá-la pela bunda para mantê-la equilibrada, mas ele ignorou a dor.

- Dante – Sarah deu um gritinho ansioso. – O que você está fazendo, me bota no chão. Você vai se machucar, droga.

Ele caminhou de volta ao seu quarto com ela no ombro, afagando a bunda nua com a mão, depois dando uma palmada com força. – Fique quieta. Você não é mais a minha médica. Você é a mulher com quem eu quero transar, desesperadamente. E, a partir de agora, assim que eu vou tratá-la.

Ele conteve um sorriso, quando ela se calou completamente, mantendo o corpo totalmente parado. Depois de entrar no quarto, ele lentamente a colocou no chão, quase gemendo, quando a camiseta embolou nos seios dela. Sua pele nua deslizou suavemente no peito dele, desceu pelo abdômen, conforme os dedos dos pés dela buscavam a solidez do chão.

Jogando o cabelo para trás, depois de encontrar o chão, ela olhou acima, para ele, depois abaixo. Depois baixou ainda mais o olhar, até que seus olhos pousaram no pau voraz e Dante não conseguiu evitar sorrir diabolicamente, diante da expressão de choque no rosto dela.

- Você é maluco – ela murmurou baixinho, sem jamais tirar os olhos da virilha dele.

Dante abriu a primeira gaveta da mesinha de cabeceira e tirou as algemas e a chave. Com a outra mão, ele ergueu a bainha da camiseta, bloqueando a visão dela, antes de arrancar a peça e deixar cair no chão.

- Sarah Baxter, você está presa. – Ele prendeu as algemas nas mãos dela, antes mesmo que ela soubesse o que estava acontecendo. Prendeu com pressão somente para que ela não conseguisse tirar as mãos, mas não forte demais para machucar seus punhos. Na maior parte do tempo, ele preferia ser o dominador no quarto e, a julgar pelo lampejo de fogo nos olhos dela, quando ele a estava algemando, Sarah também gostou. O problema era que ele nunca se sentira tão ávido e primitivo e seus sentimentos iam além de um simples jogo de domínio.

Ela desviou os olhos confusos para o rosto dele. – Pelo quê?

- Fugir da cena de um crime – ele disse a ela, falando como se ela fosse um de seus delinquentes. Ele estava injuriado, então, deixou que a raiva saísse de seu corpo através da voz. – Foi um crime cobrir esses seios incríveis.

- Você me disse...

Ele sacudiu a cabeça. – Não importa. Ainda assim, foi um crime. Depois você fugiu.

O corpo dela estava trêmulo, quando ela perguntou – Qual é a minha punição?

Ela não estava com medo, só estava trêmula de tesão, aqueles olhos cor de violeta quase implorando que ele não parasse. Dante a pegou e jogou na cama. Antes que ela pudesse fazer qualquer coisa, ele estava em cima dela. Depois de abrir uma das algemas com a chave, ele prendeu a algema numa das barras da cabeceira de ferro, então, calmamente fechou novamente a algema e jogou a chave na mesinha de cabeceira.

- A punição é aprender a verdade da maneira prazerosa – ele respondeu firmemente. – Você realmente achou que eu sequer vi suas cicatrizes? – ele perguntou, rouco.

Ela virou seus olhos angustiados para ele e assentiu com vigor.

O pau de Dante deu um tranco, quando ele ajoelhou entre as coxas dela e abaixou em cima dela, finalmente ficando pele com pele. Vê-la algemada à sua cama satisfez um pouquinho de seu ímpeto primitivo de homem das cavernas, e agora ele estava apenas desfrutando do momento. Dava para ver que ela estava ligeiramente confusa, mas seu corpo estava ansioso e excitado, seus mamilos estavam tão rijos que ele os sentia roçando em seu peito. – Eu só vi as cicatrizes porque quase me mata pensar no quanto um cretino machucou você e eu gostaria de matar esse filho da puta. Mas seu corpo é perfeito. Eu sei que você nunca deixou de notar como meu pau fica duro, toda vez que eu sinto você, ou quando a vejo nua, certo? – Ele afastou um cacho de cabelo do rosto dela, depois, passou as costas da mão em seu rosto, delicadamente.

- Não. Eu vi – ela sussurrou baixinho. – Foi... confuso.

Dante sabia que agora estava preso na teia que ele mesmo fizera, mas ela não dava a mínima se fosse capturado pela expressão de tesão e vulnerabilidade que via nos olhos dela. Ele via o próprio desejo refletido nos olhos dela e abrindo mão de qualquer semelhança de controle, ele abaixou e a beijou.

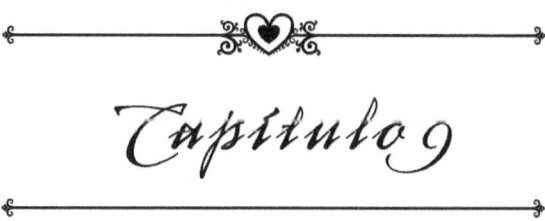

Capítulo 9

Sarah nunca tinha visto nada mais excitante que Dante, feroz e indomável, acima dela, enquanto ela permanecia completamente sem ação, abaixo dele. O corpo dela estava em fogo e vendo o olhar possessivo e ávido no rosto dele a deixara completamente desalinhada.

Meu Deus, eu o quero tanto que mal consigo respirar.

Ela se abriu para ele com vontade, deixando que ele a tomasse com a boca, enquanto ela segurava nas barras da cabeceira. Foi a primeira vez que um homem a quis dessa forma e era inebriante ter o corpo lindo e musculoso de Dante prendendo-a. Ele a beijou com um desespero que ela nunca tinha experimentado e ela se sentia igualmente sedenta. As línguas se enroscavam, disputando o domínio, o que só aumentava o calor em seu corpo.

Ela estava certa, quando disse a Dante que esse negócio de policial mandão era sexy. Isso decididamente tinha... mérito.

Sarah tinha ficado arrasada, lá embaixo, quando ele lhe disse para se cobrir, achando que ele tivera repulsa das cicatrizes deixadas pelo ataque brutal em Chicago. Mas ele não estava repreendendo, ele só a estava protegendo dele mesmo. Felizmente, ela gostava dele do jeito que ele era, muito obrigada! Ela podia ser uma mulher inteligente, mas era, de fato, uma mulher e ele a tratava como uma mulher desejável. Aparentemente, seu cérebro gostava de pensar de forma independente, mas, no quarto, seu corpo queria ser manipulado. E a parte carnal de sua mente gostava dessa conversa suja e das tendências dominadoras. Obviamente, ela tinha uma queda por policiais, ou, pelo menos, por *esse* policial, em particular. Quanto mais ele se tornava um tirano mandão, mais ela ficava molhada para ele. Sem dúvida, ela brigaria com ele fora do quarto, se ele fosse um ditador. Porém, ali, ela estava se deleitando.

Ofegante, quando ele ergueu os lábios dos dela, ela implorou – Por favor, não se machuque. Você não está pronto para isso. – O corpo dela lamentava o comentário, mas seu cérebro sabia que Dante ainda não tinha sarado.

- Estou pronto para saborear cada pedacinho seu e mergulhar minha boca no meio das suas coxas, meu benzinho. – Ele começou a passar a língua nas antigas cicatrizes, começando pela que havia no ombro e descendo.

Ela tinha cicatrizes por todo lado, a maioria na barriga e no dorso. Sarah estremeceu, conforme ele percorria a boca em seu abdômen, a língua deixando um rastro de fogo por onde passava. Ela choramingou quando as mãos dele seguram seus seios, os polegares circulando os mamilos rijos, deixando-os ainda mais sensíveis. Ele pôs a boca sobre um deles, e ela arqueou o corpo embaixo dele, erguendo os quadris junto ao peito musculoso, querendo... mais.

Ela queria tocá-lo e o tesão a inundava, enquanto ele mordiscava seu outro seio, a sensação de dor e prazer quase insuportável. Ela fechou os punhos com mais força, segurando as barras de ferro acima de sua cabeça, resfolegando quando ele foi descendo lentamente, lambendo sua barriga, a língua ainda passando em cada cicatriz.

- Por favor – ela gemeu, sentindo-se quase incoerente. A única coisa que ela ainda conseguia reconhecer era o toque de Dante.

- Vou fazer você gozar com a minha língua, Sarah. É isso que você quer? – Dante induzia a resposta.

Era isso que ela queria? Ela queria... queria desesperadamente... precisava de alguma coisa. – Eu nunca... – Sua voz trêmula emendou num gemido, quando ele abriu suas coxas e ela sentiu o primeiro toque dos lábios dele em seu sexo. – Ai, Deus. – A sensação da língua dele percorrendo suas dobras molhadas era deliciosa. – Sim, sim. Era isso que ela queria.

Ela ergueu os quadris implorando mais, precisando que ele a levasse ao clímax. A sensação dos lábios dele em seu clitóris disparava uma onda elétrica por seu corpo inteiro, seu ponto sensível reagindo a cada lambida.

- Dante. Por favor – ela implorava, sem ligar por estar clamando por piedade. Ele tinha total controle de seu corpo e era evidente que ele sabia exatamente o que estava fazendo: estava tentando deixá-la completamente maluca e estava conseguindo.

Ela se remexia, tentando fazer com que ele fosse mais depressa, com mais força, mas ele fazia devagar, saboreando cada pedacinho de seu sexo, gemendo em sua pele, ao sentir o gosto de seu tesão. Ele enfiava a língua dentro dela, tirava, depois fazia de novo, fazendo Sarah puxar as algemas, querendo agarrar sua cabeça e puxar seu rosto junto a ela, para se roçar nos lábios dele.

- Não consigo mais suportar. Por favor. – Então, ela gemeu ao sentir o dedo dele a invadir, mergulhando nela, enquanto passava a língua no clitóris ávido. Ele colocou outro dedo junto com o primeiro, preenchendo-a, enquanto lambia delicadamente. O corpo dela se retorcia na cama, enquanto os dedos entravam e saíam, como se fosse seu pênis, indo até o fundo e acariciando a área sensível que a fazia gemer a cada investida.

- Que. Apertada. Tesuda. – Dante dizia ofegante, junto à pele dela.

Finalmente, ele pressionou a língua em seu clitóris com a pressão que ela precisava, acompanhando o ritmo furioso de seus dedos, fazendo-a explodir.

Sarah sentiu que estava se despedaçando, o espiral em sua barriga descia por seu sexo, enquanto ela arqueava as costas e gozava tão violentamente que seu corpo inteiro sacudia. Ela contraiu o sexo em volta dos dedos dele e se soltou com um grito erótico de êxtase.

O orgasmo a deixou esgotada, ofegante, enquanto Dante continuava lambendo seus sucos como se fosse um néctar.

Ele subiu lentamente por seu corpo até se aproximar para beijá-la e sentir seu próprio gosto misturado com o de Dante, em seu abraço voraz e extasiante.

Abrindo os olhos que ela nem tinha percebido que havia fechado, ela viu a expressão carnal no rosto dele, mas dava para ver que ele estava com dor. O suor se formava em sua testa e sua respiração estava ofegante. – Abra as algemas – ela disse, determinada.

- Tenho que transar com você, mas não tenho uma porra de uma camisinha – ele disse, parecendo frustrado.

Ainda tentando recuperar o fôlego, Sarah achou que não era o momento de dizer a ele que ela tomava pílulas para regular sua menstruação, e ela tinha visto todas as fichas médicas dele. Ambos estavam limpos. Ah, e como ela queria senti-lo dentro dela. Mas ele não estava pronto para esse tipo de esforço físico. – Me solta – ela disse outra vez. – Meus braços estão ficando dormentes. – Na verdade, não estavam. Mas ela sabia que Dante a soltaria imediatamente, se achasse que ela estava desconfortável.

Ela estava certa. Ele virou para o lado e pegou a chave na mesinha de cabeceira, e soltou as algemas tão rápido que seus braços caíram na cama, antes que ela pudesse descê-los.

- Desculpe. – Dante esfregou seus braços como se estivesse tentando fazer a circulação voltar.

- Está tudo bem. – Ela se sentiu um pouquinho culpada por mentir para ele, mas ele realmente tinha que parar de forçar tanto o seu corpo. Ele a jogara no ombro com se ela fosse um peso pena e ela não era. Tudo que ele tinha feito havia sido excessivo. E ela que recebera todo o prazer, enquanto ele estava com dor.

Ela ficou vendo, enquanto ele colocava as algemas de volta na gaveta, junto com a chave, antes de virar de volta para ela e aconchegá-la junto a ele, com a respiração voltando ao normal. Ela tocou o peito dele, levemente tracejando os hematomas no alto do abdômen. – Você está com dor.

Ele virou a cabeça e sorriu para ela, os pontinhos dourados em seus olhos quase luminosos. – Valeu cada segundo. Agora não está tão ruim.

Sarah revirou os olhos. – Isso é porque você está relaxado. – Ela olhou abaixo, para a ereção imensa. – Bem, quase tudo em você está – ela consertou. Fascinada pelo tamanho e a grossura de seu membro, ela o segurou, acariciando a cabeça aveludada com o polegar. A ponta tinha uma gota e ela passou o dedo e levou à boca, sugando o sabor de seu dedo, lambendo levemente.

Dante observava atentamente, com os olhos em fogo.

- Eu quero provar você, Dante. Você me deixa ver se eu consigo fazê-lo gozar com a minha boca? – Ela nunca tinha feito sexo oral com um homem, mas subitamente tinha um apetite voraz para experimentar Dante.

- Eu garanto que se você puser esses lábios doces no meu pau, eu vou gozar – Dante rugiu. – Provavelmente, em tempo recorde.

Não havia nada que Sarah quisesse mais do que proporcionar um pouco do mesmo prazer que ele lhe dera essa noite. Ele dava tanto e pedia tão pouco. Não havia nada que ela quisesse mais do que lhe dar um pouco de si mesma. Ela virou o corpo e segurou sua ereção novamente. – Me ajude a fazer certo – ela disse, hesitante, antes de lamber a ponta.

Ela lentamente mexeu a mão e envolveu os lábios em volta do membro imenso, colocando o máximo que pôde na boca e sugando, ao recuar.

- Meu benzinho, eu acho que não tenho muito a te ensinar – Dante gemeu, mergulhando a mão no cabelo dela, guiando sua cabeça.

Sarah se perdeu no gosto e no cheiro de Dante, inalando e sentindo, ao recebê-lo cada vez mais fundo, a cada investida que fazia abaixo. Cada gemido de prazer que ele dava disparava ondas pelo corpo dela.

- Que gostoso, Sarah. Gostoso pra cacete – ele dizia baixinho. – Ver você me chupando é uma das coisas mais gostosas que eu já vi.

Ela desviou os olhos para o rosto dele. Ele havia apoiado a cabeça nos travesseiros, observando, enquanto ela lhe dava prazer. Os olhos se fixaram, mas ela não parou. O olhar intenso dele era de puro êxtase e inundava a barriga dela de calor, e ela ia mais depressa, engolindo mais fundo, sugando com mais força, apertando os lábios em volta do pau dele.

A mão dele segurava mais forte no cabelo dela, e a cabeça dele caiu para trás, no travesseiro. Segurando os testículos com carinho, ela começou a passar a língua na ponta do pau, cada vez que recuava, fazendo com que ele desse um gemido sufocado. Ele começou a controlar o ritmo, guiando a cabeça dela para ir mais rápido.

Sarah sentia o prazer dele como se fosse seu, entendendo por que ele sentia tanta satisfação em fazê-la gozar. Seus instintos possessivos afloraram e ela pegou o pau e enfiou na boca como se fosse dela, como se ela fosse a dona.

- Ai, Cristo. Eu vou explodir, Sarah – Dante disse a ela, com uma voz áspera, rouca.

Goze pra mim, Dante.

Ela precisava ser a mulher a satisfazê-lo. Depois do que ele havia feito para despertar o seu corpo, ela estava delirante para fazer o mesmo por ele, desesperada pelo prazer dele.

Goze pra mim.

Ele gozou com um gemido baixo, o punho fechado em seu cabelo, tentando puxar sua boca e tirá-la dele. Ela ignorou seu alerta silencioso, querendo sentir o orgasmo dele em sua língua. O jato quente desceu por sua garganta e ela deixou inundar a língua, antes de engolir, gemendo em volta do pau que pulsava em sua boca. Ela passou a língua acariciando toda a extensão, depois lambeu a ponta, querendo cada gota que ele tivesse para dar. Dante tinha um gosto de macho indecente e cheirava a prazer erótico.

Ele se ergueu e puxou-a para cima, junto a ele, e a beijou.

- Agora estamos com o gosto um do outro – ela disse a ele, com uma voz entretida, depois que ele se deleitou em sua boca. Pousando a cabeça no ombro dele, para evitar fazer pressão em seu peito dolorido, ela deu um longo suspiro de contentamento.

- É. E agora eu estou viciado no seu gosto – Dante respondeu. – Eu só penso em transar com você, toda vez que ouço a sua voz ou vejo seu rosto. Porra, eu penso nisso, mesmo quando você não está perto.

Sarah corou de prazer. – Você faz com que eu me sinta uma mulher, Dante. Na verdade, ele fazia com que ela se sentisse uma deusa sexual. Era uma sensação estranha para uma mulher que nunca sentiu... bem... nada.

Ele virou a cabeça e deu um sorriso travesso para ela. – Da última vez que eu cheguei, você era uma mulher. E eu examinei minuciosamente.

Ela deu um soquinho no braço musculoso, brincando. – Não foi isso que eu quis dizer.

- Então, o quê? – ele perguntou curioso.

- Eu sempre me senti uma *geek*, quase assexuada. – Ela nunca tivera uma atração forte por nenhum homem, exceto Dante, e sua reação a ele a confundia.

Ele a rolou para debaixo dele e ficou acima, com uma expressão aflita – Eu lhe garanto que você não é assexuada e você é linda e responsiva. A mulher mais linda que eu já vi. Não faço a menor ideia do motivo para que você nunca tenha tido vontade de pesquisar sua sexualidade, mas eu sou guloso e egoísta. Quero que você faça isso comigo. Só comigo.

Eu nunca quis fazer com ninguém mais.

Depois de uma experiência ruim, ela nunca mais tinha conhecido um homem que mexesse com ela a ponto de sondar seu lado sensual. E depois que ficou marcada, ela definitivamente tirou isso da cabeça.

Dante foi realmente uma inspiração, mas ele não podia ficar fazendo essas coisas no estado em que estava. – Nada de brincadeiras, até você ficar bom. Esperei todo esse tempo, posso esperar mais um pouquinho. Você precisa ficar completamente curado – ela repreendeu, sabendo que se ele a tocasse outra vez, ela cederia. O homem era como uma droga altamente viciante.

- Eu disse que você não é mais minha médica – ele lembrou, ferozmente.

- Ainda sou médica e sei que o que você fez essa noite pode ter prejudicado a sua recuperação – ela disse, séria.

- Gata, eu garanto que não doeu nem um pouquinho. – Ele lançou um sorriso de espertalhão que quase a derreteu.

Fique firme. Você sabe que ele estava sentindo dor. Dava para ver. Ele está tentando fazer graça para que você se esqueça que o viu com dor.

- Não – ela disse irredutível.

- Deitando novamente, de barriga para cima, ele gemeu. – Isso vai me matar.

Sarah conteve um sorriso. Honestamente, seu apetite voraz por ela a deixava tão encantada quanto preocupada. – Você viveu sem o meu corpo por trinta e um anos – ela disse.

- É. E foi uma droga – ele disse, com cara de mal-humorado.

Sarah teve que morder o lábio para não rir. Naquele momento, ele parecia um menino emburrado. – Eu também quero ficar com você. Mas não se eu tiver que ficar imaginando, a cada minuto, se você está se machucando. – Ele realmente era o homem mais teimoso do mundo. Ele ainda deveria estar deitado, descansando de seus ferimentos, e já estava fingindo que eles nem existiam mais. – Isso tem que parar. – Ela já temia que ele pudesse se ferir ao protegê-la. E propositalmente mudou de assunto. – Vou poder entrar na minha casa para pegar alguns objetos pessoais? Minhas roupas, coisas assim?

- Não. – A voz dele era num tom baixo e hesitante. – Sarah, não tem mais nada lá. Até sua roupa foi destruída. Lamento.

Sarah estremeceu. – Ele realmente me quer morta.

- Nós vamos pegá-lo, meu bem. Eu juro.

Ela não duvidava de Dante. Nunca tinha visto um homem mais dedicado em consertar um mal feito, algo que o tornava um excelente detetive. Com sua teimosia e determinação, Sarah sabia que ele faria tudo ao seu alcance para finalmente prender John Thompson.

- Ver o Trey morrer foi difícil. Eu era médica havia pouco tempo e me aproximei demais. Acho que aprender a perder um paciente foi algo que eu nunca entenderia na escola de medicina. Foi como perder um amigo. Acho que John nunca se conformou com a perda da esposa e do filho único, e realmente perdeu as estribeiras. Não sei se ele já era psicótico antes que isso acontecesse, ou se realmente foi o acidente que provocou esse comportamento radical.

Dante passou o braço em volta dela e puxou-a para perto. – Se um homem ou mulher tem a capacidade de assassinar, isso já está ali. O que aconteceu foi apenas uma desculpa que ele precisava para liberar sua ira. Isso não é culpa sua, Sarah.

- Eu estava torcendo para que ele simplesmente se afastasse, encontrasse outra vida, em algum lugar, e superasse sua tristeza, já que ele nunca foi pego. Talvez, no fundo, eu soubesse que ele poderia vir atrás de mim. Mas nunca encarei isso como uma realidade. Achei que tivesse acabado. - Ela tinha desejado recomeçar, esquecer o passado. Mas o passado tinha finalmente chegado até ela, e veio com tudo.

- Assim que nós o encontrarmos, você poderá realmente recomeçar. Você nunca mais terá essa dúvida persistente, nem terá que viver com medo de que ele a encontre. A julgar pelo serviço brutal que ele fez com seus pertences, o ódio dele só aumentou, ao longo do último ano – disse Dante, sério.

- Parece que sim – Sarah concordou, se aninhando no calor do corpo de Dante.

- Ele ainda está por aí, em algum lugar. Joe parece um delegado competente e eu tenho certeza de que ele está fazendo disso uma prioridade.

- Ele é um homem bom – Sarah concordou. – Ele é realmente dedicado à família e ao trabalho.

- Você ainda tem crises de pânico? – Dante pegou a mão dela e pousou as mãos enlaçadas dos dois sobre o quadril dele.

- Não. A menos que eu esteja perto de um hospital. Já tentei me desvencilhar disso, mas não consigo me aproximar da entrada de um hospital sem ter palpitações e tonteira. – Sarah odiava isso. Era uma fraqueza que ela não conseguia superar.

- Você conseguiu exercer a medicina, de qualquer forma – ele observou, apertando os dedos nos dela. – Você é uma mulher corajosa, meu bem.

Nem sempre ela se sentia muito corajosa. Ela era apenas uma sobrevivente. – Não conseguir admitir um paciente no hospital e acompanhar o caso não me parece correto.

- Eu entendo. Seria meio como se eu desenvolvesse um medo de armas, ou algo assim. Eu estaria ferrado – ele disse. – Mas você fez o melhor possível. – Ele fez uma pausa, antes de perguntar – Com que frequência você fala com a sua mãe? Ela cuidou bem de você, quando você estava ferida?

Parecia importante para Dante que ela tivesse sido bem cuidada, que alguém estivesse ali para entender seu estado mental e confortá-la. Sarah suspirou. – Ela tentou. Acho que você teria que conhecê-la. Seu mundo revolve ao redor da educação. Quando eu estava ferida e ansiosa, ela não entendia, realmente. Acho que ela esperava que eu voltasse a ser a mesma filha que eu era antes. Mas eu não podia mais agradá-la. Ela queria escolher para mim um marido perfeito e me ver casada, algum dia, com outro acadêmico, com filhos brilhantes. Ela ainda está tentando. Nós não nos falamos muito. Ela sempre está ocupada demais. Quando liga, geralmente é porque encontrou um homem com genes semelhantes.

Dante estendeu o braço e apagou o abajur na mesinha de cabeceira, lançando o quarto na escuridão, exceto pelo luar fraco que entrava pela janela. – Você percebe que não foi criada de um jeito normal, não é?

- Agora eu sei. Acho que eu nunca soube o que era normal, quando era mais jovem. Minha mãe era tudo que eu tinha e eu não fui uma criança exatamente normal. – Ela bocejou, seu corpo começando a ficar relaxado e letárgico.

- Você precisa dormir – Dante disse.

- Quer que eu volte para o meu quarto? – Talvez Dante gostasse de seu espaço, quando dormia, mas ela torcia para que não. Ela queria ficar com ele essa noite.

- Claro que não. Eu não dormiria a noite inteira, mesmo que você estivesse no quarto ao lado. Quero que você fique aqui comigo.

Ele soltou a mão dela, depois de dar um apertãozinho, virou de lado e passou os braços em volta da cintura dela. Ela virou e deixou que ele ficasse encostado atrás dela. – Eu me sinto melhor ficando aqui. Acho que estou meio assustada, depois do que aconteceu.

- Você tem todo o direito de estar. E eu quero você na minha cama.

Naquele momento, ali também era exatamente onde ela queria estar. Ela se sentia... segura. Com os braços protetores de Dante a envolvendo, ela dormiu.

Capítulo 10

—Eu nunca tive essa quantidade de roupa na minha vida. – Sarah olhava as pilhas de roupa que pareciam ter um quilômetro de altura, ocupando cada centímetro da cama do quarto de hóspedes de Dante. – O que ele estava pensando?

- Ei, eu escolhi para você um bocado de coisas legais – Emily Sinclair reclamou, pegando outro cabide de uma pilha no chão. Ela tirou as etiquetas do novo jeans, antes de pendurar no closet. – Eu tinha um orçamento bem grande para usar – ela disse a Sarah, num tom divertido.

Randi suspirou, ao dobrar algumas peças incrivelmente macias de lingerie, e colocou na gaveta da cômoda. – Acho que eu quero um irmão Sinclair – ela choramingou brincando.

- Pode ficar com o Jared. Por favor – Emily brincou, pegando outra peça da pilha. – Talvez ele se aquiete e saia com uma mulher mais de uma vez.

Randi enrugou o nariz. – Não faz meu tipo.

Sarah começou a guardar os sapatos, abismada com as marcas. Ela podia ser médica, mas tinha um orçamento rigoroso, pagando seus empréstimos estudantis como prioridade. Randi e Emily tinham chegado à casa de Dante com vários garotos adolescentes, todos carregando caixas e sacolas. Depois de cancelar a reunião que teriam no Brew Magic, Emily e Randi decidiram apenas transferir o local da festa até Sarah, levando junto um novo guarda-roupa que Dante tinha pedido que Emily escolhesse e cafés do Brew Magic. Sarah queria ter ido encontrar as duas, mas Dante recusou. E foi irredutível. Embora eles não tivessem visto qualquer sinal de John na área, durante os últimos dias, ele estava sendo cauteloso.

- Será que eu quero saber quanto ele deu para as roupas? – Sarah perguntou, hesitante. Ela o pagaria de volta. Eles tinham parado numa loja de departamento, no dia seguinte ao incidente – um dos poucos lugares que Dante a permitira estar em público – e ela havia comprado coisas essenciais e algumas roupas, antes que ele a levasse apressado, porta afora. Ele tinha mencionado que pediria à Emily que lhe comprasse mais algumas roupas, mas isso era ridículo. Parecia que sua amiga havia comprado várias lojas.

- Provavelmente, não – Emily respondeu, com um sorriso malicioso. – Ele não tem a menor noção e me deu um valor que Grady daria. Na verdade, eu estou imaginando se os dois se falaram.

A cabeça de Sarah começou a girar, sabendo exatamente o quão generoso Grady Sinclair podia ser. Se Emily quisesse qualquer coisa, Grady era inclinado a lhe dar uma pequena fortuna para um par de sapatos. – Foi muito? – Sarah perguntou, sem ter certeza se a amiga estaria bêbada ou dopada de café em excesso. Quanto poderia custar para ter algumas roupas novas? Seus joelhos enfraqueceram e ela sentou na poltrona ao lado da cômoda. – Por favor, me diga que você não gastou tudo que ele lhe deu. Eu terei dificuldades para pagar tudo de volta.

- Você não vai pagar de volta. Dante nem queria que eu lhe dissesse quanto eu gastei. É um presente dele. Ele quis fazer isso. E, acredite, ele é abastado. Nem vai sentir falta desse dinheiro – Emily disse, em tom conspirador.

- Ai, Deus – Sarah gemeu. – Diga que você não gastou tudo que ele lhe deu.

- Não gastei.

Sarah deu um suspiro de alívio.

- Sobrou o suficiente para comprar os cafés. Foi presente do Dante – Randi acrescentou animada.

- Você gastou uma pequena fortuna em roupas? – Sarah estava tendo palpitações. Como é que alguém podia gastar tanto em algo para cobrir o corpo, ela realmente não compreendia.

- Eu lhe disse que foram coisas legais – Emily respondeu, aumentando o sorriso em seu rosto. – Sarah, pare de se estressar. Dante e seus irmãos são incrivelmente ricos. Eu também não vivia nesse tipo de mundo, mas estou me acostumando. Ainda não saio comprando qualquer coisa que quero, mas depois do que lhe aconteceu, você merece isso. – Emily pôs as mãos nos quadris e olhou para Sarah. – Ele insistiu que eu gastasse cada centavo e foi o que eu fiz. A única outra coisa que ele quis foi um vestido vermelho no guarda-roupa. Não entendi bem. Mas comprei uma porção de coisas vermelhas. Eu sei que você gosta e ficará lindo em você.

- Ele sabe que o vermelho é a minha cor predileta – Sarah respondeu, trêmula. – Deus, ele está me deixando maluca. Imagino que vocês duas nem tenham notado o piano.

Emily e Randi sacudiram as cabeças, em silêncio.

- Bem, ele decidiu que talvez quisesse aprender a tocar, algum dia, então comprou um dos pianos mais caros do mercado. Está no canto dos fundos da sala de estar. E claro, eu posso tocar sempre que eu quiser. – Sarah suspirou frustrada. – Ele não tem a menor intenção de aprender a tocar. Ele comprou para que eu tocasse. A desculpa dele foi totalmente inventada, só para que eu não sentisse falta de tocar.

- Ah... mas isso é tão meigo – Randi se derreteu.

- É muito caro – Sarah respondeu, mas também achou muito carinhoso. Infelizmente, essa não era a questão. – E não faz nenhum sentido. O que ele vai fazer com o piano, quando eu voltar para casa? Acho que ele está tentando recompensar o fato de eu ter tido uma infância atípica. E agora, isso... – Sarah gesticulou para a pilha monstruosa de roupas e acessórios. – Ele tem que parar. Não posso nem pagar por tudo isso. – Sarah estava se sentindo quase perturbada. Ela era grata por Dante e sua gentileza. Mas era uma mulher independente que não estava acostumada a receber presentes de qualquer tipo. Ela realmente sentia que precisava pagar, independentemente de quanto dinheiro ele tinha. Só em olhar o novo guarda-roupa quase a deixava nauseada. Quanto ele tinha gastado e quantas décadas ela levaria para pagá-lo?

- Ele não espera que você pague – Emily respondeu, com a voz baixa e confortante. – Os irmãos Sinclair foram criados na riqueza. Eu sei que Dante nunca gastou muito dinheiro, por estar tão envolvido com seu trabalho, mas ele é exatamente igual ao restante dos Sinclair. Acho que presentear está no DNA deles. Grady é do mesmo jeito. Emily passou por uma pilha de roupa e veio ajoelhar aos pés de Sarah. – Não brigue com ele, Sarah. Dante está tentando endireitar algo que vê como errado. Todos os homens Sinclair são desse jeito, até o Jared. Esse é um dos traços maravilhosos que todos eles possuem. Eles são protetores e generosos com as pessoas que gostam.

- É... desconcertante – Sarah respondeu, honestamente. – Ninguém nunca fez nada parecido por mim.

- Eu compreendo – disse Emily. – Grady me deu uma caminhonete novinha em folha e nem me conhecia. Ele também não perguntou. Fiquei furiosa, quando ele substituiu minha picape velha, sem perguntar primeiro.

- O que você fez? – Sarah perguntou curiosa.

- Acabei cedendo, porque o presente veio com amor, pois ele estava preocupado com o estado do meu veículo, e Grady sabe ser... persuasivo – Emily confidenciou.

- Mandão, você quer dizer? – Sarah corrigiu.

Emily assentiu. – Às vezes, ele é. Mas eu sei que é de coração, porque ele quer me ver segura e feliz. Eu faço com que ele saiba, quando está exagerando.

- E você não acha que o Dante está exagerando? Ele não é meu marido, nem mesmo meu namorado.

Ele só me fez ter alguns orgasmos espetaculares.

- Está bem óbvio que ele sente algo por você. Os homens Sinclair podem ser espantosamente possessivos, quando finalmente encontram a mulher certa.

- Ele não quer isso comigo, Emily. Ele nem vai ficar aqui por muito mais tempo – Sarah negou.

- Vamos ver – disse Emily, sabedora, levantando para voltar à tarefa de guardar as roupas. – Eu reconheço o olhar e o comportamento.

- Então, você acha que eu devo aceitar isso tudo? Não sei se consigo. Eu me sinto como se estivesse me aproveitando. O Dante já fez tanto por mim. – Sarah levantou e começou a guardar os sapatos. – Só o fato de que ele me deixou ficar em sua casa, se colocando em risco, já significa muito para mim.

- Aqui – disse Randi, jogando uma peça para Sarah. – Vista isso para ele e ele vai achar que valeu cada centavo.

Sarah pegou o conjunto de lingerie que veio voando. O top era justinho, com alças finas. Era rajado de preto e vermelho. A calcinha era de seda vermelha com renda e bem cavada. Ela afagou o tecido macio do babydol. – Nós não... fazemos isso. – Bem, eles não chegaram a fazer. Depois que ele a algemou à sua cama e a fez gritar de êxtase, ele não a tocara, exceto para aconchegá-la junto a ele, toda noite, ou beijá-la. Ele obviamente a levara a sério, quando ela se recusou a deixá-lo se ferir.

- Então, é bom vocês começarem a fazer – Randi provocou. – Dante é muito gato e completamente empenhado em proteger você.

- Ele está machucado – Sarah argumentou.

- Então, você tem algo de bom para esperar, quando ele sarar – Emily respondeu, piscando para Sarah. – Admita. Você gosta dele e sente atração por ele.

Ah, Sarah não tinha problema em admitir isso. Era a verdade. – Sinto.

- Então, vá atrás do que você quer. Sua infância foi uma droga. Você foi quase assassinada por um maluco, só porque estava fazendo seu trabalho e nunca faz nada de divertido, só porque quer. Se você o quer, pegue. Acho que ele não vai resistir – Emily deu uma risada. – Você não precisa analisar ou racionalizar a atração. Nunca vai fazer sentido algum. Tem a minha palavra.

Sem dúvida, Sarah queria Dante e seu desejo por ele era ilógico. – Ele é um bom homem. Mas nos somos de mundos totalmente diferentes.

- Isso importa, se você realmente gosta dele? – Emily perguntou, em tom sério.

Importava? Sarah estava imaginando a mesma coisa. Quanto mais ela conhecia Dante, menos parecia importar que eles fossem tão diferentes. Os únicos momentos em que ela se lembrava da riqueza e status dele era quando ele fazia alguma maluquice – como comprar uma fortuna em roupas para ela. – Ele até que aceita bem, quando eu o derroto no xadrez – Sarah brincou, mas, honestamente, ela ficava comovida em ver como ele levava na esportiva, e quão pouco seu ego dominava suas ações às vezes. Dante nunca quis que ela deixasse de dar o melhor no jogo, e ela o fazia, e o atropelava, repetidamente. Mas Dante disse que isso o fazia pensar, o desafiava a melhorar. Ele não ficava intimidado por ela, e não feria seu ego masculino ser derrotado por uma mulher, num jogo intelectual. Isso só fazia que ela gostasse ainda mais dele. É claro que ele arrasava no vídeo game, algo que ela vinha aprendendo recentemente com ele. E ele se vangloriava, sim, a cada vitória, o que a deixava determinada a melhorar nos games.

Estranho. Talvez ele estivesse bolando algo.

Ainda assim, Dante constantemente a surpreendia. Para um homem que parecia ter uma abundância de testosterona, ele era seguro de sua masculinidade o tempo todo. Mesmo quando ela o superava, ele olhava para ela com orgulho, no lugar de irritação.

- Você tem que apreciar um homem que é seguro o suficiente para não ligar se você é melhor que ele, em alguma coisa – Randi comentou inocentemente.

- Eu aprecio muitas coisas nele – Sarah admitiu para as duas. Na verdade, Dante a fascinava.

- Então, dê-lhe uma folga e experimente algumas dessas roupas. Ele nem sentirá falta do dinheiro e ficará extasiado se achar que a deixou feliz. – Emily jogou vários trajes para ela e Sarah pegou, por reflexo.

Sarah parou de tentar ponderar sobre qualquer coisa que envolvesse seus sentimentos por Dante. Ele era um homem bom e isso era realmente a única coisa que importava. Ele era um enigma, portanto, ela confiava na intuição feminina que nem sabia existir, até conhecer Dante. A última coisa que ela queria fazer era magoá-lo e sabia, instintivamente, que rejeitar um presente dele iria, sim, magoá-lo.

Respirando fundo e resignada, ela pegou um belo conjunto coral e experimentou.

Lá embaixo, Dante estava tendo dificuldade para controlar sua frustração. – Joe e eu não descobrimos nada importante. É como se esse babaca tivesse simplesmente desaparecido – ele disse a Jared e Grady, enquanto estavam todos sentados na sala, tomando um drinque.

Naquele momento, ele estava com dificuldades por não ter Sarah à vista. Mas ele queria que ela tivesse privacidade com suas amigas. Ele sabia que ela estava ficando maluca em casa e que ficara decepcionada quando ele não quis que ela saísse em público, para encontrar as amigas no Brew Magic. Droga, ele não queria sufocar um processo em crescimento, que tinha começado mesmo antes que ele a conhecesse. Mas ele também não queria que ela fosse um alvo.

- Ele vai aparecer – comentou Jared, dando um gole de sua garrafa de cerveja, antes de colocá-la na mesa ao lado de sua poltrona. – Ele obviamente não vai apenas partir.

Jared estava certo. Dante sabia que alguém com tanta ira contida não iria apenas sumir. Ele acabaria reaparecendo. A única questão era... quando e onde?

- Como é que a Sarah está lidando com tudo isso? – Grady perguntou baixinho.

- Ela detesta não poder caminhar na rua. Fora isso, ela até que está lidando incrivelmente bem. – Dante sabia que Sarah estava com medo, mas ela tentava não demonstrar, fazendo o que precisasse, para se manter segura. Inteligente como ela era, ele sabia que ela tinha refletido sobre tudo e chegado à conclusão que teria de viver com a situação até que seu agressor fosse capturado.

- Você está transando com ela? – Grady perguntou, bruscamente. Dante virou furioso para o irmão. – Isso não é da sua conta, Grady.

- É da minha conta. Ela é uma amiga – Grady respondeu calmamente. – Eu não quero que ela se magoe.

- Ela? E quanto a mim? – Nenhum dos seus irmãos parecia entender que ele estava perdendo a cabeça por conta da segurança de Sarah.

- Eu aprecio que você queira protegê-la e você é certamente qualificado para fazer isso, mas Sarah é... diferente – respondeu Grady.

- Porra! Você acha que eu não sei disso? Ela viveu uma vida que a maioria das pessoas não consegue entender. Ela nunca foi uma criança; ela era uma curiosidade a ser examinada pela comunidade científica. Nem uma única pessoa jamais se importou por ela ter um coração bondoso, ser uma mulher terna que quer as mesmas coisas que outras mulheres. Eles a escutam falar, o jeito como ela pondera sobre tudo. Ou ouvem quando ela fala de alguma coisa que passa direto e a ignoram, rejeitam. Ninguém jamais tentou conhecê-la. Ficavam inseguros demais, intimidados para quererem fazer amizade com ela. – Grady ergueu uma sobrancelha para o Dante e ele acrescentou – Ela fez amizades aqui e eu sei que Emily e Randi a estimam, mas isso é novo para ela. Ela está feliz aqui. Pode até ser um gênio, mas também é ingênua, inocente, de muitas maneiras. Ela nunca teve a chance de aprender coisas normais. Mas, no fundo, ela é uma mulher que só quer alguém que se importe com ela. E, porra, ela merece isso.

- Você está transando com ela – Grady disse, com um sorrisinho. – Você gosta dela.

- Porra, sim, eu gosto. Não estaria protegendo, se não gostasse. E eu não estou em forma fisicamente. Preciso sarar para poder protegê-la, se for preciso. Mas, se eu quero? Porra, claro. Eu a quero mais do que jamais quis uma mulher. – O corpo de Dante estava tenso e ele olhava fixamente para Grady. – Estou possessivo pra cacete, protetor, mal consigo me aturar. Ela me deixa maluco, mas também faz com que eu me sinto que posso voar. É ou não, maluquice?

Jared sacudiu a cabeça e disse, seriamente – Você está ferrado. Não acha que exista mulher no mundo que valha ficar tão pilhado assim.

Dante olhou para Jared, mas o irmão caçula não olhou em seus olhos. Que diabo tinha acontecido com ele? Quando eles eram pequenos, Jared era o mais sensível, o irmão artístico. Agora ele estava saturado, quase como se estivesse entediado da vida. Tudo bem, ele não estava entediado, mas estava decididamente cínico. Dante ficou imaginando se havia algo mais por trás desse comportamento de Jared, agindo com um promíscuo, do que só apatia. Ele parecia quase amargo e nem sempre fora assim.

De seu lugar no sofá, Dante via Coco esperando, pacientemente, aos seus pés. A cachorrinha gostava dele. Ele não tinha certeza do motivo, mas tinha a impressão de que tinha a ver com o fato de que, de vez em quando, ele dava comida comum escondido para Coco, quando Sarah não estava olhando. A cadela realmente era meio patética e Dante detestava ver aquela expressão de expectativa nela. Ele bateu no colo e Coco pulou, quase que imediatamente. Ela fez dois círculos e se aninhou em seu colo, pousando a cabeça em sua coxa, com um suspiro contente, como se ali fosse o seu lugar. – Ah, cachorra chata – ele resmungou, mas sua afirmação tinha pouca convicção. Ele afagou sua cabeça sedosa, ao olhar para Grady.

- Eu tenho que concordar. Você está ferrado mesmo. Mas eu obviamente discordo de que nenhuma mulher valha isso – disse Grady. – Emily valeu. Ela mudou minha vida inteira, me aceitou exatamente como eu era. Eu percebi que o mundo não tinha se fechado para mim; eu que havia me fechado para o mundo. Foi preciso conhecer a Emily para que eu percebesse que havia muito além do trabalho, e que nem todo mundo era como nosso pai.

Naquele momento, Dante se odiou por não ter ficado mais próximo de seus irmãos e da irmã, Hope. Ele não sabia o que tinha acontecido com Jared e não percebera que Grady havia se isolado tanto. – O que aconteceu com a gente? – Dante perguntou com uma voz alta e áspera. – Nós éramos tão próximos quando éramos pequenos. O que aconteceu? Dá para contar nos dedos de uma mão, as vezes que todos nós estivemos juntos, desde que saímos para a faculdade.

- Será que todos nós éramos egocêntricos, babacas? – Jared sugeriu. – Bem... exceto pela Hope.

- Estávamos todos envolvidos com nossas carreiras. Mas ainda poderíamos estar presentes uns para os outros – Dante respondeu zangado.

- Estamos aqui agora, Dante – Grady mencionou. – Acho que o fato de você quase ter morrido foi um tapa na cara de todos nós. Hope e Evan me ligam quase todos os dias.

- Eles também me ligam – Dante respondeu.

- E Jared não tem o que fazer aqui em Amesport, mas ainda está na área – Grady acrescentou, olhando para Jared e erguendo a mão para silenciá-lo. – Não me venha com aquela baboseira de não ter mais nada que fazer. Você tem um negócio para administrar. Estava preocupado e ainda está.

Jared sacudiu os ombros. – Nada que exija minha atenção imediata. Agora que o Dante está bancando o herói de novo, eu só quero ter certeza de que ele não vai se matar.

Dante deu um sorrisinho, sabendo que Jared estava só enrolando. – Acho que posso me virar, se você precisar ir embora.

- Eu vou ficar – Jared resmungou, pegando a cerveja e dando uma golada.

- Eu poderia dizer para você não ficar de sacanagem com a Sarah, mas acho que isso não entraria nesse seu cabeção, nesse momento – Grady disse ao Dante. – Acho que você já está bem encrencado.

- O que você quer dizer? – Dante franziu o rosto para Grady.

- Como você se sentiria, se outro homem convidasse a Sarah para sair? – Grady perguntou, tranquilamente.

- Eu mataria o escroto. Ela é minha – Dante rugiu. – Quem é ele?

Grady sorriu. – Foi uma pergunta hipotética. Eu nunca a vi sair com ninguém, desde que chegou a Amesport. E já tenho a minha resposta.

O corpo de Dante tinha ficado rijo e a cachorrinha em seu colo olhava acima, para ele, alarmada, como se sentisse que ele estava injuriado. A tensão em seu corpo passou, mas ele olhou fixamente para Grady. – Isso não foi engraçado.

- Eu achei hilário – Jared disse, com a fala arrastada.

- Claro que acharia – Dante disse para o Jared.

- Então, o que o Joe está fazendo, em relação à captura do agressor de Sarah? – Grady perguntou, mudando de assunto.

- Ele fez tudo que pode fazer – Dante explicou. – Ninguém o viu. – Dante já se certificara de que a polícia estava fazendo tudo que podia, mas eles não podiam pegar um suspeito que estava se escondendo. – Nós só temos que esperar. Nem por um minuto, eu acho que ele tenha deixado a área. Ele está ganhando tempo, esperando por uma oportunidade.

- Você talvez tenha que acabar dando uma oportunidade a ele, ou nunca irá pegá-lo – Jared disse, pensativo.

- Não – Dante disse, enfático. – Não vou colocar a Sarah como isca. – Ele não suportaria pensar nela correndo perigo. Joe havia sugerido a mesma coisa, mas Dante não iria aturar isso.

- É isso que nós precisamos fazer? Eu faço. – A voz de Sarah estava próxima. – Eu prefiro correr o risco a ter que viver eternamente com medo.

Dante girou a cabeça à direita, para olhar para ela, no pé da escada. – Não vai acontecer – ele insistiu, enquanto seus olhos a devoravam. Ele ficou boquiaberto ao ver o vestido minúsculo que ela estava vestindo. Era um vestido náutico listrado de azul e branco, amarrado no pescoço, justo como uma luva em seu corpo. Suas pernas longas e esguias se revelavam até as coxas. – Vestido novo? – ele disse, com a voz áspera, estreitando os olhos, ao perceber que ela estava sem sutiã. Como esse modelo era impossível usar.

- Sim. – Ela sorriu para ele, dando uma voltinha para que ele visse o vestido. – Adorei. É tão confortável.

Puta merda! – Cadê a parte das costas? – Os olhos de Dante quase pularam do rosto, quando ele notou que o vestido tinha as costas nuas, mostrando boa parte de sua pele clara, porque era bem decotado atrás, aberto até o pé das costas.

- É um vestido de verão. Emily disse que nem dá para notar as minhas cicatrizes nos ombros. Estão aparecendo? – ela perguntou, nervosa.

- Não. – Não eram as cicatrizes que o preocupavam. Era expor aquele corpo esguio e bem moldado para que todos os outros homens olhassem.

- Não é bonitinho? – Emily exclamou, enquanto ela e Randi desciam a escada e paravam ao lado de Sarah.

Dante começou a suar e seu pau logo entrou em alerta, quando Sarah lentamente adentrou a sala. Deus, ela era linda. Ele teve que se conter para não arrancar a manta no encosto do sofá e cobri-la, mas a última coisa que ele queria fazer era silenciar sua recém-descoberta confiança ao deixar as cicatrizes à mostra.

- Todas as roupas são assim? – Dante olhou para Emily desesperado, enquanto falava.

Emily sorriu radiante. – Muitas. Os estilos esse ano ficam fantásticos nela. Ela é tão alta e elegante.

- Ai, porra, estou ferrado – Dante disparou, com a voz lamentosa.

Ele ouviu o som da risada de Grady, ao fechar os olhos e recostar a cabeça no sofá, com um gemido aflito.

Capítulo 11

— Querida, Beatrice e eu estamos nos sentindo bem melhor. Acho que, no fim das contas, não tivemos intoxicação alimentar. – Elsie Renrew olhou diretamente para Sarah e mentiu.

Sarah olhou as duas mulheres grisalhas sentadas em sua sala de exames e mordeu o lábio para não cair na gargalhada. Beatrice e Elsie tinham agendado uma consulta de emergência, mas a suposta emergência era obviamente a curiosidade que as estava matando.

Ela tinha percebido que era uma farsa, quase desde o instante em que as duas entraram na sala, juntas, com cara de culpadas. Ambas estavam rosadas pelo calor da tarde, mas nenhuma delas parecia adoentada.

- Não estão mais com dor de estômago? – Sarah perguntou calmamente.

As duas senhoras sacudiram as cabeças grisalhas, ao mesmo tempo.

- Não estão mais com náuseas?

Elas continuaram a sacudir a cabeça, sorrindo radiantes para Sarah.

Sarah fechou os prontuários e os colocou em cima do armário. – Certo, senhoras... quais são as perguntas? Vocês duas são charlatãs terríveis. Fiquei preocupada com vocês, quando soube que estavam doentes. — Ela lançou um olhar que esperava ser de censura, mas era difícil com elas sorrindo para ela, tão inocentemente. Sarah não era tola, mas era chato ralhar com as duas velhinhas.

- Nós ouvimos falar sobre o que aconteceu em sua casa e ficamos preocupadas — Beatrice confessou, arrependida. — Não a vemos pela cidade e você não tocou no bingo da terceira idade. Você sempre esteve lá. — Beatrice parecia realmente preocupada, com os olhos arregalados e aflitos.

O coração de Sarah derreteu. Essas duas podiam ser encrenqueiras, mas a preocupação delas comoveu. Nem Elsie conseguiu fingir o alarme que Sarah via em seus olhos. — Eu estou bem. Só andei ocupada cuidando das coisas da minha casa. Estou ficando na casa de amigos. — Ela não podia contar a verdade. Seria melhor se ninguém mais soubesse sobre o homem que andava à espreita e começassem a falar.

- Não compreendo por que motivo alguém faria uma coisa dessas. Amesport é habitualmente uma cidade tão segura — Elsie disse, com o tom quase amedrontado.

Sarah passou o braço em volta da senhora idosa. — Aqui é seguro, Elsie. Nada mais aconteceu. Provavelmente foi algum turista bêbado. — A última coisa que Sarah queria era que elas ficassem com medo. As duas viviam sozinhas e ela não queria que ficassem amedrontadas em seus próprios lares. O agressor estava atrás dela, de mais ninguém.

- Não estou com medo — disse Beatrice, vorazmente. — Se eu soubesse quem fez isso, eu lhe daria uma joelhada no saco, pelo que ele fez a você, igualzinho ao jeito que nos ensinaram, na aula de defesa pessoal, lá no centro.

- Beatrice, o termo correto é testículos — Elsie corrigiu a amiga. — Sarah é uma garota doce. Não sejamos grosseiras.

Fazia algum tempo que Sarah não era chamada de garota e ela achou divertido que Elsie de fato achasse o termo "saco" vulgar. Ela tinha trabalhado em um hospital de cidade grande, com uma porção de crimes relacionados a gangues. Provavelmente não havia nenhum termo grosseiro que ela não tivesse ouvido, pelo menos cem vezes. — Eu fico grata que vocês duas tenham se preocupado, mas, como vêem, eu estou bem. Da próxima vez, não inventem história para virem me ver. Apenas passem aqui. – Sarah abriu a porta da sala de exames e as duas se levantaram para sair.

- Ouvi dizer que você não está mais tratando daquele Dante Sinclair. Que pena. Ele é quente como malagueta – Beatrice informou Sarah, ao sair pela porta. – Você poderia queimar os lençóis com ele.

- Depois que eles se casarem, Beatrice – disse Elsie, determinada.

- Sério, Elsie, você precisa ser uma mulher mais moderna. Ninguém mais espera até casar – Beatrice murmurou informando.

Sarah ficou olhando a interação das duas e quase caiu na gargalhada.

- Achei que ele seria o tal para você – Beatrice frisou, descontente, quando elas saíram no corredor. – Eu estava tão certa. Mas também tem aquele belo Jared Sinclair. Ele sempre para e bate um papinho conosco, quando nós o vemos. Eu realmente gosto daquele menino.

Isso surpreendeu Sarah, que ficou imaginando se ele simplesmente não conseguia se livrar delas, quando as via, e não queria ser indelicado. Ela ficou pensando em como ele reagiria ao ser chamado de menino. – Eu...

- Ela já está comigo – a voz baixa de Dante soou da porta da sala de exames, para o corredor. – Eu precisei deixar de ser paciente dela.

Sarah olhou para Dante boquiaberta, quando ele se juntou a elas, no corredor, e continuou a encantar as duas idosas.

- Então, vocês entendem que eu não podia mais vê-la como médica, porque nós estamos juntos – Dante disse as duas, dando um sorriso carismático para elas.

- Eu sabia que estava certa – Beatrice falou. – Sabia que vocês dois acabariam juntos. Eu disse isso à Sarah, antes que você sequer chegasse aqui.

- É mesmo? – Dante virou-se para Sarah e ergueu as sobrancelhas.

Sarah sabia que estava com o rosto vermelho, mas não sabia se estava desconcertada ou zangada. Ela tinha pedido a Dante que ficasse escondido na sala de exame do outro lado do corredor, para que ele não deixasse os pacientes constrangidos. Isso se tornara a rotina diária deles. Ela atendia os pacientes, enquanto Dante ficava sentado na outra sala, com uma arma e seu computador, para matar o tempo.

A maior parte dos ferimentos superficiais de Dante já estava quase boa, mas suas costelas ainda deviam doer, embora ele não reclamasse. Ela podia não ser sua médica, mas, pelo menos, ele estava num consultório médico, caso tivesse algum problema.

Sarah suspirou enquanto via Dante usar seu charme para ganhar os corações das duas velhinhas. Dava para notar, pelo jeito que Beatrice e Elsie olhavam para Dante, que ele já caíra na graça de ambas. Ela sabia que ele não estava fazendo isso intencionalmente. Na verdade, não. Ele só estava sendo o Dante habituado ao serviço público, e ele realmente papeava com naturalidade, parecendo realmente interessado no trabalho de Elsie no jornal e talento auto-proclamado de casamenteira de Beatrice.

Outro motivo para gostar dele! Ele mima minha cachorrinha e é gentil com velhinhas.

- Você é o amigo com quem Sarah está ficando? – perguntou Elsie, furtivamente, na esperança de saber mais.

Sarah quis rir da expressão afrontada no rosto de Dante. – Claro que não – ele respondeu, tentando parecer ofendido. – Isso seria altamente inapropriado e eu respeito Sarah – disse ele, enfático.

Elsie tagarelou contente – Você é tão cavalheiro.

Sarah quase não conseguiu deixar de rir. Ele havia dito exatamente o que as senhoras queriam ouvir, garantindo que ficaria ofendido se elas sequer sugerissem que ela estava ficando com ele. Obviamente, ele queria que as pessoas soubessem que ela tinha um protetor, mas não queria que ninguém soubesse a sua localização exata.

As senhorinhas foram conversando com Dante até a área da recepção, aonde ele brilhantemente as conduziu porta afora, sem fazer com que elas se sentissem rejeitadas.

Sarah acenou para as duas, quando elas desapareceram na esquina, e Dante fechou a porta.

- Você tem consciência de que acabou de fazer com que a cidade inteira pense que estamos juntos – Sarah disse a Dante, em tom de repreensão.

- Que bom – Dante respondeu com um sorriso. – Eu estava torcendo para que elas contassem para todo mundo. Dessa forma, cada homem dessa cidade saberá que você não está disponível. Isso irá me poupar de ter que dar uma surra em qualquer cara que tocar você.

Ela não estava disponível? Fazia dez dias que Dante a levara para sua cama e a fez perder a cabeça. – Você está sendo um tanto presunçoso, não?

- Nem um pouco – Dante respondeu arrogante. – Eu fui o homem que causou seu primeiro orgasmo aos gritos, o primeiro homem que saboreou...

Sarah tampou-lhe a boca com a mão, para evitar as palavras impróprias. – Pare. – Eles estavam na área da recepção de seu consultório, pelo amor de Deus, e a gerente do escritório ainda estava ali. Kristin tivera que ser inteirada de algumas informações sobre o ataque de Sarah e sabia o motivo para que Dante estivesse ali. Mas ela certamente não sabia que Sarah tinha dormido com Dante todas as noites, sonhando com todo tipo de fantasia indecente, tanto acordada, quanto dormindo. Sarah não se lembrava de nenhuma noite, nesses dez dias, em que tivesse ficado sem molhar as calcinhas.

A quem eu estou querendo enganar? Só em olhar para ele e ouvir a sua voz eu já me derreto.

Os olhos castanhos de Dante a penetravam com uma expressão pecaminosa, algo que ela tinha certeza que nenhuma mulher no mundo conseguiria resistir. Infelizmente, Sarah sabia que Dante tinha plena consciência de como a sua boca suja a afetava. Ele lentamente tirou a mão dela de sua boca e deu um beijo na palma, antes de soltá-la. – Elas foram suas últimas pacientes. Vamos embora.

Sarah virou e foi até o armário de armazenagem para pegar a bolsa e pendurar o jaleco e estetoscópio, antes de encontrar Dante, na porta. Pela primeira vez, ela não discutiu com ele quanto a querer caminhar. Ela tinha colocado um par de sapatos do novo guarda-roupa escolhido por Emily e seus pés estavam lhe matando. Salto dez? O que a Emily estava pensando? Sarah adorou a saia e blusa profissionais, mas seus pés estavam doendo de ficar de pé o dia todo com aqueles sapatos lindos, mas muito desconfortáveis. Ainda bem que esse tinha sido o único par tão alto que Emily havia comprado.

Ela entrou na caminhonete de Dante e tirou os saltos com um gemido de alívio.

- O que foi? – Dante perguntou, hesitando, antes de fechar a porta do passageiro.

- Sapatos torturadores – ela respondeu, franzindo o rosto. – Meus pés estão doendo.

Dante fechou a porta e rapidamente correu até a porta do motorista. – Você não gosta desses sapatos? – Dante perguntou fazendo uma cara feia, ao ligar o motor. – Vamos comprar outro.

- Não – Sarah disse, rapidamente. – Eu gosto deles. Só que saltos dessa altura não são feitos para uma médica. Acho que devem ser usados em ocasiões de lazer.

Dante deu uma risada ao virar na Main Street e seguir em direção à península. – Por que você vai querer usar sapatos que machucam, quando está fazendo algo que deveria ser prazeroso?

- Você sabe o que eu quero dizer. – Sarah deu um sorrisinho. – Eles são para sair para jantar, ou para um casamento. Não são feitos para trabalhar o dia inteiro.

Eles seguiram num silêncio companheiro, por um tempo, Sarah esfregando cada um dos pés, para tirar a câimbra.

Finalmente, ela tocou num assunto que sabia que ele não iria gostar, mas era algo que eles precisavam discutir. – Dante?

- Sim?

- Você sabe que nós não podemos viver assim para sempre. Eu preciso voltar a viver uma vida normal. Joe disse que John não deve aparecer até que veja que eu voltei à minha rotina normal.

- Não vai acontecer – Dante rosnou. – Eu não vou deixar você vulnerável.

 - Você não pode ficar aqui para sempre. E eu vivi a maior parte da minha vida isolada. Sou grata por você me proteger, mas eu tenho que seguir adiante. Se voltar à rotina normal fará com que John apareça, eu faço.

Dante acelerou adentrando o portão da península, com tanta força que os pneus cantaram. Ele não falou nada dirigindo pela entrada da garagem, nem ao estacionar a caminhonete. Sara esperou dentro do carro, como sempre, enquanto Dante verificava os arredores. Ele escancarou a porta do passageiro.

- Saia – ele ordenou, destravando seu cinto de segurança com apenas um gesto.

- Você não está sendo racional – Sarah disse a ele, calmamente, enquanto descia de seu banco. Honestamente, ele nunca discutiu, de forma sensata, a possibilidade de ela voltar à sua vida normal e fazer com que John saísse de seu esconderijo, mas ela precisava que ele entendesse. – Não posso me esconder para sempre. Preciso dar a ele a oportunidade de se mostrar, se é que ele irá fazê-lo.

- Você vai trabalhar todos os dias – Dante disse, irritado.

- Sim... com um guarda armado. Sem querer ofender, mas você intimida um bocado, mesmo que ele não saiba que você porta uma arma.

Dante destrancou a porta e deixou que ela entrasse primeiro, para depois desarmar o sistema de alarme, fechando a porta com mais força que o necessário.

- Eu não vou colocar você em risco, Sarah – ele respondeu, dando a ela uma olhada zangada que teria matado qualquer um de medo.

Sarah não se intimidava. Ela conhecia suas expressões faciais e já vira todas elas, desde as brincalhonas, até as homicidas. Ela talvez não o entendesse inteiramente, mas sabia que ele jamais a machucaria, por mais zangado que estivesse. – Essa escolha é minha – ela o informou calmamente, soltando a bolsa na mesa de jantar e subindo a escada para tomar um banho.

Ela sentia um aperto no coração, quando tirou a roupa de trabalho e jogou no cesto, no quarto de hóspedes. Sarah geralmente gostava de usar o belo chuveiro de Dante, mas ela entrou no boxe distraída. A água vinha dos dois lados e acima de sua cabeça, os jatos múltiplos relaxando seu corpo, enquanto ela passava xampu no cabelo.

Ele nunca vai concordar. Terei que fazer essa escolha sozinha.

Voltar a aparecer em público teria que ser decisão dela e depois de tudo que Dante fizera por ela, tomar essa decisão com ele tão irredutivelmente contra, iria magoá-lo. Isso era a última coisa que ela queria fazer. O jeito como ele se preocupava com sua segurança e a protegia era tocante, mais do que ela queria admitir. Ninguém jamais cuidara dela do jeito que Dante cuidava. Ultimamente, ela tinha parado de tentar analisar os motivos dele, e por que eles tinham essa ligação. Ela apenas gostava de estar com ele. Ainda assim, a realidade era a realidade. Ele não poderia ficar em Amesport por muito mais tempo – ele já estava quase bom – e ela teria que lidar com a decisão de como terminar o seu isolamento.

Ela enxaguou o condicionador do cabelo, enquanto pensava no quanto seria doloroso vê-lo voltar para Los Angeles, de volta a um emprego que quase o matou. Tudo dentro dela se rebelava ao pensar, e ela entendia como ele se sentia quanto a ela estar em perigo. Ela temia o mesmo por ele.

Sarah deu um gritinho, assustada, quando Dante entrou no chuveiro, completamente nu. Antes que ela tivesse a chance de pensar em qualquer coisa, ele a prendeu junto à parede com seu corpo imenso e musculoso, segurando seus punhos acima da cabeça. O desejo tomou seu corpo como um fogo líquido, quando ela olhou o rosto dele. Ele tinha uma expressão feroz, faminto como um predador com sua presa. Sua ferocidade a atraía como o chamado de um macho para o cruzamento, enrijecendo seus mamilos, deixando seu sexo molhado e fogoso, e o resto de seu corpo tremendo de tesão.

- Primeiro de tudo, eu não vou embora, até que aquele babaca esteja preso ou morto. Está entendendo? – A voz dele era rouca e áspera.

- Como você pode...

- Não fale. Nem tente ponderar comigo. Não estou num clima racional. Apenas me diga que entende – ele ordenou, o peito inflando e baixando, a cada respiração ofegante.

Sarah via que ele estava lutando para manter o controle, mas ela não precisava que ele o fizesse. Ela gostava dele assim, dominador e ávido. Embora ela realmente não entendesse como ele poderia manter sua promessa, se a situação se arrastasse eternamente, ela sabia que ele o faria.

Ela simplesmente assentiu, sem saber exatamente como ele planejava ficar. No entanto, ela tinha ficado sabendo que quando Dante fazia uma promessa, era pra valer.

- Segundo, eu não quero arriscar que nada aconteça a você. Quando eu perdi o Patrick, eu queria ter morrido. Então, você apareceu e me trouxe de volta para vida. Você é minha, Sarah. Acho que eu sabia disso, desde o momento em que a vi. Eu sei que você está disposta a correr o risco de se expor, mas será que você não sabe que perder você me mataria?

As lágrimas começaram a escorrer pelo rosto de Sarah e ela assentiu novamente. A intensidade das emoções dele fluíam dele pra ela, despertando a mesma resposta que agora já estava dentro dela havia um tempo. Ela não reconhecia porque temia se magoar, mas sabia que se perdesse Dante, o mundo ficaria escuro. As defesas dela se partiram e as lágrimas caíam. Ela não estava pensando de forma analítica. Dante a tratava como uma mulher e ela estava reagindo com seu coração. Quando se tratava dele, era como se o seu cérebro fosse totalmente desconectado e seu coração assumisse seus pensamentos.

- Terceiro, eu quero transar com você tão desesperadamente que não consigo mais me masturbar. É um substituto muito pobre. Eu preciso de você. Deitar na cama, toda noite, e não poder tocar você tem sido uma tortura. Eu já estou bom. O único motivo para que eu não tenha transado com você era porque eu queria ficar bom para protegê-la e eu precisava sarar depressa. Eu também não queria fazer um negócio meia boca, ao satisfazer você. Entendeu?

Como se isso fosse acontecer. Dante poderia satisfazê-la só com seu toque. Mas ela assentiu, mesmo assim, as lágrimas caindo de seus olhos, se misturando à água do chuveiro.

- Quarto? – ela perguntou, depois que ele ficou em silêncio, por um momento, seu olhar intenso fazendo com que ela se remexesse de tanto anseio carnal. Ela pareceu esperar uma eternidade para estar com esse homem, e não podia mais esperar nem um momento.

- Não tem porra de quarto nenhum – ele rugiu e colou a boca na dela.

Sarah puxou as mãos presas, quando encontrou a língua dele, com um grito contido. Dante a segurava, alheio a qualquer coisa que acontecesse em volta, exceto o calor das duas bocas juntas, a língua dele tomando a dela. A vontade dela de tocá-lo era tão intensa que ela estava choramingando junto aos lábios dele, puxando ferozmente os punhos, sem conseguir escapar da pegada dele.

- O que foi? – Dante perguntou, recuando dos lábios dela, ofegante.

- Eu tenho que tocá-lo, Dante. Por favor – ela implorou, precisando que ele soltasse suas mãos para que ela pudesse percorrer seu corpo que agora estava recuperado. Esse desejo era tão intenso que chegava a ser fisicamente doloroso.

- Não vou durar nada, se você me tocar – ele alertou, mas soltou as mãos dela e deslizou as mãos pelas costas dela, finalmente segurando suas nádegas. – Mesmo assim, eu quero, me toca, Sarah.

Sarah não perdeu tempo e mergulhou as mãos no cabelo molhado, se deleitando com a sensação do corpo dele, ao puxar sua boca para a dela novamente. Ela gemeu junto aos lábios dele, enquanto ele mordiscava seu lábio inferior e depois lambia devagarzinho. Sarah estremeceu de prazer ao deslizar as mãos pelos ombros dele, percorrendo os músculos esculpidos de suas costas. Sua bunda rija era pura perfeição e quando ela pousou as mãos ali, ela apertou com força.

- Jesus, meu benzinho. Você está me matando – Dante disse, rouco, enquanto Sarah mergulhava o rosto em seu pescoço e mordiscava sua pele.

- Transe comigo, Dante. Eu preciso de você – ela pediu numa voz inebriada, junto ao ouvido dele.

Seu corpo imenso estremeceu, enquanto ele a puxou para debaixo dos jatos do chuveiro, virando-a de costas, colando as costas dela em seu peito. – Em breve. Eu tenho que fazer você gozar primeiro. – A voz dele era profunda e exigente, vibrando na pele sensível da orelha dela. – Deixe-me mostrar de quantas maneiras o seu corpo pode sentir prazer. Você já se tocou no chuveiro?

Sarah sacudiu a cabeça, as perguntas diretas dele nem a deixavam mais constrangida. O corpo dela estava quente demais, desesperado demais por Dante.

- Eu adoro ver você assim – Dante disse baixinho, em seu ouvido, segurando os seios dela com as duas mãos, beliscando levemente os mamilos, só para que Sarah sentisse uma onda elétrica percorrendo-a por dentro. – Tão cheia de tesão para que eu te faça gozar.

- Sim – ela gemeu, com o desejo carnal tão forte que ela tinha que encontrar o alívio ou morreria de frustração.

Dante desceu a mão por seu abdômen, brincou em seu sexo, lentamente penetrando suas dobras com o dedo. – Toque nos seus seios. Faça o que for gostoso – ele instruiu, passando a ponta do dedo no meio dela, sem entrar onde ela o queria.

Segurando os próprios seios, Sarah afagava e beliscava os mamilos, ainda precisando de mais. – Por favor – ela implorava, sentindo que iria desabar.

- Eu gosto de ver você se dando prazer, meu benzinho. Estou com você. Desfrute disso – disse ele, com uma voz confortante, enquanto seus dedos invadiam seu calor. – Cristo. Você é tão gostosa. Você sabe como mexe comigo saber que eu sou o único homem que já viu você assim?

Sarah sabia que estava escorregadia e quente, e pulsando sob os dedos dele. Ela sentia a batida acelerada de seu coração em seus ouvidos, quando se inclinava para trás, deixando que o corpo musculoso a amparasse. – Só você – ela disse, se retorcendo.

Eu preciso de mais. Preciso de mais.

Dante lhe deu exatamente o que ela queria, ao abri-la e expor seu clitóris pulsante ao jato de água, mexendo seu corpo até que ela ficasse prisioneira do ponto vulnerável em seu sexo.

- Ai, Deus – Sarah gritou, beliscando os mamilos com mais força, enquanto a espiral em seu ventre começa a se desenrolar.

Dante penetrou-a com os dedos, mergulhando e saindo, como se fosse com o pau.

- É demais. É demais – ela choramingava e se retorcia junto a ele, mas ele não parava.

Dante fazia com mais força, flexionando os dedos ao redor de seu ponto G, que ela nem sabia que existia, acariciando ali, a cada investida. A cabeça de Sarah caiu em seu ombro, e as costas dela se arquearam ligeiramente, inconscientemente, com um prazer quase insuportável.

- Isso é demais – ela dizia. – A sensação esmagadora dos dedos dele, a pulsação forte em seu clitóris, a sensação de suas próprias mãos em seus seios, tudo fazia seu corpo se retorcer em busca de alívio.

- Goza pra mim, meu benzinho – ele mandou, com a voz inebriada.

Sarah não teve escolha. Ela se soltou, gritando o nome de Dante, enquanto seu corpo explodia em pedaços, confiando em Dante para pegá-la, quando ela caiu.

Capítulo 12

Dante segurava seu corpo enquanto Sarah respirava ofegante, o coração batendo tão depressa que ela estava até tonta. Ele fechou a torneira e a pegou nos braços, ao sair do chuveiro. Depois de sentá-la delicadamente na bancada do banheiro, ele pegou toalhas imensas e felpudas e começou a secar seu corpo e cabelo, com gestos lentos e delicados. Depois que ela estava seca, ele se secou e pegou uma escova e cuidadosamente escovou o cabelo dela, enquanto ela permanecia sentada, quase num torpor pós-êxtase.

Esse é outro jeito como ele está cuidando de mim.

- Ainda preciso de você dentro de mim – Sarah disse trêmula, ainda carente de corpo e alma, ansiando pela ligação máxima.

- Eu vou estar – Dante disse a ela, com a voz rouca, ao pegá-la no colo e carregar para o seu quarto. – A primeira vez que eu transar com você tem que ser na minha cama, onde é seu lugar.

Sarah passou os braços em volta do pescoço dele e inalou seu cheiro, ficando inebriada pela combinação de almíscar e macho. Dante exalava testosterona e ela sentia que quase conseguia farejar, se embebedar do aroma. Ele estava se apossando dela da forma mais primordial, querendo possuí-la, pela primeira vez, em sua cama. Talvez fosse, mesmo, meio parecido com um homem das cavernas querendo arrastar a mulher para sua toca, para fazer as coisas de seu jeito. Era um ato possessivo e só aumentou ainda mais o anseio de Sarah. Algo dentro dela reagiu ao domínio de Dante como se fosse um fósforo na lenha, fazendo-a arder ainda mais por ele, com cada ordem e ato possessivo, cada palavra que ele dizia. A reação dela era elementar e ela não conseguia impedir, nem com lógica.

Ele puxou as cobertas da cama e a colocou bem no meio, recuando e olhando para ela, com um olhar que a incendiava.

- Eu preciso de você, Dante – Sarah admitia, honestamente, o calor aumentando no estômago e irradiando por todas as fibras de seu ser.

Ele subiu na cama e a tomou nos braços, segurando apertado, ao descer a cabeça ao ombro dela. – Também preciso de você, meu benzinho. Sempre estarei aqui, quando você precisar de mim.

Um desejo feroz pulsava pelo corpo de Sarah, embora ela soubesse que ele não estaria sempre ali. Ela queria Dante mais que qualquer coisa que já quisera na vida, e sabia que a admissão dele não era puramente física.

- Fique comigo – Sarah pediu, abraçando-o apertado junto a ela. Os ferimentos emocionais de Dante pela perda de seu amigo ainda estavam recentes, e ela queria apertá-lo assim, pelo tempo que ele precisasse dela, do jeito que ele precisasse dela.

- Sarah – ele disse, num tom intenso, como se ela fosse tudo para ele, e todos aqueles anseios estivessem englobados em seu nome.

Naquele momento, eles estavam trancados, juntos, num lugar onde só os dois existiam e Sarah sentia Dante em sua alma.

Dante a rolou de barriga para cima e se ergueu, se apoiando nos cotovelos, olhando-a abaixo, com olhos ardentes.

Ela ergueu a mão e afagou seu queixo, seu rosto, ambos ásperos pela barba por fazer, como sempre ficavam, no fim do dia.

- Camisinha – ele resmungou.

- Não! – Sarah exclamou. – Faz anos que eu tomo pílula. – O que estava acontecendo entre ela e Dante era totalmente no estado elementar, e ela queria vivenciar isso dessa forma.

- Você não me disse. Confia em mim? – Dante perguntou, com os olhos ainda mais quentes. – Você será a primeira mulher com que transo sem usar nada. A única que eu já quis desse jeito.

- Sim. – Ela não precisava lembrá-lo, nesse momento, que já tinha visto seu prontuário. Ela queria ser a primeira dele, dessa maneira. – Eu também estou segura.

- Meu benzinho, você não está nada segura, nesse momento – Dante sussurrou, num tom perigoso.

Sarah estremeceu de expectativa. Ela tinha esperado por esse momento pelo que pareceu uma eternidade. – Transe comigo, Dante. Sem dó.

- Sem dó para nenhum dos dois – Dante disse, pegando os pés dela e incitando-a a colocar as pernas em volta dele.

Ela imediatamente fez, flexionando os quadris acima, sentindo a ereção dele roçando nela.

- Por favor, chega de esperar. – Ela contraía o próprio sexo, precisando ser preenchida por ele.

- Chega – ele concordou, posicionando o pau e mergulhando. – Santo Cristo – ele disse, chiando. – Você é tão... apertada... quente... molhada.

Sarah se sentia estendida, totalmente preenchida por Dante. Ele era bem encorpado, todo grande, e doeu um pouquinho, quando ele entrou inteiro nela, mas o êxtase de tê-lo completamente mergulhado ali, via o desconforto que já estava passando. Não era uma dor ruim; era uma possessão, um estiramento que reforçava que Dante finalmente havia se apoderado dela. – Sim – ela murmurou, apertando as pernas em volta dele, para puxá-la ainda mais para dentro, o mais fundo que conseguisse. – Transe comigo – ela dizia, totalmente entregue.

A testa de Dante já estava pontilhada de suor, quando ele recuou e mergulhou de novo. – Minha – ele gemia, quase como se a palavra fosse um juramento, ao recuar e se enterrar de novo nela.

Sarah gemia e apertava os braços em volta dos ombros de Dante, perdida no ritmo de suas investidas intensas e poderosas. Era disso que ela precisava, dessa ligação cataclísmica, potente, com Dante.

O mundo dela pulsava, conforme ele a penetrava e deslizava mão por baixo de suas nádegas para amparar o impulso de seu pau. O corpo dela parecia todo sensível; cada vez que a pele dele roçava na dela parecia uma carícia. Sarah sentia o suor escorrendo por seu rosto, enquanto se mexia junto com ele, deixando que ele a possuísse a cada vez que se entranhava dentro dela.

Ela mexia as mãos por todo lado, deslizando nas costas dele, descendo até as nádegas, puxando, tentando fazer com que ele entrasse mais fundo.

- Mais forte – ela dizia, querendo tudo que ele pudesse dar.

Dante reagia, batendo o quadril com mais força, até que ela estava ofegante, sem fôlego. – Diga que você é minha – ele exigiu, rudemente. – Diga que você precisa disso, tanto quanto eu.

- Sim. – Não havia motivo para negar. Se ele parasse agora, ela não suportaria.

Dante se mexeu, colocando um dos pés dela sobre seu ombro, mudando de ângulo até que sua ereção roçava e estimulava o clitóris, toda vez que ele mergulhava e saía dela. Ele desceu os lábios sobre os dela, e sua língua acompanhava o ritmo do seu quadril, enquanto Sarah finalmente cedeu ao clímax iminente. As unhas dela cravaram a pele das costas dele, e ela sentiu a vibração dos gemidos de Dante, enquanto ele continuava a beijá-la na mesma maneira que a possuía: com tesão, com força, depressa.

As costas de Sarah se arquearam e suas pernas se apertaram em volta da cintura de dantes, enquanto seu corpo era sacudido por uma onda após outra, por seu orgasmo explosivo.

Dante ergueu os quadris dela e gemeu, enquanto ela o apertava e contraía por dentro, os espasmos fortes comprimindo seu pau. Ele passou os braços em volta dela, apertando com força, conforme seu jorro quente a inundava, até o fundo do útero, enquanto os dois estremeciam juntos.

Ele rolou, deixando que ela descansasse em cima de seu corpo, para que ela pudesse recuperar o fôlego. Sarah sentia-se mole e exausta, seu coração estava disparado e fora de controle, quando ela deitou a cabeça no peito de Dante e deslizou a maior parte de seu peso saindo de cima dela, ficando ao seu lado. Ele podia estar quase recuperado, mas ela não queria machucá-lo.

Nenhum dos dois falava, enquanto eles lentamente voltavam à terra.

Finalmente, Dante disse, rouco – Agora você entende, por que eu não posso correr o risco que nada lhe aconteça?

- Sim. – Sarah entendia. Ela provavelmente se sentiria da mesma forma, se as posições estivessem invertidas. Isso não era um pensamento racional, mas, pela primeira vez, ela não ligava. Seu coração agora estava envolvido e gostar de alguém como ela gostava de Dante, jamais faria sentido. Simplesmente... era assim. – Eu só quero ser normal – Sarah respondeu, com um suspiro.

- Você nunca será normal, meu benzinho – Dante respondeu, sinceramente. – Você sempre será especial, mas não há nada de errado nisso. Eu acho fantástico. Mas você deveria ter tido o direito de ser criança e vivenciar as coisas que todas as mulheres normais vivenciam. Ser talentosa deveria ter aberto novas possibilidades para você, em lugar de mantê-la isolada. – Ele a beijou devagarzinho, na testa.

- Imagino que uma dessas coisas normais seria o sexo? – ela perguntou, ligeiramente entretida, mas surpresa com sua perspicácia em compreendê-la, ele sabia de suas necessidades quase melhor que ela mesma.

- Principalmente isso. Sexo incrível, arrebatador – disse ele, com um sorriso arrogante. – E em grande quantidade, para recuperar o tempo perdido.

Deus, quando ele lança esse sorriso presunçoso eu quero pular em cima dele outra vez.

- E eu suponho que você irá me ajudar com isso? – ela perguntou, provocando.

Ele a rolou para debaixo dele e segurou as mãos dela acima da cabeça. – Eu serei o único homem a ajudá-la – ele disse, ávido.

Sua expressão passou de arrogante para séria, num minuto, seu corpo ficou tenso acima dela.

- Você não está me ouvindo reclamar – ela respondeu, num tom tentador. Sarah ficou surpresa quando sentiu a ereção como uma rocha, roçando em sua coxa. – Impossível. Você tem mais de trinta anos e o homem mediano leva bem mais tempo para ter outra ereção. – Principalmente para ficar duro desse jeito.

Os lábios de Dante começaram a se curvar num sorriso pecaminoso.
– Gata, eu estou longe de ser mediano, quando se trata de você.

Sarah duvidava muito que Dante pudesse ser considerado mediano, mesmo que não fosse com ela. Ele era... – extraordinário – ela murmurou em voz alta.

Dante jogou a cabeça para trás, numa gargalhada estrondosa e quando baixou a cabeça de novo, ele pousou sobre o ombro dela. – Só você poderia fazer essa palavra soar tão sexy, ao se referir ao meu pau.

- Excepcional? – ela tentou de novo, com um sorrisinho, sabendo que ele não tinha percebido que, na verdade, ela estava se referindo ao homem, não apenas ao membro.

- Super instigante – ele concordou, deixando a língua percorrer o ponto sensível abaixo do queixo dela.

- Surpreendente – ela suspirou, inclinando a cabeça para que ele tivesse melhor acesso ao seu pescoço.

- Vai acabar descobrindo, se continuar falando sacanagem comigo, desse jeito – ele alertou numa voz profunda e abafada, enquanto mordiscava, delicadamente, o lóbulo a orelha dela.

Sarah gemia, sabendo que praticamente qualquer coisa que ela dissesse o deixaria excitado. Homem maluco. Então, quando ele finalmente a tomou, se afundando dentro dela, ela gemeu – Fenomenal.

- Garota safada – Dante respondeu bruscamente.

- Transe comigo, Dante – ela disse, já que agora grande parte de seu vocabulário já havia evaporado junto com o bom senso.

- Garota muito safada – disse ele, com um gemido bem atraente, ao fazer exatamente isso.

No dia seguinte, Sarah acordou deliciosamente dolorida, contente por ser sábado e envolvida num par de braços musculosos, protetores que abraçavam apertado, enquanto ela havia dormido a maior parte do dia. Claro que isso foi depois que ela experimentou o "fenomenal"

de Dante, várias vezes mais e já era quase dia claro, quando eles adormeceram exaustos.

Quando esticou os braços acima da cabeça e sentou, ela notou que já eram quatro horas da tarde. — Quando foi que eu dormi uma tarde inteira? — ela sussurrou consigo mesma, estarrecida. Ela não se dava a esse luxo nem quando trabalhava o dia todo e a noite toda, quando estava na escola de medicina.

- Culpa sua — Dante disse, grogue, sentando e se espreguiçando, como ela tinha acabado de fazer. — Você não deveria ter começado a falar toda aquela sacanagem.

O corpo de Sarah reagiu, só de vê-lo se espreguiçar, seus ombros largos flexionando, seus bíceps tremulando, quando ele se mexia. Os olhos dela percorreram o peito esculpido, o abdômen trincado, seguindo a trilha feliz de pelos escuros que sumiam por baixo da barraca armada embaixo do lençol.

Saindo da cama antes que ele pudesse pegá-la, ela riu, quando ele tentou, engatinhando no colchão. O corpo dela reagiu imediatamente, seus mamilos enrijeceram, enquanto ela via os olhos dele ganhando uma expressão inebriada. Ela queria deixar que ele a pegasse, mas sabia que se experimentasse o Sr. Excepcional mais uma vez, ela talvez não conseguisse andar. — Ah, não senhor. Pode ficar com esse negócio longe de mim. Estou dolorida.

Dante caiu de costas com um gemido de derrota que fez Sarah dar uma risadinha. — Se não vai me deixar transar com você, pelo menos me dê comida — ele gritou, num tom trágico, tentando fazê-la rir. — Você é uma mulher exigente e me fez trabalhar duro. Estou faminto.

Ela realmente riu. Sarah não pôde evitar. Quando Dante estava com um humor brincalhão, ele certamente fazia um drama e tanto. Ah, ela sabia muito bem que ele estava enrolando, tentando parecer patético. Não havia um osso fraco em seu corpo. Mas ela adorava quando ele fazia isso só por diversão.

Honestamente, ela provavelmente precisava, mesmo, alimentá-lo. Ele tinha despendido muita energia e certamente havia ficado exausto com ela. Dante era... insaciável.

Ela não se surpreendera ao saber que Dante não cozinhava bem e desde o primeiro dia, ou ela tinha que cozinhar, ou eles acabavam pedindo pizza ou comida chinesa, todo santo dia. Ela havia se habituado a cozinhar ali, algo que realmente gostava, mas raramente tinha a chance de fazer em casa, pois não parecia valer a pena o empenho para comer sozinha. Mas ver Dante consumir inúmeros pratos da comida que ela preparava a deixava feliz, como se ela realmente estivesse fazendo algo útil para ele. Ninguém gostava mais de comida do que Dante.

- Ovos, bacon e panquecas, assim que eu tomar banho – ela disse a ele, enquanto caminhava em direção à porta do quarto, sentindo-se constrangida por ficar andando nua como veio ao mundo.

- Estarei pronto em dez minutos – Dante gritou contente, rapidamente levantando e praticamente correndo para o chuveiro.

Cinco ovos, duzentos gramas de bacon e cinco panquecas depois, Dante estava limpando a cozinha, enquanto Sarah estava sentada junto ao piano da sala. Ele era um cara grande, mas onde botava essa quantidade de comida?

Ela tinha terminado um concerto e se encolheu ao ouvir os pratos batendo, enquanto ele abastecia a lavadora de louça. Esse era o combinado. Ela cozinhava, ele limpava.

Graças a Deus que ele não usa porcelana de verdade.

Dante limpava do mesmo jeito que ele fazia todas as outras coisas: veloz e furioso.

Ela o viu surgir da cozinha, com uma camisa verde escura e um jeans desbotado, lindo de dar água na boca.

Veio na direção dela a passos largos e determinados, com a expressão calma, ao parar atrás da banqueta do piano e estender a mão. – Certo. Vamos nessa. Tenho uma surpresa para você.

A expressão dele era indecifrável. – O que você está aprontando? – Sarah perguntou cautelosa.

Ele pegou a mão dela e impacientemente puxou para colocá-la de pé. – É melhor você vir logo, antes que eu mude de ideia. Vá vestir um jeans e uma camiseta de mangas compridas, para proteger.

Pra quê? Ela já estava de short e uma regata. Intrigada, Sarah subiu até seu quarto e colocou outra roupa. Provavelmente, ainda estava fazendo vinte e tantos graus, mas quase sempre o clima era úmido. De qualquer jeito, ela não discutiria quanto à blusa de mangas compridas. Dante certamente estava aprontando alguma coisa e ela mal podia esperar para ver o que ele tinha planejado.

A apreensão chegou, quando Dante levou Sarah até lá fora. Ele tinha montado seu presente várias noites antes, quando não conseguia dormir, assombrado pela tentação de seu corpo aquecido junto ao dele. Ele levantava e vinha para a garagem, desesperado por algo para ocupar seu tempo e a mente suja. Ele não tinha planejado a ensiná-la a montar em nada além dele, quando ele comprou isso. Não a queria fora de casa, ou exposta, a menos que fosse absolutamente necessário. Mas agora, seus instintos para proteger e seu desejo de fazê-la feliz estavam guerreando em seu interior.

Eu só quero ser normal.

Esse pedido, essa carência tão simples, quase o deixou de joelhos, na noite anterior. Era verdade, o que ele lhe dissera... ela sempre seria bem melhor que normal. Mas ela merecia fazer coisas normais. Se ele fosse fazer do jeito que queria, ela ficaria bem trancada e segura, até que seu agressor finalmente tivesse sido pego. Mas, honestamente, havia uma possibilidade de que o cara tivesse partido da cidade e ele a estivesse mantendo enclausurada por nada. Ele podia ser vigilante. Ainda assim, trazê-la para fora estava quase o matando. Claro, era na península, e a probabilidade era que a localização dela ainda não tivesse sido descoberta. Mas até um pequeno risco com a segurança de Sarah o deixava nervoso.

Feliz ou segura?

Por que diabo teria que ser um ou outro? Ele queria que Sarah fosse feliz e ficasse em segurança. Será que isso era pedir demais?

Sua Glock estava enfiada na cintura, nas costas, e coberta pela bainha da camisa. Dante silenciosamente olhou os arredores, antes de levar Sarah lá para fora, na área aberta da entrada de veículos. Soltando a mão dela, ele foi até a garagem e saiu trazendo sua nova bicicleta, olhando o rosto dela, quando ela viu o que ele estava fazendo.

- Ai, meu Deus. É minha? Que linda – Sarah exclamou, o rosto radiante, quando ela se aproximou e passou a mão reverente sobre o banco de couro preto.

A bicicleta era de metal vermelho, com acessórios pretos e a expressão no rosto dela era impagável, valendo muito pelas horas que ele levou para montá-la. – Essa é uma bicicleta praiana e só tem uma marcha. Perfeita para essa área e fácil de aprender a andar. É boa para um iniciante.

- É boa para sempre. Não acredito que você a comprou só para mim – Sarah sussurrou baixinho, deslizando a mão sobre a tinta vermelha brilhante. – É o melhor presente do mundo.

- Melhor que o piano? – Dante disse, entretido. Só mesmo a Sarah acharia que uma bicicleta de iniciante era o melhor presente de um bilionário. No entanto, ele não tinha dúvidas de que ela estava mais empolgada com essa bicicleta tola do que ficaria, se ganhasse qualquer jóia cara, ou qualquer outra coisa que ele poderia facilmente comprar para ela.

Ela ergueu uma sobrancelha para ele. – Você disse que o piano era para você.

Droga. Flagrado.

O piano nunca foi para ele, mas ele sabia que precisava arranjar uma desculpa para subitamente ter um piano de cauda no meio da sala. É, sua desculpa tinha sido esfarrapada. Ainda assim, ele tinha acabado de derrapar. – Foi – ele mentiu, descaradamente. Ele sabia que ela provavelmente nunca tinha acreditado em sua desculpa, mas não admitiria inteiramente. Muito provavelmente, ela iria querer que ele se livrasse do instrumento.

- Hmm... sei – Sarah respondeu duvidosa, mas não forçou. – Você mesmo que montou essa bicicleta? – ela perguntou, curiosa.

- Ãrrã. Eu quis. Eu queria ter certeza de que estava bem segura. – Ele deu um suspiro de alívio, por ela ter deixado de lado o assunto do piano. Infelizmente, ele sabia que tinha sido pego na mentira, mas ela havia aliviado seu lado.

Sarah parou de olhar para a bicicleta e ergueu os olhos para o rosto dele. Dante gelou, quando viu as lágrimas nos olhos dela, e sentiu seu coração acelerar, quando ela pôs a mão em sua nuca e o puxou para dar o beijo mais terno que ele já tinha ganhado na vida.

- Isso a torna ainda mais especial – ela disse baixinho. – Obrigada. – Segurando o guidom ela perguntou, empolgada – Posso tentar?

- Espere um minuto – ele ordenou, pegando o equipamento de segurança que tinha comprado com a bicicleta. Ele ajustou o capacete leve na cabeça dela e riu quando amassou os cachos e os deixou presos nas laterais, saindo por baixo do capacete. Ele a fez estender os braços e pernas e colocou protetores nos cotovelos e joelhos. – Certo – ele disse, deixando que ela passasse a perna por cima e imaginando se havia algum outro acessório de segurança que ele poderia ter comprado para ela.

Ele mostrou como frear a bicicleta, função mais importante, em sua opinião, e como se equilibrar em cima. Honestamente, ele até queria colocar rodinhas adicionais, mas achou que passava um pouco da conta. Agora ele quase desejou que as tivesse incluído. Ele estava tendo visões de Sarah machucada e ensanguentada no chão, depois de uma queda terrível, embora soubesse que estava sendo ridículo.

- Eu vou acompanhar você, portanto, não pedale depressa demais. E não aperte o freio com força demais, se não, você vai sair voando por cima do guidom – ele alertou, ansioso.

- Não faz mais sentido ir mais depressa? Na verdade, é puramente física. Se eu estiver me deslocando numa velocidade maior, a bicicleta deve se tornar mais estável – disse ela, pensativa.

Dante ficou olhando a concentração no rosto de Sarah e sorriu. Ele deveria saber que ela estaria calculando alguma formula matemática para se manter equilibrada. – Não vá depressa demais – ele instruiu. – Pode montar.

Sarah usou os pedais para subir no banco, encontrando uma posição confortável para as mãos nas manetes, enquanto ele a segurava.

- Certo, comece a pedalar – Dante orientou, segurando firme por baixo do banco e ao lado de uma manete.

Ela aprendia rápido e começou meio cambaleante, mas Dante se viu correndo com ela, depois de alguns inícios ruins. Ele fizera com que ela se acostumasse ao freio, deixando que ela fizesse a bicicleta parar, toda vez que eles chegavam ao final da entrada de veículos.

- Acho que eu consigo – Sarah disse confiante, com o rosto radiante de empolgação, conforme eles pararam no fim do caminho, depois de várias idas e vindas. – Dessa vez, você pode me deixar ir.

Será que posso?

Essa ideia o deixou aflito, embora ele soubesse que Sarah conseguisse se manter sentada. – Vamos ver. – O rosto dela ainda estava radiante como o de uma criança que estava aprendendo a andar, pela primeira vez. Dante nunca a vira mais bonita.

Ela empurrou e sentou e Dante correu junto com ela, por uma pequena distância, antes de soltar. – Não se esqueça do freio – ele gritou, agora correndo ao seu lado.

Uma expressão de susto passou brevemente por seu rosto, quando ela percebeu que ele não estava mais segurando, mas depois ela vibrou – Estou indo sozinha!

Ela estava, mesmo, embora Dante se mantivesse perto, para reagir, se ela começasse a cair. Ele a viu pedalar mais depressa, depois foi apertando lentamente o freio, para parar perto da garagem.

- Consegui – disse Sarah, sem fôlego, ao baixar os pés no chão. Ela desceu da bicicleta, armou o descanso e se jogou nos braços de Dante, cobrindo seu rosto de beijos, enquanto pulava de alegria. – Isso foi incrível.

Valeu cada momento que eu passei suando pela segurança dela.

Dante ainda estava observando os arredores, mas a felicidade dela tinha valido todo seu estresse, e ter seu corpo delicioso junto ao dele era um bônus.

- Vou fazer o melhor jantar do mundo para você, essa noite – Sarah lhe disse, toda empolgada.

Dante queria dizer que toda vez que ele sentava na mesma mesa que ela era um jantar incrível, mas ele não discutiu. Ele tinha péssimas habilidades na cozinha e Sarah era uma cozinheira incrível. A melhor parte de jantar com Sarah era ver seu lindo rosto, enquanto ela comia ao seu lado, à mesa. Estranho, como ele havia se acostumado tão rápido a não comer mais sozinho, a tê-la ali, toda noite. Provavelmente, porque ele adorava tê-la perto dele.

- Está começando a escurecer. Está pronta para entrar? – ele perguntou, relutante, desejando poder pegar a alegria dela e segurar para sempre. Assim que ele queria vê-la, todos os dias.

- Sim – ela concordou prontamente, erguendo o descanso da bicicleta e cuidadosamente empurrando-a para dentro da garagem, como se fosse o seu bem mais precioso.

Dante ficou olhando, enquanto ela cuidadosamente foi tirando os acessórios e guardou no bolso na traseira da bicicleta.

- Obrigada – ela disse, sinceramente, estendendo a mão para pegar a dele, entrelaçando os dedos aos dele, quando o reencontrou fora da garagem.

Ele teve que engolir um bolo enorme que se formou em sua garganta. Ele nunca tivera muita ternura em sua vida, mas essa mulher estava fazendo com que ele desejasse isso dela.

Dante sacudiu os ombros – é só uma bicicleta.

- É muito mais que você só me ensinar a andar de bicicleta e você sabe disso – ela respondeu baixinho.

Ela sabia que sair ao ar livre foi algo difícil para ele. Ela estava dizendo que era grata por ele ter feito isso por ela. Ele deveria ter ficado surpreso por ela entender, mas ele não ficou. Sarah podia entendê-lo de maneiras que ninguém mais conseguia.

Porra, provavelmente não havia quase nada que ele não faria por ela, mas ele não sabia como lhe dizer isso, então, ele a beijou, dando a Sarah o mesmo abraço afetuoso que ela lhe dera, antes de enlaçar sua cintura e levá-la de volta para dentro de casa.

Capítulo 13

Durante a semana seguinte, Sarah ficou aliviada que Dante tivesse começado a realmente soltar as rédeas um pouquinho, deixando que ela saísse, de vez em quando. Ontem ele tinha caminhado com ela até o Brew Magic para que eles tomassem um café. Claro que ele a manteve colada ao seu lado, com seu braço forte e musculoso ao redor da cintura dela, e ela sabia que ele estava bem armado. Ainda assim, era um progresso. E durante os últimos dias, ele a deixara dar mais umas voltas em sua bicicleta, na entrada da garagem, ensinando-a a fazer curvas e aprimorando suas habilidades. Depois, claro, havia as noites.

Sarah suspirava feliz, quando pensava naquelas noites incríveis, com outra a caminho. Nenhum deles conseguia esperar mais de cinco minutos para ficar nu, no chuveiro, depois do trabalho, cada um mais faminto que outro. Eles geralmente também acordavam excitados, pela manhã. Sarah achou que seu desejo acalmaria, ao menos um pouco, depois que ela ficasse com Dante. Não aconteceu. Até aguçou ainda mais a sua avidez.

O celular dela tocou bem na hora em que ela estava saindo da caminhonete de Dante, depois do trabalho, naquele dia, e ela se encolheu quando remexeu na bolsa e viu que era o número de sua mãe.

- Quem é? – Dante perguntou, curioso.

- Minha mãe – ela respondeu, descontente. Fazia mais de um mês que ela tivera notícias de Elaine Baxter, e embora parte dela quisesse falar com a mãe, por ser sua única família, ela sabia como seria a conversa, como sempre era.

Sarah atendeu antes que resolvesse ignorar a ligação. Ela sabia que quando a mãe decidisse que queria falar com ela, ficaria ligando sem parar.

- Alô – disse ela, apreensiva.

- Sarah? – a mãe perguntou bruscamente.

- Sim, mãe. Sou eu.

- Eu encontrei o homem ideal para você – disse Elaine, sem rodeios. – Eu o conheci numa das minhas reuniões em Mensa. Ele é perfeito. Tem um Q.I. semelhante e é um neurocirurgião brilhante, portanto, vocês têm muito em comum. Ele é mais velho e está pronto para se aquietar agora. Preciso que você volte para Chicago.

Nada havia mudado. – Não posso – ela respondeu, sem mencionar que não tinha planos para deixar Amesport, um lugar onde nunca fora mais feliz na vida.

- Você ainda continua não trabalhando no hospital?

- Não, mãe, não estou trabalhando no hospital – Sarah respondeu secamente, enquanto Dante a seguia, entrando em casa.

- Você vai ter que dominar esses medos. Isso não é racional – a mãe dela ralhou. – Seu lugar não é num pequeno consultório, trabalhando numa cidade qualquer que nem está no mapa. Como você irá continuar progredindo? Você tem que conhecer o homem que encontrei para você. Sendo mais velho, ele será mais estável. Mas não tenho certeza se ele irá compreender suas fobias.

Sarah estava bem certa de que ele não compreenderia. Se era amigo da mãe dela e ela gostava do homem, então, ele não lidava com nada que não pudesse ser provado cientificamente, através de fórmulas matemáticas. – Eu prefiro escolher meu próprio marido, mãe – ela disse, secamente.

Dante girou a cabeça, diante do comentário de Sarah, franzindo o rosto para o celular na mão dela, como se o fizesse para uma pessoa de verdade.

Sarah continuou falando. — E houve um incidente aqui que indica que o homem que me atacou talvez esteja atrás de mim. Estou trabalhando com a polícia, para tentar prendê-lo agora. — Sarah desesperadamente torcia que a mãe demonstrasse o resquício de preocupação.

- Isso é mais um motivo para você pegar um avião e voltar para cá. Chicago tem uma polícia muito melhor para proteger você – disse a mãe, com uma fungada de aversão.

E John Thompson teria uma cidade grande para se esconder. Ao menos uma vez, mãe, me pergunte se eu estou bem. Pergunte o que aconteceu e se eu estou em segurança. Pergunte se estou com medo. Seja minha mãe, em vez de uma professora.

- Você está desperdiçando seu potencial aí, Sarah. Eu a quero num avião de volta para casa até o fim da semana, mocinha – a mãe acrescentou.

Murcha, Sarah sentou numa das cadeiras da sala de jantar. Dante colocou uma cadeira ao seu lado e sentou, pegando a mão dela, como se soubesse que ela estava aborrecida.

A quem eu estou querendo enganar? Estou desejando um relacionamento que nunca existiu e nunca vai existir.

A mãe dela era mais uma disciplinadora, uma instrutora que Sarah jamais conseguira agradar, por mais que tentasse. — Tenho vinte e sete anos. Agora eu posso tomar as minhas próprias decisões. E nunca mais vou voltar pra Chicago. Jamais – ela disse à mãe, enfaticamente.

Para Sarah, as palavras significavam mais que apenas o local. Ela estava começando a viver, encontrando amigos, depois de tanto tempo sem ninguém, e tinha um homem bem ao seu lado, lhe dando apoio, quando ela precisava. Dante poderia não ficar em sua vida para sempre, mas ela estimaria o que tinha, nesse momento. Não... ela nunca voltaria para aquela existência estéril e sem vida que tinha em Chicago. Não agora que estava descobrindo que a vida podia ser muito... mais.

- Depois de tudo que eu fiz para promover a sua educação, você vai simplesmente jogar tudo fora? – a mãe perguntou zangada. – Você está horrivelmente marcada, Sarah. Já se esqueceu disso? Mas um homem intelectual, que pode enxergar além do sexo, não vai se importar tanto com as suas cicatrizes.

- Eu estou feliz – Sarah respondeu baixinho, desejando que não parecesse que ela e a mãe habitavam planetas diferentes. Ela tinha sido uma criança obediente, sempre tentando fazer a mãe feliz, deixá-la orgulhosa. Se teve algum êxito, a mãe nunca demonstrou. Agora era hora de Sarah viver sua própria vida e parar de torcer para ter a aprovação dela. Isso nunca aconteceria, então, ela tinha mais era que ser feliz.

- A felicidade não significa nada para uma mulher como você – a mãe respondeu. – Você é talentosa.

O corpo de Sarah deu um tranco, como se ela tivesse levado uma bofetada. – Também sou humana – ela disse, triste. – Quero algo além de casar com o homem certo porque nossos genes combinam. Agora eu quero cuidar da minha própria vida.

- Tudo bem. Acho que não tenho escolha, a não ser deixar você desperdiçar sua vida e seu talento – Elaine respondeu, arrogante.

- Não, não tem mesmo – Sarah concordou, depois desligou o telefone com um suspiro.

Dante logo a puxou para o seu colo e aninhou-a junto a ela. – Imagino que isso não tenha ido bem – ele disse, curioso. – Ela estava, mesmo, esperando que você se casasse com alguém que nunca viu? – a voz dele soou zangada, mais áspera.

Sarah sacudiu os ombros. – Ela espera que eu me case com um homem genial, para que nós possamos ter uma tonelada de bebês Mensa, para maravilhar a comunidade científica.

- Jesus, que mulher fria – Dante respondeu. – Não que eu já não soubesse. – Ele hesitou, antes de acrescentar – Que tal irmos ao Tony, essa noite? Eu ainda te devo o jantar sobre o qual falamos.

Será que ele está disposto a sair? Ele acha que estou infeliz, então, está tentando fazer alguma coisa para que eu me sinta melhor.

- Eu adoraria sair, mas se você está fazendo isso porque acha que estou triste, eu não estou. Já lido com a minha mãe há vinte e sete anos – disse Sarah, virando para olhar o rosto dele.

- Conversa – disse Dante. - Eu sei como é torcer para que um pai ligue para gente. Já passei por isso.

Os olhos de Sarah abrandaram, quando ela cruzou o olhar de Dante. Ela sabia que seu pai tinha sido um alcoólatra malvado e abusivo, antes de morrer, e a mãe deixou todos eles assim que a Hope saiu de casa. Era óbvio que ele sabia, mesmo, qual era a sensação.

– Dói, mas eu não vou deixar que ela estrague a minha chance de ser feliz.

- Não deixe – Dante concordou, ao levantar, colocando os pés de Sarah no chão. – Vá se arrumar. Estou fazendo isso porque te devo um jantar. E ainda está claro. Nós precisamos voltar antes de escurecer.

Ele não lhe devia nada. Era exatamente o contrário. Mas ele estava usando essa desculpa para deixá-la feliz. Sarah sorriu para ele. – Eu serei como a Cinderela.

- Nós temos que voltar para casa antes de meia-noite e eu não sou nenhum príncipe encantado, mulher – ele disse.

- Não, não é – ela concordou, dando-lhe um beijo nos lábios. – Você é até melhor. E eu tenho quase certeza de que você é até mais bem dotado – disse ela, numa voz sensual, enquanto o provocava passando a mão por cima do jeans, em sua imensa ereção. Sexualmente, ela estava ficando mais ousada e ela adorava a sensação de seu próprio poder feminino.

Um som baixinho e reverberante surgiu da garganta dele e Sarah saiu correndo, antes que ele pudesse pegá-la. Ela deu um gritinho feliz e o som ecoou pela casa, enquanto ela disparava escada acima, com Dante logo atrás.

- Não posso acreditar que a deixei sair de casa com esse vestido. Todo homem que a olhar vai ficar fantasiando em transar com você – Dante reclamou, ao abrir a porta do passageiro de sua caminhonete, com os olhos percorrendo a longa extensão de pernas nuas dentro de seu veículo.

- Você queria que eu tivesse um vestido vermelho – Sarah lembrou. – Emily achou sexy. Você não acha? – Ela adorou o vestido, mas tinha de admitir que a finalidade era ser sexy. Era preso no pescoço, o que impedia usar sutiã, e tinha as costas nuas, com um tecido que começava acima das nádegas. A saia era curta e justa, e modelava lindamente a bunda e as pernas, batendo na altura da metade das coxas. Era revelador, mas elegante, não deixando que ela ficasse parecendo uma vadia, ou uma mulher à toa.

- Sexy demais, porra – Dante reclamou. – Meu pau vai ficar duro o jantar todo, como está agora, e eu vou querer matar o primeiro cara que demonstrar que aprecia esse vestido, tanto quanto eu.

Sarah sorriu de seu tom descontente. Ele já tinha dito a ela como ela estava linda, e ela se sentia linda. Ela tinha prendido o cabelo no alto, deixando alguns cachos emoldurando seu rosto e tinha usado um pouco mais de maquiagem do que geralmente passava. Toda vez que Dante a olhava, ela sentia que ele queria devorá-la inteira. Ela estava calçando seus saltos imensos e torturantes, mas Dante ainda ficava bem mais alto que ela, com seus ombros largos dentro de um paletó que enfatizava ainda mais seu porte de mamute. De jeans, Dante Sinclair era hipnotizante. De terno e gravata, ele ficava tão arrasadoramente lindo que lhe tirava o fôlego.

Eles foram conduzidos até a mesa, junto à janela. Quando ela foi sentar, Dante delicadamente pegou seu braço e a guiou para que sentasse de frente para ele.

- Eu gosto de ficar de frente para a porta – ele disse, puxando a cadeira para ela e sentando-a, antes de se sentar também.

Sarah sabia que ele estava armado e imaginou que ele quisesse poder ver quem entrasse no restaurante. – Coisa de policial? – ela chutou.

- Ãrrã – ele respondeu, sorrindo. – Eu sempre fico de frente para a porta.

Eles pediram bebidas, enquanto olhavam o cardápio. O restaurante até podia ser para turista, mas Sarah adorou a decoração náutica que era atraente sem ser cafona. Os dois optaram pela degustação variada de carne e lagosta, e Sarah recostou na cadeira e bebericou seu vinho, curtindo a novidade de estar num restaurante, como se estivesse num verdadeiro encontro amoroso.

- Do que você está rindo? – Dante olhava para ela intrigado.

- Eu me sinto tão jovem, como se eu estivesse com meu namorado, o cara mais gato da faculdade.

- Se nós ainda estivéssemos na faculdade e eu estivesse saindo com você, eu estaria pensando se a gente iria transar depois – Dante comentou com um sorriso malicioso.

Sarah debruçou à frente e sussurrou conspiradora – Eu acho que você certamente vai ter sorte, dessa vez. – Ela já estava excitada por ele e olhando esse homem lindo à sua frente, ela queria subir por cima da mesa e fazer dele o seu jantar.

- Você acha? – Dante respondeu, com a voz embargada.

Do outro lado da mesa, ele lançou um olhar faiscante de alerta, que fez o coração dela saltar. Ela assentiu lentamente. – Eu até estou usando uma calcinha sexy só para você ver mais tarde. É bem escandalosa e transparente. – Certo, agora ela sabia que estava cutucando a fera, mas ela adorava o lado selvagem de Dante, então, ela continuou. – E as meias e a liga combinando são lindas.

- Você não me mostrou nada disso – ele rugiu.

- Eu queria comer – disse ela, rindo. – Tive receio que não saíssemos de casa. – Isso era realmente verdade. Se ela tivesse ficado desfilando a lingerie para ele, antes de sair, eles estariam na cama. Embora ela ainda não entendesse o desejo insaciável que Dante tinha por seu corpo marcado, ela aceitava isso como verdade. Ele provara, repetidamente, a cada dia, e ela estava se acostumando ao fato de que ele realmente a queria.

- Nós não teríamos saído – Dante confirmou. – Jesus Cristo. Como é que eu devo continuar sentado aqui, agora? Meu pau já está duro – ele resmungou descontente.

Deus, como era gostoso provocá-lo. Sarah nunca na vida se sentira à vontade para flertar com um homem. Talvez, essa conversa com Dante fosse um pouco além de flertar, porque eles já estavam num relacionamento sexual, mas ela adorava ver a expressão intensa de desejo em seu rosto e as labaredas que se acendiam em seus olhos, quando ele a observava atentamente.

- Você vai pagar por isso depois, mulher – Dante disse.

Sarah estremeceu de expectativa. – Eu espero que sim – ela respondeu, provocando. Ela certamente estava instigando seus instintos dominadores e talvez isso fosse perigoso demais, já que Dante já era um macho alfa. Ele era sexualmente autoritário e mandão, mas ela não conseguia resistir a cutucá-lo ainda mais. Dante a incentivava a experimentar seus desejos mais profundos e agora ela estava se deleitando nisso.

Os olhos dele pareciam lava. – É isso que você quer, mulher? Punição?

Sarah estremeceu em pensar. Dante jamais iria machucá-la e ela sabia que a única coisa que ele faria era lhe dar prazer. A julgar por sua expressão atiçada, a ideia de fazê-la pagar por provocá-lo o instigava tanto quanto a ela. Arregalando os olhos, ela lançou um olhar inocente, ao responder – Só se você achar que eu mereço. – Ela tirou o pé do salto alto e passou em sua imensa ereção, torcendo para que ela se encrencasse ainda mais, imaginando até onde Dante levaria isso.

- Nesse momento, eu estou pronto para te dar umas belas palmadas, até você pedir clemência – ele disse.

Ela sentiu seu sexo molhar. Talvez ela fosse pouco convencional, mas pensar em Dante sendo tão ousado deixava seu corpo em brasa. Ela não tinha dúvidas de que ele o faria. Ele não era o tipo de cara que não respaldasse suas palavras com ações. Se isso não parasse, ela viraria cinza, ali dentro do restaurante elegante.

O garçom apareceu com a comida e Sarah tirou o pé, colocando-o de volta no sapato. A toalha da mesa era bem comprida e cobria o colo dos dois, mas ela não queria ser descoberta. Isso tudo era bem novo para ela, surreal demais. Dante realmente a queria de um modo desesperador, do mesmo jeito que ela o queria.

A conversa deles passou a temas mais brandos, quando os pratos chegaram, mas ela sentia o olhar de Dante fixo nela, enquanto consumia um excelente filé e uma suculenta lagosta do Maine.

Eles acabaram falando dos irmãos dele.

- Evan está quase sempre viajando. Ele precisa ir mais devagar, ou estará acabado, antes de fazer trinta e cinco anos – Dante disse a ela, ao terminar seu filé e pousar os talheres no prato.

- Ele deve ser solitário – Sarah comentou, imaginando como seria viajar pelo mundo sem ninguém com quem compartilhar as viagens.

- Acho que nunca pensei dessa forma. Mas, sim, ele provavelmente é. Nos negócios, ele fica o tempo todo cercado de gente, mas eu acho que ninguém de lá dá a mínima para ela. A maioria só fica puxando o saco pelos próprios interesses financeiros. Evan se mata de trabalhar e não precisa mais disso. Ele nunca precisou. É quase como se ele quisesse provar alguma coisa, talvez mostrar que pode fazer um trabalho melhor que meu pai, na administração da empresa – Dante refletiu.

- E ele faz? – Sarah perguntou curiosa, terminando o seu jantar e colocando o guardanapo sobre o prato, educadamente declinando a sobremesa que foi oferecida pelo garçom que estava tirando os pratos. Ela já tinha comido bastante e seu estômago estava completamente cheio.

- Certamente. Ele fez a companhia mais bem sucedida do que qualquer um de nós poderia imaginar. A empresa já valia bilhões de dólares, mas Evan provavelmente triplicou seu valor, desde que meu pai morreu. Eu só gostaria que ele tirasse uma folga, por um tempinho. – Dante franziu o rosto ao colocar o cartão de crédito num porta-cartão, para o garçom que imediatamente pegou.

- E o Jared? – Sarah disse. Ela já conhecia Grady e boa parte de sua história com Emily. Mas Jared ainda era um mistério para ela.

- Jared mudou. Aconteceu alguma coisa com ele, mas eu não sei o que. Ele desconversa quando eu pergunto o que o mudou, mas ela não era assim. Seu negócio tem sucesso? Muito. Mas ele não é a mesma pessoa que era, quando pequeno.

- Como era ele, quando jovem?

- Criativo, inteligente. Ele estava sempre desenhando alguma coisa. Era um artista talentoso e seguiu arquitetura porque adorava criar coisas, ou reconstruí-las. Acho que ele se entediou do setor comercial imobiliário, mas isso que o deixou ainda mais rico. Eu não sei. Ela só parece... perdido. – Dante parou, antes de dizer – Ele está agindo como um babaca, mas sempre foi o primeiro a notar, quando Grady, ou um de nossos irmãos precisava da gente, embora fosse o caçula. Ele tinha curiosidades sobre o mundo, era bondoso com todos . Agora é um imbecil.

- Ele ainda é gentil com senhorinhas – Sarah frisou, lembrando do que Elsie e Beatrice haviam dito sobre Jared.

- Acho que isso é alguma coisa – Dante disse, duvidoso.

- E quanto à Hope? – perguntou Sarah, imaginando como seria o papel de única mulher entre todos os irmãos Sinclair.

- Agora ela está feliz. Ela se casou com um amigo de infância da família, Jason Sutherland. Na verdade, ele cuida de investimentos para mim e para o Grady. Ele é um investidor incrível, um dos mais sagazes do mundo.

- Já ouvi falar dele. Ele é um gênio na matemática e com números, também, além de ser um investidor brilhante – Sarah comentou, admirada.

- Tenho certeza de que sua mãe o adoraria, mas ele já é casado com a minha irmã – Dante respondeu, rabugento.

Ele parecia irritado e possivelmente... com ciúmes? – Se a minha mãe gostasse dele, então, eu provavelmente não gostaria – ela disse.

- Toda mulher suspira pelo Jason – Dante resmungou.

- Eu não – ela negou, de modo casual. – Eu já vi a foto dele e não achei nada de mais.

- Que bom. Eu detestaria ter que machucá-lo. Agora ele é meu cunhado – Dante disse, obviamente satisfeito. – Ele e Hope estão de volta a Nova York nesse momento, mas eu sei que eles não pretendem mais viver lá em tempo integral. – Dante assinou o recibo do cartão, que havia sido deixado pelo garçom, e enfiou sua cópia na carteira. – Pronta?

- Sim – Sarah suspirou, sentindo-se relaxada pelo vinho que havia bebido. – Logo vai escurecer. A Cinderela precisa voltar do baile.

- Só tem um problema com isso – Dante frisou.

- O quê?

Dante pegou a mão dela e puxou-a graciosamente para ficar de pé. – Nós ainda não tivemos nossa dança. – Ele inclinou a cabeça em direção à pequena pista, no bar. – Dance comigo, Sarah.

Ela olhou para a área de dança e só havia alguns casais na pista. A música era lenta e romântica, e os casais deslizavam elegantemente. – Dante, você sabe que eu nunca...

- Apenas me siga. Eu por acaso sou um excelente dançarino. Você é musical, meu bem, não terá problemas. Será mais uma primeira vez para você. – Ele a puxou rumo à pequena pista, passando por entre as mesas, até que eles chegaram ao bar.

Sarah inspirou profundamente e soltou o ar. Ela podia até fazer papel de tola, mas seria nos braços de Dante. Ele segurou uma de suas mãos e passou o outro braço em volta de sua cintura. Habitualmente, ela estaria correndo de qualquer possibilidade de fazer papel de tola, porém, a confiança que Dante tinha nela às vezes a fazia sentir que ela podia até voar.

Eu consigo fazer isso.

- É só me seguir, imitar meus movimentos. Confie em mim para guiá-la – ele instruiu, conforme começou a se mover suavemente pela pequena pista.

Sarah se concentrou e pisou no pé de Dante várias vezes, antes de finalmente apenas se deixar levar instintivamente, casando o corpo ao dele. – Você é mesmo um dançarino incrível.

- Sou um Sinclair. Acho que dançar era obrigatório, quase desde o nascimento – Dante sussurrou roucamente, no ouvido dela. – Não me lembro de uma época em que eu não tenha sido solicitado a saber dançar.

Sarah relaxou, enquanto seu corpo aprendia a liderança de Dante e se perdia na música. Às vezes, ela se esquecia que Dante havia sido criado numa família muito abastada, socialmente proeminente.

Criado como parte da elite, claro que ele sabia sociabilizar, encantar, sabia dançar.

Conforme a melodia foi ficando mais lenta, Dante também ficou e ela recostou a cabeça em seu ombro, enquanto ele segurava firme ao redor de sua cintura, segurando-a bem junto a ele. – Acho que você não vai mais pisar no meu pé – ele provocou, dócil. – Você dança de forma natural.

Ela perdeu a noção da hora, enquanto eles giravam pelo salão. Respirando junto ao pescoço dele, sentindo seu cheiro, ela ficou inebriada pelo jeito como ele se mexia, e a novidade de sua primeira experiência dançando.

Finalmente, os músicos pararam para um intervalo e Dante a beijou na testa. – Você está pronta para ir pra casa, Cinderela?

Eles viraram e caminharam juntos, até a entrada. Estava começando a escurecer, quando eles saíram.

Sarah queria dizer a ele o quanto tudo isso significava para ela, como ela havia gostado de sua primeira dança, mas não conseguia encontrar as palavras. – Obrigada – foi o que saiu de sua boca. Bem inadequado, mas Dante pareceu satisfeito, ao abrir a porta do passageiro da caminhonete e erguê-la para subir no banco.

- De nada – ele respondeu, colocando a mão por baixo de sua saia e erguendo-a ligeiramente, usando o corpo para bloquear. – Puta merda, você não estava só me provocando. – Ele ficou boquiaberto, ao ter uma breve visão da calcinha sexy.

Ela sorriu. – Eu nunca brinco com lingerie. – Ela estava falando muito sério sobre o conjunto que estava vestindo.

Ele soltou a saia e correu contornando a caminhonete, ligando o veículo e saindo tão depressa que Sarah mal teve tempo de fechar seu cinto de segurança. Sabendo exatamente o que o estava motivando, ela deu uma risada.

Capítulo 14

Sarah estava rindo, quando chegou e correu entrando pela porta da frente, com Dante vindo logo atrás.

- Espere – ele disse, sério.

Sarah parou e ficou perto da porta, até que Dante tivesse olhado ao redor da casa, e desligado o sistema de alarme. Quando ele voltou, ele a pegou pela mão e puxou para dentro da sala. – Mostra.

- Aqui? – ela deu um gritinho inocente.

- Aqui. Agora – ele disse, mandão.

Ela sabia exatamente o que ele esperava ver. Depois de tirar os sapatos, ela se contorceu para erguer a saia apertada acima da bunda e levar até a cintura, com a respiração falhando, quando Dante deu um gemido baixinho.

Ela se virou devagar, revelando as nádegas nuas para ele. A calcinha minúscula era uma tanga – não era sua lingerie habitual, mas ela tinha vestido pra ele.

- Perfeito para o que eu vou fazer com você – ele ameaçou, ao dar um passo na direção dela, com os olhos ardentes. – Às vezes, eu gosto mais bruto, Sarah. Acho que você também quer isso, ou não teria pedido.

- Quero – ela disse baixinho, contraindo o sexo de desejo. Ela queria esse homem por cima dela e queria sua intensidade agora mesmo. – Mas, primeiro você terá que me pegar – ela gritou, por cima do ombro, e disparou para a cozinha. Depois de sair pela porta de vidro de correr, ela seguiu a uma área de segurança dos dois, na pequena praia privativa atrás da casa dele. Era comprida e estreita, até o fim, onde havia uma varandinha. Dante podia ver, caso alguém se aproximasse, então, eles tinham passado a ficar sentados lá fora, no fim da doca, quando ela precisava pegar um pouco de ar fresco. Sarah disparou pela curta extensão de areia, com os pés batendo na madeira da doca, numa arrancada louca. Ela corria a toda velocidade, até que chegou ao fim da doca, ofegante.

Dante estava logo atrás dela, depois de eliminar a distância com suas pernas compridas. Ele parou antes de alcançá-la – Você não deveria ter corrido aqui para fora desse jeito. Não há para onde ir. O que você vai fazer agora? Não pode passar por mim e eu acho que você não está pretendendo pular na água.

O coração de Sarah estava disparado, seu sexo encharcado, enquanto ela via Dante cercando-a. – Eu sei nadar – ela disse a ele, se aproximando da beirada da doca, de onde ela não tinha a menor intenção de mergulhar para o mar. O vestido que ela estava usando tinha sido uma das escolhas de Emily e provavelmente era bem caro, e, de verdade, ela não tinha o menor desejo de correr para muito longe de Dante. Sem chance que ela giraria as pernas por cima da cerca que batia na cintura, no fim da doca, para pular no Oceano Atlântico.

Dante veio se aproximando mais, tirando o paletó e afrouxando lentamente a gravata, depois desfazendo o nó. – Você não vai pular.

Ele a conhecia bem demais, mas Sarah se aproximou mais da beirada, tão perto que sua bunda bateu no alambrado de madeira. Ela se agarrou ali e disse, confiante – Talvez eu pule. – *Jamais!*

- Tire o vestido, Sarah, - Dante mandou, sério. – Agora. – Ele apertou o interruptor da pequena luminária que ficava no fim da doca, inundando-a com a luz fraca. Depois tirou a arma da cintura, atrás do cós da calça, e colocou, cuidadosamente, em cima do tablado de madeira, onde não molharia, ficando ao seu alcance, mas sem atrapalhar.

Os mamilos dela se enrijeceram com o som da ordem rude, mas ela ainda não estava pronta para desistir – Me obrigue – ela o desafiou, lançando um olhar provocador.

A expressão dele ficou tempestuosa, quando ele deu um salto à frente e prendeu o corpo dela entre a mureta e seu porte musculoso. Ele segurou dos dois lados do tecido frente única, junto ao pescoço, e puxou, rasgando a frente inteira do vestido. – Acabei de fazer. – Ele puxou a tira que era de amarrar e soltou-a do restante da peça, que deslizou pelo corpo dela, caindo no chão da doca. – Nesse momento, eu posso te obrigar a fazer qualquer coisa que eu quiser – ele a informou, num tom visceral, puxando os grampos do cabelo dela e deixando os cachos caírem em seus ombros.

Sarah nem notara o vestido. Ela estava ocupada demais, hipnotizada pelo olhar resoluto. O corpo dela tremeu, quando ela subitamente sentiu os punhos sendo amarrados. Ela deu uma olhada abaixo e viu que ele havia usado a tira de tecido para amarrar seus dois pulsos juntos, e as pontas revoavam na brisa. Sentindo sua amarra, ela viu que estava presa, sem poder separar as mãos. – Pode? – ela perguntou num tom sensual, baixo, que ela não conseguia controlar.

Dante lentamente abaixou o zíper de sua calça e deixou cair, ficando apenas de cuecão preto de seda. – Quero que você fique de joelhos, no cobertor, e quero que faça isso porque quer.

Tinha um cobertor aberto no canto da doca, que era sempre deixado ali para que eles sentassem e sentissem o respingo das ondas, e a brisa fresca do mar, pelos vãos da cerca.

Sarah hesitou, mas, de alguma forma, ela sabia que ele queria que ela fizesse isso sem ter que forçar. Ele queria saber se ela queria continuar a brincar, ou parar. – Hora da punição? – ela perguntou, com os mamilos dolorosamente rijos.

- Hora do prazer – ele respondeu.

Com as mãos ainda amarradas, ela caminhou até o cobertor e ficou de joelhos, com a empolgação despertando cada nervo de seu corpo.

– E agora? – Em seu estado de excitação absoluta, ela estava pronta para dar qualquer coisa a ele, tudo.

Dante se abaixou no cobertor, ao lado dela e mandou – fique de quatro. – Ele fez um forro acolchoado para seus cotovelos, dobrando o cobertor para proteger sua pele.

Sarah desceu com Dante conduzindo-a. Ela se remexia, seu corpo mais que pronto para ele. A expectativa quase a matava.

- Abra as pernas – ele falou, com a voz rouca.

Sarah sentia o tesão vibrando na voz dele, e sabia que sua obediência sexual o excitava ainda mais que seu tom desafiador. Ela abriu as pernas, com o coração disparado, enquanto tremia de tesão. – Por favor – ela implorou, sem nem saber o que queria

A mão dele desceu até uma das nádegas, onde ele afagou a pele. Sarah sentia o balanço das ondas embaixo da doca, a névoa do mar começando a deixar seu corpo levemente úmido. Cada onda que batia parecia aumentar a impetuosidade em sua alma.

Ela gemeu alto, quando os dedos de Dante entraram por baixo da calcinha e afagaram suas dobras.

- Jesus, como você está molhada. Isso faz você queimar, Sarah? Você me quer?

Ai, meu bom Deus. – Sim – ela disse, ofegante, remexendo a bunda no ar, enquanto tentava manipular os dedos dele onde os queria.

- Vamos falar de sua provocação, agora? – ele perguntou, com a voz inflamada de tesão e paixão, enquanto passava os dedos nela. – Ou devemos discutir o fato de que você saiu correndo de casa essa noite, sem nem olhar em volta primeiro? – ele finalmente pegou a calcinha frágil e arrancou de seu corpo, com um puxão forte.

Ele tinha acesso completo a ela e se aproveitou disso, acariciando seu clitóris levemente, causando ondas de prazer em seu corpo, antes de dar uma palmada firme em sua bunda. – Oh... – ela gemeu e o ardor na nádega a deixou ainda mais molhada.

Paft.
Paft.
Paft.
Paft.

O corpo dela dava um tranco, cada vez que a palma da mão dele batia em suas nádegas. Ele não era delicado e as palmadas firmes doíam. Sarah deixou a cabeça cair para frente, enquanto o sentia deleitar-se novamente no meio de suas coxas, a combinação de prazer e dor quase a deixando louca. A palma da mão dele acariciava sua nádega ardida delicadamente, enquanto ele perguntava – Você está arrependida de ter me provocado? – os dedos dele deslizavam por seu clitóris outra vez, dando mais prazer.

- Não – ela gemeu, sabendo que sua negação provocaria mais de seu domínio irresistível. Ela estava dando a ele permissão para levar isso até onde ele quisesse.

As palmadas em sua bunda vinham velozes e pesadas e era um ardor gostoso. Dessa vez, quando seus dedos acariciaram seu clitóris, esfregando seu sexo molhado e quente, ela o ouviu gemer. Ele enfiou dois dedos nela e mexeu com força. – Agora você está arrependida? – ele murmurou.

Sarah empurrava o quadril para trás, para ir de encontro com as investidas dos dedos dele, agora precisando que ele a preenchesse. – Sim. Apenas transe comigo, Dante. Por favor.

Ele não fez. Em vez disso, ele deitou de barriga para cima e puxou o quadril dela abaixo, até que ela ficou montada sobre sua boca, enquanto apertava-lhe as nádegas, devorando seu sexo ao mesmo tempo.

O grito de Sarah ecoou na noite escura, fundindo-se ao som das ondas quebrando na praia. Dante apertava e abaixava o sexo de Sarah em seu rosto, usando a boca, o nariz e a língua para tragá-la, para se banquetear dela, enquanto ela gemia de êxtase, seu corpo inteiro tremendo pela intensidade do prazer. A combinação da dor e da pegada dele em sua bunda em brasa, além da fome voraz por ela, a estavam deixando louca de um desejo insano.

- Oh, Deus, Dante! – Ela estremeceu e deu um grito rouco, quando chegou ao clímax que não deixava seu corpo. Sacudindo com as ondas de prazer, ela se agarrava ao cobertor, tentando segurar alguma coisa que impedisse que ela saísse voando pela estratosfera.

Ávido, ele mergulhou o pau dentro dela, por trás, enquanto ela ainda se contraía pelo orgasmo. Sarah ouviu quando ele gemeu rouco, entrando inteiro nela. Um gemido igual escapou dos lábios dela, quando ele a invadiu, fazendo-a saborear cada centímetro de sua ereção até o fundo, num prazer quase excessivo para suportar. Nessa posição, ele entrava mais fundo, batia com mais força e ele segurava seus quadris e entrava com tudo, espalmando suas nádegas a cada investida.

- Goza pra mim – ele mandou, com sua voz grave e profunda, com um tesão incontrolável.

Sarah sacudiu a cabeça, com o corpo tão excitado que achou que não conseguiria gozar de novo, sem perder a cabeça. – Não consigo.

Dante segurou um punhado de seu cabelo e puxou sua cabeça para cima. – Você consegue e vai gozar.

Ele insistiu que ela chegasse novamente ao clímax, com cada investida mais forte, o pau duro como uma rocha, sua virilha batendo ruidosamente contra a bunda dela. Uma das mãos dele soltou seu quadril e deslizou por entre as coxas dela, acariciando com dedos rudes. Segurando o clitóris com o polegar e o indicador, ele a beliscou levemente, dando mais prazer, enquanto entrava com tudo, batendo com força, repetidamente, num ritmo frenético.

Sarah implodiu. Seu corpo tremeu com força, seu clímax irrompeu pelo corpo inteiro, quase em sincronia com as ondas que batiam na praia. Ela ouviu o grito visceral e rouco de Dante, jorrando gozo ao puxar seus quadris para junto dele, mergulhando o mais fundo que podia, rugindo – Minha!

Com o peito arfando, Sarah se deleitava com a palavra, sentindo que ele havia se apossado inteiramente dela.

Debruçando sobre as costas dela, Dante rapidamente abriu o nó da tira que prendia suas mãos e despencou de barriga para cima, virando e trazendo-a pra ele, com seus braços musculosos em volta de sua cintura, até que ela ficou toda esparramada por cima dele.

Sarah ouvia o coração de Dante batendo no mesmo ritmo veloz do seu, enquanto ela permanecia com a cabeça pousada em seu peito. O balanço do mar sob a doca e a brisa úmida refrescavam seus corpos quentes e foram lentamente trazendo Sarah de volta à realidade. Dante ergueu seu queixo e a beijou suavemente, passando os braços ao redor de seu corpo, enquanto os dois continuavam ali, deitados na doca, completamente saciados.

Finalmente, ele disse – Meu bem, você não vai conseguir sentar direito amanhã. – Ele passou a mão afetuosamente nas costas dela e fez um carinho em suas nádegas.

- Culpa sua, por ter ficado tão desvirtuado – ela disse a ele, com um suspiro.

- Acho que você também tem uma via excêntrica – ele disse, com um tom divertido.

Ela teve de admitir – Acho que tenho, na verdade. Mas você me disse que me ensinaria tudo e eu aprendo rápido.

Dante deu uma risada. – Então, agora você sabe o que acontece, quando me provoca. Sarah sorriu. – Acho que farei isso de novo, muito em breve. Acho que gosto, quando você fica todo maluco e dominador para cima de mim, no sexo. Só não tente fazer isso fora do nosso relacionamento sexual, ou lhe darei uma joelhada no saco.

O riso estrondoso de Dante ecoou pelo ar úmido da noite, um som que dava um aperto no coração de Sarah. – Eu nem sonharia em fazer isso – Dante disse, ainda rindo.

- Que bom. – Sarah sabia que Dante eram um macho alfa, mas ele a respeitava. No entanto, ela não iria reclamar se ele decidisse ser completamente dominador no quarto, algum dia. Ele revolvia esse lado selvagem que ela nem sabia existir.

- Você está com frio? – perguntou Dante, preocupado.

Ela estava úmida e tinha acabado de notar que estava tremendo. – Um pouquinho – ela admitiu.

Dante saiu de debaixo dela e começou a catar suas roupas e o que havia restado do vestido vermelho e os trapinhos da calcinha, enquanto murmurava – Acho que você vai precisar de um estoque maior dessas.

- Geralmente não uso tangas. Elas me irritam – ela mencionou.

- Então, por que vesti-las? – ele perguntou, franzindo um pouquinho o rosto.

- Porque eu queria atiçar você – ela admitiu.

- Aqui vai um furo de notícia para você, meu benzinho: você me atiça independente do que estiver vestindo. – Ele deu um sorriso pecaminoso para ela, ao oferecer-lhe a mão e puxá-la para ficar de pé. – Segure isso. – Ele entregou a pilha de roupa com a Glock em cima.

Ela olhou a arma e animadamente segurou a pilha. E deu um gritinho, quando ele a ergueu nos braços, o corpo dela vestido apenas com as meias e ligas. – Cuidado. Eu estou segurando a sua arma – ela disse, nervosamente.

- Desculpe, é que eu não tenho nenhum lugar onde possa guardá-la, nesse momento – ele respondeu, malicioso.

Sarah riu, enquanto passava um braço ao redor de seus ombros musculosos e segurava a trouxa dele, com o outro. – Nesse caso, é melhor eu segurar.

Dante caminhou rapidamente pela doca, suas pernas compridas diminuindo a distância. Sarah abriu a porta de correr e Dante entrou, olhando em volta da casa e desativando o alarme novamente, para lhe dar tempo de girar Sarah para que ela pudesse trancar a porta.

Depois de reprogramar o sistema de segurança, eles subiram correndo e ele pegou a pilha de roupa dela, antes de colocá-la delicadamente na cama. Então, ele colocou sua Glock na mesinha de cabeceira e ajoelhou para tirar as meias dela, puxando-as pelas pernas a baixo. Ele tirou a cinta liga e a embrulhou num cobertor do armário. – Melhor? – ele perguntou, ansioso.

- Melhor – Sarah concordou, sorrindo para ele, enquanto ele embrulhava o cobertor em volta do corpo. Dante era incrível e tinha tantas facetas sedutoras em sua personalidade. Ele lhe deu um orgasmo rude, fazendo-a gritar, pouco tempo atrás, e agora estava mostrando seu lado aconchegante. Havia tantos outros que a deixavam impressionada: dominador, exigente, mandão, terno, meigo, protetor e totalmente possessivo. Cada um a comovia de um modo diferente.

Ela ficou olhando, enquanto ele remexia na gaveta, tirando a calça de um pijama de flanela e vestindo. Suspirando, ela lamentou que ele cobrisse suas pernas fortes e sua bunda dura. Mas ela ainda olhava sua barriga trincada e o peito musculoso.

Ele é simplesmente perfeito.

Seus hematomas já tinham sumido e os outros ferimentos estavam quase bons. Ele ainda estava com a cicatriz no rosto, mas até isso acabaria sumindo até ficar quase imperceptível. A barba de Dante crescia rápido e ele tinha o rosto cheio de restolho, quase sem dar para ver a cicatriz. Mesmo quando estava visível, apenas o deixava ainda mais rústico. Os homens certamente ficavam melhor com cicatrizes do que mulheres.

- As minhas cicatrizes são tão ruins quanto eu as vejo, às vezes? – ela perguntou baixinho a Dante.

Ele sentou na cama, ao lado dela, franzindo o rosto. – Como é que você as vê?

- Horríveis. Às vezes, eu acho que não são ruins assim, que a cicatrização até foi boa. Alguns cortes são retalhados, então, eu sei que esses aparecem. Mas há vezes em que os vejo como deformidades chamativas horrendas. A Emily jura que mal nota e só se estiver olhando bem de perto – ela confidenciou.

- Achei que você tivesse superado isso. Achei que tivesse percebido que ninguém nota – Dante disse. – O que mudou.

- Uma coisa que a minha mãe disse hoje. Não tem importância. Só fiquei pensando. – Sarah desejou que não tivesse mencionado, pois, na maior parte do tempo, ela tinha, sim, superado a sensação de não ser atraente por conta de suas cicatrizes. Dante a ajudara consideravelmente a não se sentir constrangida. Infelizmente, sua mãe tinha tocado num ponto vulnerável hoje.

- O que foi que ela disse? – Dante perguntou zangado. – Fale comigo.

- Ela disse que eu preciso de um homem intelectual que veja além das minhas cicatrizes, que não seja tão interessado em sexo – ela admitiu, rapidamente.

- Não, não precisa. Você só precisa de mim. E eu estou muito interessado em transar com você diariamente, mais, se possível. – Ele parou, antes de acrescentar – Quer saber da verdade verdadeira?

Sarah respirou fundo e assentiu.

- Eu nem vejo suas cicatrizes. Nunca vi. Sempre te achei bonita, desde o momento em que a vi, e isso nunca mudou e nunca vai mudar. Eu anseio por você como se fosse uma porra de um vício e não me importa que tipo de cicatrizes você tem – ele terminou sério.

Sarah olhou para sua expressão sincera e obstinada e suspirou. – Isso, porque você é maluco. As cicatrizes estão ali. – O coração dela derreteu, desmentindo suas palavras. Dante era especial e já estava além das cicatrizes. Ele sempre estivera.

- A Emily está certa. Se eu tentar olhar para você sem o pau duro que nem pedra – que quase nunca acontece, por sinal – elas nem são perceptíveis. – Ele ergueu o queixo dela e Sarah olhou no fundo de seus olhos. Ele estava dizendo a verdade, a sua verdade. – Todos nós temos cicatrizes, meu benzinho. Algumas são do lado de fora, outras são lá dentro, no fundo, e nunca saram. As suas sararam e são um símbolo do quanto você é corajosa e resiliente. Nunca sinta vergonha delas. Elas fazem parte de quem você é.

As palavras de Dante foram tão eloquentes que ela teve vontade de chorar. – Você está marcado para sempre, por dentro, por causa da morte do Patrick? – Sarah perguntou séria, imaginando se algum dia ele superaria a morte do parceiro.

- Não – Dante respondeu honestamente. – Ainda dói e eu sempre sentirei falta dele, mas acho que ele iria querer que eu vivesse a minha vida da melhor maneira, já que ele não pode mais fazer isso. Ele era um bom homem que não merecia morrer. Mas eu vou continuar tomando conta de sua esposa e filho, da melhor forma que posso. Acho que é a melhor maneira de homenageá-lo.

Sarah assentiu. – Eu também acho. Como vão eles? – Sarah sabia que Dante ligava para Karen e Ben quase todos os dias.

- Sobrevivendo – Dante disse, triste. – A Karen se mantém forte para o Ben. E o Ben é um garoto excepcional. A cada dia ficará mais fácil para eles. Eles têm um ao outro.

- Eles sabiam que você é um Sinclair bilionário? Alguém sabia? – Ela queria perguntar isso desde que recebera aquela enxurrada de pedidos, em sua secretária eletrônica. Agora ela entendia porque todos haviam ligado. Dante Sinclair era um homem extraordinário.

Dante sacudiu a cabeça. — Eu nunca quis que ninguém soubesse e depois de um tempo, não era mais importante. Eu não queria ser julgado valioso por conta da família em que eu havia nascido. Eu queria ser julgado pelo meu próprio mérito.

Deus, ele era incrível. Sarah não poderia imaginar nenhum outro cara que não quisesse ostentar o fato de ser incrivelmente rico e nascido numa das famílias mais prestigiadas do país. — Por que eu tenho a impressão de que você garantiu que Karen e Ben ficariam bem, pelo resto da vida?

- Eu fiz. Doei um pouco de dinheiro a eles, anonimamente. Eu conheço a Karen. Ela irá investir o dinheiro e também vai receber do departamento de polícia. Ela ficará bem, financeiramente, e Ben poderá ir a qualquer faculdade que ele quiser, ir atrás de seus sonhos. A Karen é bem educada e quer voltar a trabalhar, agora que o Ben está quase crescido.

- Você é incrível — ela disse, com reverência. — Sente falta do seu emprego? Eu sei que você não pode ficar aqui para sempre.

- Vou ficar até que esse babaca seja pego. Ficarei de licença o tempo que for necessário.

Pensar em ver Dante partindo deixava seu coração em pedaços. — Pode levar uma eternidade — ela disse, triste.

- Então, eu acho que você terá que me aturar com meu gênio intratável por um bom tempo — Dante resmungou.

Ela sorriu, quando ele a envolveu nos braços e puxou pra junto dele. Sarah decidiu que amanhã cuidaria de si mesmo. Dante era um presente para ela que desfrutaria de sua companhia, enquanto ele ainda estivesse ali. Ela jamais se arrependeria de estar com ele, ou do tempo que passara com ele, porque Dante lhe ensinara tanto, despertara sua alma. Ela sempre seria grata por ele, mesmo que isso significasse que ela sofreria a dor de se separar dele, mais tarde. Independente do desfecho que o futuro trouxesse, ela sabia que Dante havia mudado a forma como ela olhava para si mesma e para a vida. Seu cérebro lhe dizia que aquilo que eles vivenciaram juntos teria de ser o bastante, embora seu coração lhe dissesse algo completamente diferente.

Capítulo 15

Porra, como foi que eu deixei que ela me convencesse a isso?
Dante tinha se acostumado a voltar a fazer pequenas coisas em público com Sarah, mas deixá-la voltar a lecionar piano e tocar para os idosos, no centro juvenil, estava bem fora de sua zona de conforto. O centro era aberto pra cacete e havia lugares demais onde se esconder. Também era movimentado demais, principalmente na noite dos idosos, e era aberto ao público.

Ele cruzou os braços e sentou na quarta fileira de cadeiras arrumadas na sala de música, suas emoções já sensíveis, depois de assistir Sarah tocar. Ele tinha trancado a porta depois que todos os idosos entraram, mas não gostava de ficar de costas para a porta. Ele também não zelou pelo fato de não estar mais perto de Sarah. Os idosos ansiosos haviam chegado cedo e o deixaram mais distante do que ele queria de sua mulher.

Dando uma olhada no relógio, ele sabia que o concerto de improviso só duraria mais cinco minutos, mas seria como uma eternidade para ele. Pelo menos todos na sala tinham mais de setenta e cinco anos, exceto Grady, Emily, Jared e Randi, mas ele não estava preocupado com quem já estava na sala. Sua intuição gritava para que ele pegasse Sarah e a tirasse dali, levando-a para um lugar onde ele pudesse protegê-la. Se o babaca do agressor conhecesse a rotina dela, ele sabia que ela lecionava ali e era ligada ao centro. Dante estava muito injuriado consigo mesmo, porque apenas uma olhada para seus olhos suplicantes fizeram com que ele concordasse em deixar que ela prosseguisse com sua vida. De algumas maneiras, ela estava certa. Já fazia um tempo, o criminoso ainda não havia sido visto e ela precisava ter uma vida normal. Infelizmente, a razão agora não estava sendo sua amiga. Ele queria Sarah em segurança.

Mais quatro minutos.

Será que ele algum dia se acostumaria com Sarah se expondo publicamente, se Thompson *nunca* fosse capturado ou morto? Ele passaria cada momento do resto de sua vida com essa sensação irritante de preocupação, apavorado que um pequeno deslize pudesse fazer com que ela fosse morta. Quanto mais tempo levasse para que o babaca fosse capturado, mais disposta Sarah ficaria em prosseguir com sua vida. Foi exatamente o que ela fez, depois do ataque, se mudando para Amesport, para um novo começo.

Mais três minutos.

Dante se encolheu quando Sarah se mexeu na banqueta do piano, fazendo com que o vestido que ela estava usando subisse um pouquinho em suas coxas. Que diabo ela estava vestindo? Ela chamava aquilo de vestido tubinho, mas Dante só via que ela estava mostrando pele demais e o vestido era justo, ostentando cada um de suas curvas deliciosas. Começando no alto de seus seios, o vestido listrado era como um tubo grudado em tudo, desde o peito até o meio e as coxas. Não que ele desgostasse, principalmente o tempo que ele levaria para tirá-la de dentro da peça. Um puxão e ele cairia em seus quadris. Mais um e desceria pelas pernas e estaria no chão. Ele era bom nisso. No entanto, ele não morria de amores pelo fato de que podia ver o contorno de seus mamilos, em alguns ângulos, ou o fato de estar ali sentado, com o pau duro que nem pedra, só em ouvi-la tocando com esse vestido *vem-me-comer*.

Mais dois minutos.

Como sempre, Dante estava numa luta interior entre seu desejo de proteger Sarah e seu desejo de fazê-la feliz. Um olhar dentro daqueles olhos cor de violeta e ele tinha se lascado. Ah, sim, eles eram num tom de azul bem escuro, mas, para ele, pareciam cor de violeta e vinham implorando que ele lhe desse um pouco de espaço para voltar à vida normal. Quando ela o olhava com aquele olhar, ele ficava completamente destruído. Ele ficou imaginando se ela sabia disso. Provavelmente, não. Ainda assim, o olhar fazia com que ele quisesse lhe dar qualquer coisa que ela quisesse para deixá-la feliz. O problema era que ele também tinha que protegê-la e estava descobrindo que era bem difícil fazê-la feliz e mantê-la em segurança, ao mesmo tempo.

Mais um minuto.

Deus, como ela era linda. Os olhos de Dante acarinhavam-na amorosamente, enquanto ela continuava a tocar como um anjo, seu rosto quase reluzindo de prazer. A verdade era que ele já sabia que estava perdido por essa mulher e tinha ficado, assim que eles se conheceram. Ele estava olhando para o seu futuro e estava surpreendentemente sereno sobre isso. Essa mulher incrivelmente inteligente, linda e sexy tinha virado sua vida e seus sentimentos de cabeça pra baixo, mas ela pertencia a ele. Nem ferrando ele agora conseguiria viver sem ela e nem planejava isso.

Acabou. Puta merda, ainda bem!

Bem na hora, o concerto terminou e todas as senhorinhas de cabelos grisalhos podiam seguir para o bingo da terceira idade. Havia coros de palavras de agradecimento para Sarah, conforme elas iam saindo, a sala foi se esvaziando rapidamente. Dante deu um suspiro de alívio ao ficar junto à porta, garantindo que ninguém mais entrasse. Emily e Randi foram até Sarah, enquanto Grady e Jared saíram pela porta, para conversarem sobre um projeto novo no qual Grady estava trabalhando.

Num instante, tudo mudou.

Num momento, Dante foi pego por Elsie Renfrew para dizer olá e no momento seguinte, ele virou e viu Sarah na cena que só vira em seus piores pesadelos: John Thompson estava usando Sarah como escudo, com o cano de uma pistola 9 mm apontado para a cabeça dela. Aconteceu numa fração de segundo. De onde esse escroto veio? Ele estava de guarda na porta e vasculhou cada centímetro da sala, antes da apresentação de Sarah.

- Um passo em falso, de qualquer um de vocês, e ela está morta, seus miolos estarão espalhados por essa sala inteira, junto com o resto de suas amigas – Thompson gritou, histérico.

Dante ficou imóvel, olhando a situação, em segundos. Emily e Randi estavam ao lado de Sarah e do atirador, nenhuma das duas se mexia, ambas com medo que o babaca matasse Sarah. A Glock de Dante estava à mão, tão perto, mas ele não tinha ângulo, não tinha como ter certeza de que não acertaria uma das mulheres, caso se apressasse em atirar. Estavam todos muito próximos e Sarah estava sendo usada como escudo humano. Dante era bem rápido com uma arma, mas não tão rápido que um psicopata com o dedo trêmulo não matasse Sarah, antes que ele pudesse acertá-lo. E mesmo que ele matasse o cretino, a arma na mão de Thompson ainda poderia disparar.

- Saiam e fechem a porra da porta. Tranquem ou ela morre – Thompson ordenou numa voz alta e frenética.

Dante via o medo nos olhos de todas as mulheres, mas nenhuma delas se mexia. Seu coração estava disparado no peito, ele deu um passo atrás, quando viu a mão do homem apertar ligeiramente a pistola. Ele cruzou com o olhar de Sarah e ela sutilmente assentiu, silenciosamente dizendo que ele fizesse o que Thompson estava mandando.

Não havia nada que Dante quisesse mais que puxar sua arma e atirar nesse escroto, bem no meio de seus olhos miúdos e tresloucados, mas ele não fez. Ele analisou cada detalhe quanto ao homem segurando Sarah refém, enquanto lentamente fechava a porta: seu porte magro, a expressão enlouquecida em seu rosto, a barba rala e castanha que ele estava deixando crescer, o cabelo comprido e oleoso, na altura dos ombros, a camiseta laranja e o jeans rasgado todo manchado.

Então, ele fixou os olhos em Sarah, pelo tempo que pôde, até que a porta de metal se fechou e trancou. Ele não estava preocupado com a tranca. Alguém tinha a chave. Sua maior preocupação era o fato de que não havia janelas na sala de música, nenhum meio de saber o que estava acontecendo lá dentro.

- Porra! Liguem para a polícia e achem o delegado Landon. Agora! – Dante berrou e o som desesperado trouxe Jared e Grady para seu lado.

- O que vamos relatar? – Elsie perguntou, ao tirar um celular rosa da bolsa imensa e ligar.

- Situação com refém. Três mulheres com um psicopata lunático. Ele tem uma pistola Smith and Wesson 9 mm, com um pente de dezessete tiros. Diga a eles que nós precisamos de um negociador e uma equipe da SWAT. – Virando para Jared, ele instruiu – Evacue o prédio, da maneira mais rápida e tranquila possível. Faça com que os idosos saiam pela porta da saída lateral do prédio. Jared, você acha que consegue levar todos lá para fora?

- Feito – Jared respondeu, já seguindo para remover as pessoas do prédio.

- Eu preciso encontrar a Emily – Grady disse, desesperado.

- Grady! – Dante agarrou o irmão pelo braço. – Ela está lá dentro com Sarah. A Randi também.

Grady se soltou dele e disparou em direção à porta. Dante teve que dar uma chave de braço no irmão para detê-lo. – Você não pode entrar lá. Está trancado e fazer alguma coisa para deixá-lo agitado pode fazer com que Emily seja morta. Pense, porra! E bote a cabeça para funcionar. Você quer que ela morra? – Dante segurou Grady até que ele parasse de lutar. – Eu sei exatamente como você se sente, mas você tem que se recompor, pela Emily.

- Eu a amo – disse Grady, em pânico. – Ela é a minha vida.

- Sarah também se tornou a minha vida e eu sei como você está se sentindo. Mas você tem que pensar agora, Grady. Emily está sendo corajosa. Ela não está fazendo nada de tolo. Calma, porra, e lembre-se que o alvo principal dele é a Sarah. – Dante precisava que Grady não perdesse a cabeça. Eles não tinham muito tempo. Ele sabia qual era o objetivo de John Thompson – ele queria Sarah morta.

- Certo – Grady respondeu, numa voz rouca. – Eu entendi. Vou deixar.

Dante soltou Grady e eles se olharam.

- O que fazemos? – Grady perguntou, com uma voz mais calma, mas os olhos ainda loucos de preocupação.

- Nós pegamos nossas mulheres de volta – Dante respondeu, com a voz pontuada por uma determinação voraz. Ele iria resgatar Sarah, Randi e Emily, independente do que fosse preciso para tirá-la vivas de lá.

Ele via Jared levando as pessoas para fora, pela porta lateral e os policiais chegando pela entrada principal, Joe Landon na frente do grupo.

Tudo isso estava acontecendo em sua visão periférica, mas Dante estava olhando a parede do outro lado da sala, para limpar a mente, buscando em seu cérebro, um plano que não deixasse as três mulheres mortas.

Sarah deixou o pânico de lado, tentando pensar num jeito de tirar Emily e Randi do controle de John. Depois que a porta havia sido fechada, John tinha empurrado as três para um dos cantos do fundo da sala, mantendo seu corpo entre elas e a rota de fuga. A pistola continuava apontada para ela, mas ele a movimentava, sempre que gesticulava, o que fazia bastante, quando estava falando.

- Você não tem ideia de como tem sido a minha vida, desde que você mandou a porra da polícia atrás de mim – John se lamuriava. – Antes de você, eu podia usar mulheres e descartá-las, sem que ninguém soubesse.

Meu bom Deus... ele está dizendo o que eu acho que está dizendo?

- Mulheres, lá em Chicago? – Sarah perguntou, cautelosa.

- Era só em Chicago, até você me obrigar a deixar a cidade. Agora foi em Chicago, Boston, Nova York... eu encontro as putas, uso, e me livro delas, para não falarem. Ninguém nunca desconfiou de mim, ninguém nunca soube. Eu era um homem de família, com esposa e filho. Eu tinha um emprego respeitável, era mais esperto que a polícia. Eu me assegurei de que nem uma única daquelas mulheres ficasse viva para falar – John respondeu zangado, com um olhar assassino para Sarah. – Até você – ele terminou de falar furioso.

Se um homem ou mulher tem a capacidade de assassinar, isso já está ali.

Dante estava certo, quando lhe disse isso. Trey sempre dissera que o pai tinha um temperamento ruim, mas Sarah receava ser muito mais que isso. John Thompson tinha matado, enquanto a esposa e o filho estavam vivos? Eles eram um disfarce, para ele? Isso significava que os assassinatos ficaram sem solução, por um bom tempo. Todas as vítimas tinham sido mulheres. Usadas?... isso provavelmente significava estuprada e assassinada. A desconfiança tomara o cérebro de Sarah e não passava. Ela sabia que não houvera outro crime semelhante em Chicago, desde que John a atacara.

Meu bom Deus, não pode ser ele.

Ela sentiu Emily dar um aperto em sua mão e Sarah sabia que as amigas estavam tentando conter o próprio pavor. John Thompson era estuprador e assassino, e já fazia isso tudo muito antes que ela conhecesse seu filho Trey. Sarah retribuiu o apertão, tentando incentivar a amiga a se manter quieta. Emily estava sentada no meio, e Sarah sabia que Emily e Randi provavelmente estavam trocando a mesma mensagem silenciosa.

- Você é o Estuprador de Wind City? – Sarah perguntou suavemente, com o estômago revirando, ao perceber exatamente quem estava à sua frente. O serial killer que havia estuprado e matado tantas mulheres em Chicago, que nunca havia sido pego, e sempre fora presumido como um assassino oportunista. Ele espreitava mulheres ao volante, ou as que caminhavam sozinhas, à noite.

- Sou eu mesmo – disse John, orgulhosamente. – Nunca deixei nenhuma prova para que a polícia me identificasse. Eu fui esperto. Usava camisinha quando usava as putas e sempre as estuprava dentro da minha caminhonete, num forro plástico. Depois jogava os pedaços na água. Mesmo que conseguissem encontrar algum vestígio, eu era um homem de família, sem antecedentes criminais. Eles não tinham nada para me incriminar. Eu nunca fui um suspeito. E nunca ataquei duas vezes na mesma região. – E apontava a arma na direção dela. – Você. Estragou. Tudo. Nem tive tempo de usá-la, antes de quase matá-la, e não estava com a minha faca predileta. Tive que usar um canivete vagabundo, porque não tinha planejado matá-la naquele dia. Eu a vi e quis você morta por tirar a minha última peça de disfarce. Você merecia, porra. Um cara com esposa e filho era melhor, mas eu precisava do Trey, porque a cadela da minha mulher já estava morta. Ficar escondido na escada foi uma decisão de último minuto, mas eu só tinha o canivete. Eu sabia que não seria muito satisfatório, mas ver você sangrando até morrer teria que bastar. Eu poderia sempre achar outra puta para estuprar depois que você estivesse morta. – Ele enfiou a mão no bolso do jeans e tirou uma faca, desembainhando a lâmina flexionando o polegar e seu rosto se transformou na cara de um assassino demoníaco.

Puro mal.

Sarah estremeceu quando viu a faca letal de caça, com uma lâmina de pelo menos 15 cm de extensão e borda serrilhada. A visão daquilo causou grande pavor em seu coração, mas ela tentou não demonstrar, nem quando ele a balançou perto de sua garganta.

Pense, Sarah, pense. Você não pode ceder ao medo, nesse momento.

De alguma forma, ela tinha que achar um jeito de libertar Emily e Randi. Se ela tivesse de usar a si mesma como isca e vítima, que assim fosse. Mas ela não assistiria suas duas amigas morrerem por uma situação que ela tinha criado ao se mudar para Amesport. Ela que trouxera o problema para elas, e agora ela precisava tirá-las dele. Ela só não sabia o quão desvairado John Thompson realmente era, mas agora sabia. Ele era um matador de sangue frio, e sempre fora. Ela era uma médica clínica, uma mulher acostumada a ver sangue e vísceras. Ainda assim, as histórias sobre como ele estuprava algumas de suas vítimas lhe reviraram o estômago, imaginando o terror que aquelas mulheres passaram, antes de morrer.

- John, solte a Emily e a Randi – ela disse, calmamente. – Se você pretende me estuprar, terá dificuldades em fazê-lo, com elas aqui. Eu farei o que você quiser.

- Eu poderia matá-las agora mesmo – John disse, enlouquecido.

- A polícia derrubaria a porta, se você atirasse nelas, e se você tentar atacar uma de nós com a faca, as outras irão reagir e lutar com você.

Você realmente quer arriscar perder a oportunidade de me matar do jeito que quis fazer, há mais de um ano? Pense nisso. Você esperou muito tempo por isso. – Sarah ficou na expectativa, rezando para que ele não atirasse em suas amigas, mas ela não achava que ele se arriscaria a ter a polícia invadindo, depois de ouvir disparos. Ele perderia tudo que havia planejado. O coração dela batia disparado, enquanto ela esperava pela decisão dele. A bile lhe veio à garganta, depois de discutir seu próprio estupro e assassinato, mas ela engoliu em seco, sabendo que precisava fazer isso pelas amigas. Ela lidaria com John e seu próprio destino depois que Emily e Randi estivessem salvas.

- Se elas forem, terão de abrir a porta – disse John, começando a parecer confuso e hesitante.

- Segure a arma em minha cabeça. A porta será fechada e trancada novamente. – Sarah não podia acreditar que tinha acabado de dizer aquilo, mas estava desesperada para tirar as amigas do perigo. Ela ofereceria a própria vida, pelas duas amigas inocentes, se fosse necessário.

- Isso é algum truque? Você é uma puta inteligente – disse John, na defensiva.

- Nada de truques. Apenas deixe que elas saiam e nós ficaremos sozinhos. – A ideia fazia a pele de Sarah se arrepiar, mas ela mantinha o rosto inexpressivo.

John pegou a ponta da faca e passou pelo braço dela. – Ainda dá para ver meu trabalho aqui.

- Tenho cicatrizes de sobra – Sarah admitiu.

- Elas já desbotaram – ele comentou, descontente. – Uma faca de merda.

- Solte-as e você pode fazer o trabalho como quiser, dessa vez – disse Sarah, calmamente.

Emily apertou novamente a mão dela, dessa vez, alarmada. Sarah lançou um olhar de canto de olho para Emily e Randi e viu a expressão de pavor que nenhuma das duas conseguia esconder.

Nada de medo. Não mostre medo a ele. Apenas tire a Randi e a Emily daqui.

O celular de Emily começou a tocar, assustando a todos eles. O toque musical ecoou pela sala e Emily virou seus olhos amedrontados para o assassino. Sarah olhou para John e observou – É provavelmente a polícia.

- Me dá esse telefone – John disse à Emily, nervoso.

Sarah ficou olhando, enquanto Emily enfiava a mão no bolso da frente, com as mãos trêmulas, e olhava o número no visor. – É Joe Landon, delegado de polícia.

John arrancou o telefone da mão de Emily e apertou "atender". – Se fizer alguma coisa, todas elas morrem – John berrou no telefone, agitado.

Sarah não sabia o que o Delegado Landon estava dizendo, mas John não estava engolindo. – Diga a ele que você vai mandar as outras duas lá para fora – Sarah sugeriu baixinho.

John hesitou, parecendo considerar a sugestão dela, antes de dizer – Duas mulheres estão saindo. Se tentar algo, eu mato a porra da doutora genial. Entendeu, seu babaca?

Emily recostou no ombro de Sarah e cochichou – Não podemos deixá-la aqui, Sarah. Ele vai matá-la. Temos que fazer alguma coisa.

- Não – Sarah disse, olhando John numa arenga sem sentido, com Joe, ao telefone. – Faça isso pelo Grady. Faça por Randi. Será mais fácil para eles tentarem um resgate, se for só eu – Sarah disse baixinho, mas num tom voraz. Honestamente, ela não tinha certeza se alguém poderia salvá-la, mas seria, sim, mais fácil, se a polícia só tivesse de lidar com uma vítima, em lugar de três.

Virando a cabeça, Sarah notou que Emily e Randi estavam chorando, as lágrimas silenciosas escorriam por seus rostos.

- Não posso – disse Emily, mantendo a voz suave. – É como deixar você para morrer.

- Não. Você tem que fazer isso para me ajudar – Sarah respondeu, num tom de voz baixinho. – Por favor, vá e deixe a polícia resolver o resto. É a minha melhor chance. – Na verdade, Sarah não achava que sairia dessa sala viva, mas, pelo menos, ela saberia que Emily e Randi estavam bem. – Avise ao Dante que eu vou mantê-lo falando pelo maior tempo possível. Diga a ele que John Thompson é o Estuprador de Wind City e que matou em outras cidades, depois de me atacar, em Chicago. Ele deve conhecer o caso. – O Estuprador de Windy City era provavelmente um dos casos de assassinato mais famosos da história recente, principalmente, por não ter havido um suspeito.

Emily assentiu, relutantemente. – Eu direi a ele.

- Andem logo, suas putas – John berrou, frenético. Ele desligou o telefone e acenou o revólver na direção de Emily e Randi. – Andem devagar para a porta e dêem o fora daqui. E deixem a porta trancada depois que saírem.

Dando um suspiro de alívio, Sarah puxou a blusa de Emily e a fez levantar. Emily cambaleou e ficou de pé, com os olhos fixos em Sarah, enquanto Randi levantava também.

- Vá – Sarah fez com os lábios, silenciosamente, para Emily, que estava momentaneamente bloqueando a visão que ela tinha de John.

John apontou a arma para elas. – Dêem o fora.

A expressão de Sarah continuou impassível, enquanto ela olhava Emily e Randi caminhando lentamente até a porta, ambas olhando para trás, para Sarah, com pavor nos olhos. Nem ferrando ela iria desmoronar agora. Emily e Randi estavam quase fora da sala.

Ela olhava as amigas, silenciosamente incitando a andarem mais depressa, ávida para vê-las saírem da sala.

Finalmente, Randi abriu a porta devagar e saiu, com um último olhar aflito para Sarah. Emily saiu atrás, com a expressão de um pedido de desculpas silencioso, ao cruzar com o olhar de Sarah. Quando Emily hesitou, Sarah desviou olhar, querendo a amiga para fora da porta. Emily não tinha nada do que se desculpar; foi Sarah quem trouxera esse assassino imundo para a cidade delas.

Um instante depois, a porta fez um clique ao ser travada outra vez, o som agourento confortando Sarah.

Elas estão livres. Estão fora de perigo.

Seu corpo relaxou, quando ela aceitou o inevitável para si mesma. Ela lutaria até a morte, agora que Emily e Randi estavam em segurança, porém, mesmo que estivesse lutando para se manter viva por Dante, ela não tinha certeza se isso seria o bastante. John Thompson era um louco, mais alucinado do que qualquer pessoa havia imaginado.

Pense, Sarah, pense. De que adianta ser uma porcaria de um gênio, se você não conseguir se salvar?

Ela virou de volta para John e começou a falar.

Capítulo 16

As duas mulheres saíram hesitantes, Emily logo avistou Grady e se atirou em seus braços. Randi foi recebida por um policial uniformizado e confortada, conforme ele afastou-a da porta.

Joe Landon estava ao lado de Dante. Ele limpou as gotas de suor da sobrancelha, ao dizer – Graças a Deus. Duas delas estão salvas. Os negociadores de reféns e a equipe da SWAT agora estão a caminho. Vão levar mais uns quinze minutos. Não posso atuar como negociador, mas o cretino não parece querer nada, além de que nós recuemos. Ele não está fazendo nenhuma exigência.

Emily recuou do abraço voraz de Grady e atracou o braço de Dante, ainda em pânico. – Ela não tem quinze minutos. Ele vai estuprá-la e matá-la, com um facão que ele tem. Ele não é quem vocês acham. Tem um tal de Estuprador de Windy City, que estuprou e matou mulheres em Chicago, e depois matou mais mulheres quando estava em fuga. Ele não é um pai ou marido enfurecido como nós pensamos. Ele é um estuprador e assassino psicopata. Está furioso porque Sarah estragou seu disfarce, quando ele tentou matá-la, depois que seu filho morreu. Ele não está simplesmente mantendo-a refém. Ele quer que ela morra.

O Estuprador de Windy City? Impossível.

Porra, não havia um policial no país que não soubesse do estuprador. Mistério ainda não solucionado em Chicago, o cretino tinha sido responsável pelo estupro e assassinato de mais de uma dúzia de mulheres, na última década. – Você tem certeza? – Dante perguntou a Emily, insistentemente, sem querer acreditar que Sarah estivesse como prisioneira de um sociopata insano como o estuprador. Mas, estranhamente, sua intuição gritava que Emily estava dizendo a verdade. Não houvera mais nenhuma vítima do estuprador, em Chicago, havia algum tempo, e os intervalos entre as mortes eram bem semelhantes. Uma vez que ele parou de matar por um tempo mais longo do que o habitual, muitos presumiram que ele tinha sido morto, ou havia fugido.

- Sim, eu tenho certeza – Emily disse, aos prantos. – Quando Sarah o confrontou, ele admitiu. Dante, ela se colocou como isca, dizendo a John Thompson que ele poderia estuprá-la e matá-la com mais facilidade, se nós fôssemos soltas. Ela sabe que nunca sairá de lá viva. Nós temos que fazer alguma coisa. Ela disse para lhe dizer que vai mantê-lo falando pelo máximo de tempo possível. Mas ele não vai esperar muito tempo. Ele está nervoso demais.

- Nós temos que esperar pelo reforço – disse Joe, firmemente.

Esperar pelo reforço. Esperar pelo reforço. Esperar pelo reforço.

Num cenário perfeito, esperar pelo reforço era o protocolo. Mas essa não era uma situação de refém e Sarah não tinha tempo. Esperar pelo reforço era exatamente o que Dante e Patrick estavam fazendo, quando seu melhor amigo foi morto e esperar pelo reforço não tinha dado muito certo para seu parceiro. Dante vinha tentando formular um plano, mas Joe lhe dissera que eles teriam que esperar pela chegada da equipe da SWAT. Claro que eles tinham um armamento mais pesado, mas isso não adiantaria para Sarah, se ela já estivesse morta. Thompson era a porra do estuprador, e terrivelmente instável. Se Emily disse que o tempo deles estava se esgotando, ela estava falando pra valer.

Foda-se essa porra! Eu vou resolver sozinho. Sarah não vai morrer porque nós estamos esperando reforço.

Ele se soltou de Emily e saiu andando pela entrada principal, sem olhar para trás. De jeito nenhum, ele esperaria mais nem um minuto. Se Joe achava que precisava esperar pelo reforço, então, Dante estava por conta própria.

O Estuprador de Windy City.

Um arrepio frio percorreu o corpo de Dante, enquanto ele seguiu pela lateral do prédio. O estuprador era um escroto doente e deixava as vítimas em pedaços. Dante não suportava pensar em alguém tocando Sarah, que dirá imaginá-la naquela sala, com aquele demente perverso.

Uma nuvem vermelha começava a se formar em sua visão, mas ele afastou. Nesse momento, ele precisava estar tão frio e calculista quanto o assassino dentro do prédio, com Sarah.

Ele e Joe haviam presumido que John estivera esperando, em algum lugar, mas Dante tinha verificado a sala, antes de levar Sarah para dentro. Talvez ele tivesse deixado de ver algum pequeno local de esconderijo, mas sua intuição lhe dizia outra coisa, que havia algum ponto de acesso que eles desconheciam. Ele tinha checado cada centímetro da porra da área.

Ele sacou a Glock ao se aproximar da área externa, onde Sarah estava sendo mantida, imediatamente notando a janela alta com um vidro quebrado, um espaço que seria difícil pra cacete de entrar, com seu corpo grande. Aquela janela havia sido o ponto de entrada. Era alta e pequena, mas o babaca tinha conseguido quebrar o vidro, de alguma forma, e entrado no banheiro anexo à sala onde Sarah estava tocando. Muito provavelmente, a música de Sarah havia abafado o som do vidro quebrando, e depois disso, foi somente uma questão de esperar por sua oportunidade.

Não havia janela por dentro.

Dante se lembrou de ter checado o banheiro e a janela não era visível de dentro. O banheirinho era todo forrado de papel de parede. A edificação era antiga e, obviamente, alguém tinha feito o trabalho mais barato possível, para deixar o banheiro com uma aparência melhor, antes que Grady assumisse a remodelagem do centro. Grady ainda não tinha chegado à sala de música.

Por que se trabalhar no banheirinho, se a janela podia simplesmente ser forrada com papelão e papel de parede?

- Porra – ele sussurrou. Dante enfiou a Glock de volta na cintura e estendeu os braços para o parapeito da janela. Bem na hora em que ia se erguer, ele foi puxado de volta pra baixo.

- Mas que porra você está fazendo? – Jared perguntou furioso, puxando os braços de Dante da janela.

- Sai fora, porra. Não tenho tempo para isso. Eu vou entrar – Dante rugiu para o irmão.

- O reforço está chegando – Jared lembrou, inflamado.

- Tarde demais. Preciso pegar esse cara agora. – Dante deu um tranco, soltou seu braço da pegada de Jared e virou de frente para o irmão, pronto para nocauteá-lo, se fosse preciso. – Esse banheiro é anexo à sala onde ele está mantendo Sarah refém. Ele entrou pela janela escondida no banheiro. Ou você me ajuda ou dá o fora daqui porra. O tempo se esgotou.

Jared lançou um olhar tempestuoso, mas respondeu – Você vai acabar se matando.

- Não estou nem aí. Se alguma coisa acontecer com a Sarah, é melhor que eu morra. Se ela morrer, eu morro com ela. – Ele nunca mais seria um ser humano funcional. Eles teriam que colocá-lo numa camisa de força e levá-lo embora.

- Merda! Tudo bem. O que você quer que eu faça? – perguntou Jared, parecendo frustrado. – Eu posso entrar com você.

- Não – Dante disse, áspero. – Volte lá para dentro. Encontre alguém que tenha a chave e veja se você consegue destrancar sem fazer muito barulho. Talvez eu precise de uma cobertura, se tiver que sair na mão com esse babaca. Fique ouvindo na porta. Você vai saber que chegou a hora, se ouvir uma movimentação brusca, ou tiros. Antes de fazer qualquer coisa, tira a Sarah de perto dele. Prometa.

- Feito. Tome cuidado – Jared respondeu, com a voz rouca. – Não vá ser morto.

- Não estou pretendendo – Dante respondeu, se erguendo para o parapeito, sem olhar para trás. Jared podia ser um pé no saco, mas Dante sabia que podia contar com ele, quando realmente precisava.

Conforme Dante começou a forçar seu corpo volumoso pelo pequeno espaço, ele ouvia a voz sinistramente calma de Sarah e as respostas do assassino.

Isso mesmo, meu benzinho, faça com que ele continue falando. Mulher esperta.

Quando ele ouviu John começar a falar sobre as cicatrizes de Sarah e o quanto ele estava querendo fazer um trabalho melhor ao picá-la em pedaços, Dante quase perdeu a cabeça. No instante em que o babaca mencionou cortar os mamilos de Sarah, Dante parou de pensar como policial e reagiu como homem.

Eu vou matar esse filho da puta.

Quando ele aterrissou silenciosamente no chão do banheiro, ele estava movido puramente pelos seus instintos primitivos e sabia que o estuprador de Windy City não sairia da sala vivo.

Não posso deixar que ele veja que eu estou com medo. Preciso ganhar mais tempo.

Sarah estava esperando pelo momento certo e não era agora. Ele estava com a arma apontada diretamente para a sua cabeça e John não estava a uma distância suficiente para que ela o acertasse na virilha. Como ela não tinha qualquer tipo de arma, sua melhor opção era manipulá-lo para trazê-lo para perto, com a arma fora da mira de seus órgãos vitais, para que ela tentasse imobilizá-lo. Se ela pudesse incapacitá-lo, nem que fosse por alguns instantes, ela conseguiria sair.

Apenas espere para dar seu bote. Ele vai acabar tendo que mudar de posição.

Ela conversava com ele continuamente, para ganhar tempo, mas ele estava ficando cansado de falar sobre ele. Ele a colocara de pé e havia dando um tranco no vestido tubinho, descendo-o até a cintura. Bem naquele instante, ele estava tracejando cada uma das cicatrizes dela, com o facão na mão direita, fazendo com que ela soubesse exatamente como ele ia perfurá-la dessa vez, enquanto a arma continuava firme na têmpora dela, com a mão esquerda.

- Vou levar seus mamilos de lembrança de quanto gostei de fatiar você – John disse a ela, agora soando ensandecido.

Sarah se encolheu, quando a lâmina da faca passou por cima de seus mamilos. Era afiada e ela já estava sangrando de alguns pequenos cortes que ele deixara, ao verificar suas antigas cicatrizes com a ponta da faca.

- Acho que vou cortar a sua garganta só um pouquinho, para ver você sangrar até a morte, enquanto eu estiver te usando – ele decidiu, erguendo a faca até a garganta dela.

Sarah tinha acabado de decidir que preferia morrer com um tiro a deixá-lo violar seu corpo, enquanto ela sangrasse até morrer, quando um vulto furioso passou diante de seu rosto.

- Nem fudendo – um Dante homicida rugiu, voando pelo ar, pondo seu corpo entre ela e John, atracando o punho com que o assassino empunhava a arma, levando John para o chão junto com ele.

Sarah olhava, apavorada, enquanto os dois voaram pelo ar e bateram no chão. Ela jurou ouvir um estalido no crânio de Dante, quando ele bateu no chão de madeira da plataforma do piano, ao cair.

- Saia daqui, Sarah! – Dante gritou, furioso.

Ela não saiu. Ela não podia. Em vez disso, ela ficou imóvel, no mesmo lugar, vendo horrorizada, enquanto John fugia da pegada de Dante e levantava. Ele correu para o banheiro, sem a arma e a faca, que ficaram caídas no chão.

Dante levantou lentamente e Sarah reagiu por instinto, conforme John cambaleou rumo ao banheiro, obviamente para fugir.

Aqui está a minha chance.

Sarah bloqueou sua passagem e deu uma joelhada em seus testículos. John parou e xingou, a voz furiosa, num rugido odioso. Ela o impedira, mas não tinha certeza de por quanto tempo.

- Sai – Dante ordenou, zangado.

Diante da ordem de Dante, Sarah instintivamente chegou para o lado e se abaixou no chão. Ela olhou para Dante, com o sangue escorrendo pelo rosto, quando ele ergueu a arma e, sem hesitação, atirou no Estuprador de Windy City bem no coração, antes de cair para trás.

A polícia irrompeu pela porta, enxameando a sala, mas a mente de Sarah só pensava em chegar até Dante. Sem sequer olhar para o homem morto no chão, ela rastejou pela sala até chegar ao seu salvador e segurou sua cabeça ensanguentada no colo.

- Dante – ela gritava frenética. – Abra os olhos. – Ela encontrou o ferimento na cabeça, sentindo um hematoma começando a se formar em seu couro cabeludo.

- Puxe o seu vestido para cima. – A voz de Dante estava fraca e embaralhada.

Seus olhos mal estavam abertos, mas Sarah ficou aliviada em vê-lo reagir. Claro, a primeira preocupação de Dante era que ela puxasse o vestido para cobrir os seios. O pessoal da ambulância veio até seu lado para ajudar. – Vocês têm gaze esterilizada? – ela perguntou à socorrista mais próxima, puxando o vestido por cima dos seios.

- Nós podemos assumir agora – disse ela, com uma voz tranquilizadora, enquanto dava a gaze a Sarah.

- Eu sou médica – Sarah informou, delicadamente colocando a gaze em cima do machucado de Dante e pressionando. Tinha um sangramento abundante, como acontece com a maioria dos ferimentos na cabeça, mas ela não gostava de seu estado letárgico, diante da formação do hematoma. – Dante?

- Eu vou morrer? – ele perguntou, incoerente. – Se eu for, a última coisa que eu quero ver é o seu rosto. Não vá embora.

- Você não vai morrer – Sarah lhe disse determinada. – E eu não vou a lugar nenhum. Fique acordado, comigo.

- Que tipo de ferimento é, doutora? – perguntou a técnica de primeiros socorros.

Como Sarah não ia ao hospital, ela não tinha familiaridade com a maioria da equipe hospitalar. – Ferimento na cabeça. Trauma da queda. Ele tem um hematoma se formando. E uma laceração. Estou preocupada com sua atividade mental. – Ela segurou a gaze no lugar e afagou-lhe o rosto. Ele tinha arriscado a vida por ela, obviamente sem permissão da polícia local. Se o Joe estivesse planejando uma tentativa de resgate, naquele momento, teria sido a polícia a entrar no prédio, e haveria muitos deles.

- Precisamos colocar a proteção espinhal, doutora – a técnica lembrou Sarah.

- Sim – ela concordou assentindo.

Ela recuou, abrindo espaço para que o pessoal da emergência colocasse Dante numa maca e provesse a proteção de pescoço, imobilizando-o, até que ele fosse radiografado. Ela sabia que ela não estava em condições psicológicas de cuidar dele nesse momento, e deixou que o pessoal da emergência o fizesse.

- Dante? – ela chamou de seu lugar, perto da cabeça dele. – Dessa vez, ele não respondeu. Estava desacordado.

- Sarah? – uma voz masculina chamou por trás dela.

Ela virou e viu Jared e ele passou o braço em volta de sua cintura e a colocou de pé.

- Você está ferida? O que aconteceu com Dante? – Jared perguntou, com uma expressão aflita.

- Ele salvou a minha vida. Pulou entre John e eu, e os dois foram para o chão. Ele bateu a cabeça com muita força. Está inconsciente. – Ela estava falando sem parar e sabia disso, mas estava tentando passar a informação ao Jared o mais rápido possível.

- Ele só pode ter matado o cretino primeiro. Eu lhe prometi que a primeira coisa que eu faria era salvar você, mas, obviamente, ele cuidou disso, antes de desmaiar. Você está bem? Aquele escroto não... – a voz de Jared foi sumindo e ele pareceu desconcertado.

- Ele não me violentou. E eu estou bem, Jared. Só estou preocupada com Dante – disse. Sarah chorava, com o corpo tremendo pela reação, agora que sua adrenalina havia passado.

- Seus sinais vitais estão estáveis – a técnica informou a Sarah. – Nós vamos levá-lo agora. Quer ir junto com ele para o hospital?

- Sim – Sarah disse ansiosamente, olhando o rosto de Dante. Ela viu suas pálpebras tremularem abrindo e fecharem de novo. – Ele está começando a acordar.

Jared passou o braço em volta dos ombros de Sarah e disse a ela, para apoiá-la – Ele ficará bem. Ele tem uma cabeça dura. – Ele lhe deu um abraço apertado e usou a bainha da camisa para enxugar as lágrimas de seus olhos. — Tem certeza de que você está bem? Você está coberta de sangue.

- É do Dante — ela disse a ele ao retribuir o abraço, sabendo que Jared estava preocupado. Dava para ver em seu rosto. — Ferimentos na cabeça sangram muito. —

Os enfermeiros colocaram o Dante numa maca rija. — Estamos prontos para ir, doutora.

- Pode me chamar de Sarah — ela disse, com um sorriso fraco. — Vamos. — Ela estava ansiosa para fazer Dante chegar ao hospital o mais rápido possível.

- Nós seguiremos você — Jared disse a ela.

Sarah caminhou ao lado da maca até a porta principal, olhando o rosto de Dante. Ele abria os olhos de vez em quando, portanto, ela sabia que ele estava semi-consciente.

- Sarah, nós temos perguntas — disse Joe Landon, ao pegá-la pelo braço, no corredor principal.

- Encontre-me no hospital, eu estou indo com o Dante — ela disse a ele, num tom firme. Perguntas podiam esperar. John estava morto e a investigação poderia ser conduzida depois que ela estivesse certa de que Dante ficaria bem. Essa era sua única preocupação, nesse momento.

- Ele não teve autorização para entrar no prédio — Joe disse a ela, enquanto balançava a cabeça, com a voz mais admirada que reprovando. — Ele matou o Estuprador de Windy City. Eu deveria estar injuriado por ele ter agido sozinho, mas o homem tem *colhão*. Nós nem pensamos em checar lá fora do prédio, porque nenhuma das salas supostamente teria janelas. Nós imaginamos que o assassino já estivesse aqui, quando você entrou. Ele é um policial e tanto, mesmo que estivéssemos esperando o reforço da SWAT.

- Sim, ele é. E se ele não tivesse agido exatamente como fez, eu estaria morta — Sarah respondeu, querendo dizer ao Delegado Landon que Dante também era um homem e tanto, de maneira geral, mas ela se apressou atrás da maca em movimento, sem querer tirar os olhos de Dante.

Ela subiu na traseira da ambulância e sentou junto à cabeça de Dante. Seus olhos estavam abertos de novo. – Dante? Você está me ouvindo? – Sarah deixou a sala de exames sabendo que estava envolvida demais emocionalmente para cuidar de Dante como médica. Nesse momento ela não era a doutora. Era uma mulher atormentada pelo fato de não saber se o homem que ela amava ficaria bem.

- Eu estou ouvindo. Você está bem? – Dante puxou as amarras em seu corpo, que o impediam de se mexer. Sua voz estava subitamente frenética. – Aquele cretino machucou você?

Sarah colocou a mão sobre o ombro dele. – Pare de se remexer. Eu estou bem. Ele não conseguiu fazer nada além de me tocar. Você não pode se mexer, até tirar algumas radiografias.

- Graças a deus, porra – Dante murmurou, soando aliviado, ao parar de relutar com as faixas de contenção em seu corpo. – O babaca está morto?

- Sim. Você o matou – Sarah respondeu, sabendo que havia sido a pura obstinação de Dante que lhe permitira dar um tiro, antes de sucumbir ao ferimento em sua cabeça.

As sobrancelhas de Dante estavam franzidas, de concentração. – Eu me lembro. Eu disse para você sair de perto dele. Você o parou com um chute no saco. Porra, você deveria ter corrido.

- Eu tinha que fazer isso – Sarah confessou. – Minha raiva pelo que ele havia feito predominou e eu não iria deixá-lo fugir e voltar a viver com medo. Eu não queria que ele tirasse a vida de outra mulher. Já sabia que você estava ferido e isso me deixou muito injuriada. – Na verdade, foi bom dizer isso. Ela tinha agido totalmente pela emoção, algo que nunca fizera, antes de conhecer Dante.

- Deu certo. Mas nunca mais faça isso – Dante disse, rabugento. – Jesus, ele era mais maluco do que eu pensava. Ele realmente admitiu ser o estuprador de Windy City?

- Sim. Quando ele estava falando sobre as mulheres que estuprou e matou, em Chicago, eu concluí, antes mesmo que ele me dissesse. Você estava certo. Se um homem tem a capacidade de matar, isso já está ali. Ele não me atacou simplesmente porque a esposa e o Trey haviam morrido. Ele estava furioso porque não tinha mais o disfarce de ser um homem trabalhador e de família. Ele nem ligava para nenhum dos dois. – O coração de Sarah ficou pesado, quando ela pensou no pobre Trey e sua mãe.

- Sociopata completo – Dante repetiu zangado.

- Ele era – Sarah admitiu. – Ele me queria morta, quando me pegou na escada. Não fosse por algumas coincidências, eu teria morrido. Se não fosse por você, eu teria morrido dessa vez. Ele estava pronto para cortar a minha garganta. Eu tinha acabado de decidir que preferia lutar e morrer com um tiro do que deixar que ele me estuprasse, enquanto eu estivesse morrendo.

- Porra. Esse pensamento vai me assombrar para sempre – Dante respondeu, num tom selvagem.

- Não, Dante. Isso não teve a intenção de atormentá-lo. Quero que você saiba que eu o acho o homem mais corajoso do mundo e você salvou a minha vida. O que está me matando é ver que você se feriu, ao fazer isso. De novo. Você tinha acabado de ficar bom.

- Minha cabeça está doendo pra cacete – Dante admitiu. – Eu devo ter batido em alguma coisa.

- Bateu. Você bateu a cabeça na plataforma, quando atracou John. Eu estou preocupada – ela admitiu, passando levemente a mão no rosto dele. – Você estava inconsciente. Eu nem entendo como você continuou consciente, a ponto de conseguir atirar nele. – Na realidade, ela não se surpreendia. Apenas semanas antes, depois de levar vários tiros, ele tinha conseguido matar o homem que havia assassinado seu parceiro. Dante era um homem extraordinariamente obstinado e ela nunca mais reclamaria disso. Essa teimosia salvara a vida dela.

Ele sorriu para ela. – Não se preocupe. Eu tenho a cabeça dura – ele respondeu, com um tom de voz divertido.

- Foi o que o Jared disse. – Sarah sorriu levemente para ele. Ela ainda estava preocupada, mas seu coração estava mais leve por vê-lo consciente.

- Cretino – Dante murmurou.

O sorriso de Sarah aumentou. Obviamente Dante podia falar mal de si mesmo, mas ele não gostava de ouvir isso de seus irmãos. – Ele estava tentando me apoiar. Eu estava meio em pânico.

- Você? O que aconteceu com a minha mulher lógica e racional?

Sarah queria dizer a ele que ela não tinha sido sensata, desde o momento em que ele irrompeu em sua vida, e ficara mais emotiva, desde então. – Acho que você me estragou.

- Eu também estava amedrontado. Com medo de nunca mais ver seu rosto lindo. Preciso tocar você – Dante disse, com sua voz rouca, os olhos percorrendo o rosto dela.

Ainda afagando o cabelo e rosto dele, ela entendeu, mas respondeu – Você não pode se mexer agora.

- Então, me beije – ele exigiu, irritado.

Sarah deu uma olhada para a técnica ao seu lado e a mulher sorriu. – Eu o beijaria – ela disse a Sarah, dando uma piscada e uma sacudida nos ombros.

Inclinando-se à frente, atenta para não encostar-se a nada, exceto seus lábios, Sarah pousou a boca na dele, num beijo delicado. Ela sentiu um aperto no coração, quando ele retribuiu o beijo, como se ela fosse a mulher mais cobiçada da terra.

Ao recuar, Sarah olhou Dante fechar os olhos e adormecer ainda com um sorrisinho em seu rosto.

- Chegamos – disse a enfermeira, conforme a ambulância parou. A mulher desceu na entrada de emergência, e o motorista veio se juntar a ela para que os dois tirassem Dante do veículo.

Sarah seguiu Dante sem pestanejar ou pensar em nada, jamais deixando o lado dele, enquanto eles empurravam sua maca para dentro da emergência.

Capítulo 17

—Os testes de Dante vieram todos negativos, mas ele terá que ficar um ou dois dias em observação – Sarah anunciou para sala de espera que tinha sido tomada pelos Sinclair e amigos. – Mais cedo, ele ficou inconsciente e eles precisam observá-lo, para evitar complicações pelo trauma na cabeça.

- Como está ele? Ele está falando? – Grady perguntou ansiosamente.

Sarah sorriu. – Ele está falando até demais e eu acho que o pessoal da emergência gostaria de amordaçá-lo. Ele... bem... não está muito contente com sua estadia hospitalar e deixou todos saberem disso, desde o Dr. Samuels, até o maqueiro, usando uma linguagem bem sortida.

- Então, ele voltou ao seu estado normal intratável? – perguntou Jared, parecendo mais aliviado que cínico.

- Ele ficará bem – ela tranquilizou as pessoas na sala de espera. – Ficar aqui é uma precaução. Uma precaução inteligente. – Nenhuma quantidade de palavrões tiraria Dante do hospital, até que eles tivessem certeza de que ele não teria nenhum efeito colateral pelo trauma.

Sarah olhou ao redor da sala. Grady estava abraçado à Emily, em seu colo, como se tivesse medo de soltá-la. Jared, Randi, Elsie, Beatrice e Joe Landon estavam ocupando as outras cadeiras disponíveis. Até

Kristin, sua assistente no consultório, estava ali, com uma expressão preocupada no rosto.

- Se ele tem energia para reclamar, então, ele deve estar bem – disse Grady, hesitante. – Eu vou ficar com ele essa noite. É provável que ele levante e vá embora.

Sarah ergueu a mão. – Eu vou ficar, até que ele receba alta. Eu só preciso de umas roupas limpas amanhã, se você não se importar. – Ela fez o pedido olhando para Emily. Sarah já tinha tomado banho e rapidamente vestira um uniforme azul cirúrgico, mas queria uma roupa limpa.

- Claro que eu trago – Emily concordou prontamente. – Vou até trazer um café para você, do Brew Magic.

- Nós vamos trazer comida – disse Beatrice, firmemente. – Eu tive que ficar num hospital, uma vez, e a única coisa que eu quis, enquanto estive lá, foi uma comida decente. Tive que mandar meu sobrinho comprar algo comestível.

Elsie assentiu concordando.

- Você tem certeza de que pode lidar com ele? – Jared disse, duvidoso.

Sarah sorriu para Jared. – Ele vai ficar, mesmo que eu tenha que lutar com ele, para mantê-lo na cama. Ele vai dormir essa noite. Agora ele está relutando, mas não vai ficar assim para sempre.

Emily se soltou do abraço no colo do marido e se jogou em Sarah, com Randi vindo logo atrás. Emily caiu em prantos, agarrada à Sarah, que acolheu o abraço amoroso da amiga passando os braços em volta dela e trazendo Randi para o círculo, para um abraço em conjunto. Ela estava muito aliviada que ambas estivessem salvas.

- Eu fiquei com tanto medo, Sarah – Emily dizia, aos prantos.

Randi assentiu. – Eu também. Não sei como você conseguiu não demonstrar seu medo, quando estava basicamente sacrificando a sua vida por nós.

As três ficaram abraçadas por vários minutos, depois Sarah finalmente recuou e disse – Eu coloquei vocês duas naquela situação e não posso dizer o quanto lamento. Nenhuma de vocês merecia estar ali, ter que vivenciar aquilo. Eu trouxe um serial killer para Amesport. – Sarah sentiu um nó por dentro, só em pensar.

- Você não merecia nada disso, Sarah. Tudo que aconteceu, desde o começo – Emily disse, firmemente, ao sentar-se ao lado de Grady, mas ele a puxou de volta para seu colo. Randi sentou novamente ao lado de Beatrice e a idosa estendeu a mão para confortá-la.

- Você está pronta para falar sobre isso, Sarah? – o Delegado Landon perguntou, sério.

Sarah assentiu. – Eu sei que você também quer falar com o Dante, e nós podemos nos reunir no quarto dele, se puder esperar que o acomodem em sua cama.

- Sem problemas – Joe logo concordou. – Mas nós temos um problema. – Ele deu um longo suspiro, frustrado, ao acrescentar – Já temos um verdadeiro circo da mídia, lá fora. O Estuprador de Windy City é um grande mistério, há muito tempo. Essa é uma história de repercussão nacional. Obviamente, nós não deixaremos que eles entrem no hospital, nem em propriedade privada, mas eles vão atormentar cada um de vocês, em todos os lugares que puderem. – Ele olhou ao redor da sala, alertando.

Sarah olhou para Joe, depois desviou o olhar para Elsie. – Eu acho que a Elsie deve dar essa notícia. Afinal, ela estava lá e ajudou a chamar a polícia, rapidamente. – Ela sabia que a velhinha ficaria contentíssima, e tanto Elsie quanto Beatrice pareciam traumatizadas. Isso talvez ajudasse as duas a pensarem em outra coisa.

- Eu que vou dar o furo? – O rosto de Elsie se animou.

Sarah sacudiu os ombros. – Eu acho que é justo que Amesport seja o primeiro a relatar. E você foi uma testemunha ocular. Quem poderia fazer um trabalho melhor dando a história? – Além disso, se Elsie desse o furo, talvez a mídia fosse lentamente se dissipando, usando a informação para escrever suas próprias matérias, enquanto ninguém quisesse falar.

Joe cruzou com seu olhar e piscou para ela, obviamente entendendo o que ela estava tentando fazer.

- É claro. Eu tenho o furo de notícia e todos vocês me darão as informações que eu não possuo – disse Elsie, empolgada.

- Eu diria que é melhor você começar a trabalhar assim que possível e dê a história amanhã de manhã – Sarah disse a Elsie, enfaticamente.

Quanto mais cedo, melhor. Sarah estava torcendo para que toda essa loucura diminuísse até a hora em que Dante fosse liberado. – Estou voltando para ficar de olho em Dante. Ele deve seguir para o quarto em alguns minutos – Sarah disse, determinada, sabendo que precisava voltar ao Dante e fazer com que ele se comportasse. As pobres enfermeiras estavam começando a tirar no palitinho para ver quem cuidaria dele. – Joe, eu o vejo em breve, no quarto de Dante.

Joe concordou. – Eu subo até lá.

- Sarah? – Emily chamou, quando Sarah já estava pronta para voltar para a emergência.

Sarah virou de volta para olhar a amiga. – Sim?

- Você está bem? – Emily perguntou, nervosa.

- Estou segurando as pontas – disse Sarah, tentando tranquilizar a amiga. Naquele momento, ela estava funcionando no piloto automático, tentando não pensar em nada, exceto em cuidar de Dante.

- Detesto mencionar isso, mas você está dentro de um hospital. Eu achei que... acho que eu estava preocupada... bem, eu só fiquei imaginando se você estaria bem, em relação a isso – Emily disse, ofegante.

Sarah parou e lançou um olhar vago para Emily. Foi então que a ficha caiu. Fora sua mãe, Emily era a única pessoa que sabia da história toda, sobre o seu passado e suas crises de pânico.

Eu estou num hospital. Não estou tendo um chilique. Não estou tendo crise de pânico. Tudo parece simplesmente... familiar.

Ela lentamente sorriu para Emily. – Seu cunhado me deixou tão maluca que eu nem pensei nisso. – Sarah sacudiu a cabeça, perplexa. – Sim, eu estou muito bem. – Estranhamente, ela estava se sentindo bem dentro do ambiente hospitalar. Ela havia ficado tão preocupada com Dante que nem teve tempo para sentir medo.

Emily deu um sorriso trêmulo e Sarah virou para seguir de volta à emergência, com uma expressão estarrecida no rosto.

Dante acordou se sentindo irritado e num lugar que ele não queria voltar a ver tão cedo.

Outra porra de hospital.

Ainda estava escuro, sem nenhuma luz entrando pelas persianas da janela.

Que horas devem ser, porra?

Ele se inclinou à frente e estreitou os olhos para o relógio na parede, quase sem conseguir enxergar os ponteiros, só com a luz fraca perto da porta, para iluminar o quarto.

Passa de três da madrugada.

Ele havia adormecido logo depois que ele e Sarah conversaram com Joe, para darem seus depoimentos sobre o que se passara no centro.

Sarah?

Ele gelou, por um minuto, ansiosamente, quando a viu dormindo na poltrona reclinável perto dele, ao lado de sua cama.

Porra, obrigada!

Seus olhos a percorreram amorosamente, muito grato por ela ainda estar viva. Ele despencou novamente para trás, dando um pequeno gemido, quando a cabeça bateu no travesseiro fino.

- Dante? – a voz sonolenta de Sarah o chamou e ela sentou imediatamente. – O que foi?

Dante sorriu timidamente para ela, que o olhava de cima. – Nada. Eu me esqueci que tinha batido a cabeça.

Porra! Até exausta ela é linda.

De perto, dava para ver as olheiras e seu cabelo estava despenteado, mas, no momento, ela era a visão mais linda que ele já tivera. Ela estava ali. Estava respirando. E ela era de tirar o fôlego.

- Você está bem? – ela murmurou baixinho, passando levemente a mão em seu cabelo, evitando os machucados no couro cabeludo.

O olhar ansioso no rosto dela o deixou desconcertado, porque ele sabia que era tudo por sua causa. Ela tinha passado um inferno, durante as últimas dezesseis horas e pouco, mas só pensava nele. Ela não havia derramado uma lágrima pelo que aconteceu, nem falado de quase ter morrido. Todos os pensamentos, todos os gestos, tinham sido por ele. Ela assumira uma aparência de calma para cuidar dele, da mesma forma que fizera para proteger Emily e Randi.

- Eu estou solitário. – Ele levantou as cobertas e chegou para o lado, abrindo espaço pra ela, na cama pequena. – Vem dormir comigo.

Ele estava vestindo uma calça azul hospitalar, quase igual ao uniforme de cirurgia dos médicos. Tinha se livrado da camisola irritante e só ficou de calça para cobrir seu negócio. Eles já o haviam removido dos fluidos intravenosos, então, ele não tinha mais nenhum fio de acesso preso ao corpo – só um cateter irritante, colocado em cima de sua mão esquerda. Provavelmente, o único motivo para que ele tivesse dormido por um tempo, foi o fato de terem parado de bombeá-lo com aquele monte de líquido que o fazia ir mijar a cada cinco minutos.

Dante olhou o rosto de Sarah, quando um momento de indecisão passou em seu semblante. Ele pegou a mão dela e puxou. – Não fique analisando. Apenas suba aqui. – Ele temia que se ela pensasse muito, talvez corresse de volta para a poltrona reclinável, e ele precisava desesperadamente tê-la perto. Ela tinha ficado tão ocupada cuidando dele que nem havia lidado como seu próprio drama. Ela precisava de consolo e ele queria lhe dar isso. Ela já tinha sido forte por tempo suficiente.

- Está bem – ela sussurrou, rapidamente subindo no espaço que ele tinha feito para ela.

Ele cobriu os dois com os cobertores, depois encostou a cabeça dela em seu peito, tentando deixá-la confortável. – Você mostrou um rosto corajoso, a noite toda. Quer falar a respeito? – ele perguntou baixinho, sabendo que ela acabaria tendo que desabafar para se curar.

Sarah sacudiu a cabeça, mas passou o braço em volta do abdômen dele e o apertou com força.

O coração de Dante inchou, segurando a vulnerável Sarah em seus braços, o lado dessa mulher que tão pouca gente via. – Você quer que eu te fale como estou me sentindo?

Ela assentiu depressa.

- Eu sinto que nunca mais quero perdê-la de vista. Por porra de motivo nenhum. Acho que toda vez que fecho os olhos, por muito tempo, a única coisa que eu vou ver é você com uma arma na cabeça. Acho que vou ouvir a voz de Thompson em minha cabeça, falando de como ele queria estuprar você, até que eu possa finalmente limpar isso tudo e preencher com novas lembranças. Acho que você é a mulher mais corajosa e inteligente do mundo, por ter conseguido mantê-lo falando por tanto tempo e mandado as suas duas amigas para fora daquela sala. – Ele parou por um instante. – E eu acho que sou a porra do cara mais sortudo do mundo, em estar com você nos braços, nesse momento.

- Não sou tão corajosa assim – Sarah sussurrou baixinho. – Eu estava com medo. Temia por Emily e Randi, petrificada por eu ter envolvido as duas na situação e por elas poderem acabar mortas. Então, depois que elas saíram, eu estava torcendo para não literalmente vomitar, só de pensar nele me tocando. Todo esse medo estava ali, Dante. Eu só não podia mostrar. Ele queria me amedrontar e eu não podia deixar que ele visse. Quando vi que você se feriu, meu medo se transformou em ódio e eu quis machucá-lo de alguma forma. Por isso que lhe dei uma joelhada no saco. Eu não queria que ele fugisse. Ainda bem que você atirou nele. Eu fiquei aliviada por ele estar morto. Se eu tivesse uma arma, eu mesma teria feito isso. Depois daquilo, eu entrei em pânico porque você estava ferido, fiquei com muito medo de você não ficar bem. – Ela começou a chorar, com a voz embargada. – Por isso, eu não tenho nada de corajosa. Eu estava com medo, com muito medo, o tempo todo – ela chorava, com a voz aflita, abrindo as comportas, caindo em prantos no peito dele, o braço em volta dele, segurando ainda com mais força.

Dante passou os dois braços em volta de seu corpo trêmulo, balançando-a, enquanto ela chorava, o som de seu medo e sua dor quase partindo o coração dele ao meio. Ele nunca a vira chorar tanto assim, e nunca mais queria ver. Mas ela precisava disso, precisava pôr tudo pra fora, e o coração dele estava feliz por ela fazer isso com ele. – Eu sei, meu benzinho, eu sei. Eu também estava com medo. Eu tinha medo que ele machucasse você – ele disse baixinho, passando as mãos no cabelo dela, em suas costas, abraçando-a até que o rio de lágrimas foi finalmente parando. Então, ele disse – Você está no hospital. Cristo! Eu tinha me esquecido de como você reagia a hospitais. – Dante estava zangado com ele mesmo. Ele estivera tão envolvido em todas as outras coisas que havia se esquecido que ela tinha seus ataques de pânico.

- Eu estou bem. Estava tão preocupada com você que nem pensei nisso. Depois, nem pareceu ter importância. Eu até me sinto bem por estar de volta. Senti falta. Acho que eu só precisava entrar novamente pela porta. Ou, talvez seja porque meu agressor está morto. De qualquer forma, eu estou bem.

Dante deu um suspiro de alívio. – Jesus. Você realmente passou um inferno, meu benzinho. – Por mais que ela quisesse negar, ela era, sim, a mulher mais corajosa que ele já conhecera. E era dele.

- Não posso acreditar que ele era realmente o Estuprador de Windy City. – Ela fungou, cansada.

Dante também não conseguia acreditar. – Até em Los Angeles o pessoal da polícia falava desse caso.

- A mídia está por todo lado. Você é um herói – Sarah suspirou.

- Não tenho intenção de ser herói. Eu só queria você viva. Mas ainda bem que ele está morto. As mulheres que ele matou precisavam de algum tipo de justiça. Era uma perturbação para todo detetive da divisão de homicídios do país o fato de que ele nunca havia sido pego, nem ter respondido por aqueles assassinatos – Dante disse, pensativo. – Eu espero que a mídia não seja um pé no saco. – Ele já tinha trabalhado em casos importantes e lidar com a mídia não era exatamente a parte predileta do trabalho.

- Eles todos receberão um furo de notícias – Sarah disse, com um tom divertido. – Elsie vai dar a notícia, pela manhã. Tenho certeza que isso logo vai passar.

Dante deu uma risada, pensar na velhinha curiosa finalmente dando um grande furo de notícia o alegrou. – Foi ideia sua? – Na verdade, foi brilhante. Se Elsie desse a história, a mídia iria, mesmo, se acalmar.

Sarah sacudiu os ombros. – É uma notícia e tanto. Elsie vai ficar falando disso para sempre. Tenho certeza de que será distribuído por outros veículos.

- Com ou sem mídia, eu vou para casa de manhã – Dante resmungou.

- Você vai para casa quando o Dr. Samuels disser que você pode ir para casa – Sarah respondeu, firme.

- Mulher mandona – Dante respondeu resmungando.

Sarah ergueu a cabeça para olhar para ele. – Agora eu posso voltar para minha casinha, eu nem tinha pensado nisso.

- Não. Ainda não. – Dante não suportaria pensar em Sarah não ficar com ele e apertou os braços em volta dela, instintivamente. Porra, ele estava até gostando daquela cachorrinha patética. – E a Coco? – ele detestava pensar que a cadelinha poderia estar em sua casa, sem comida, sem ter como sair.

- Ela está com a Emily. Sem dúvida, ela a está mimando, dando comida de gente, como você faz.

- Fique comigo por um tempo – Dante disse. Ele levaria um bom tempo, até ter certeza de que ela estaria bem.

- Vai chegar o momento em que eu terei que ir para casa.

Não vai, não.

Dante estava com dificuldades de guardar esse pensamento só para ele. Até onde ele sabia, ela lhe pertencia. Ele ficou mudo, mas estava decidido que ela não iria a lugar nenhum. Ela precisava ficar em algum lugar seguro, algum lugar aonde viria a superar o trauma que havia passado. E esse lugar era com ele. – Agora, não – ela concordou, sonolenta.

Ele abraçou-a, satisfeito, pelo momento, ainda afagando as costas dela e seu cabelo, até que ela finalmente dormiu.

Capítulo 18

Para alívio de todas as pessoas de sua ala, Dante teve alta, na tarde seguinte. Ainda não tinha dado tempo para a cidade se aquietar e boa parte da mídia continuava presente, torcendo por uma entrevista. Mas Jared e Grady conseguiram levá-lo para casa sem incidentes, e os portões da península ficaram trancados e guardados por alguns policiais locais. Depois de deixar Dante e Sarah, os homens voltaram ao portão para garantir que ninguém entrasse e avisar a imprensa que não haveria entrevistas. Eles dariam uma declaração oficial, torcendo para que os jornalistas pudessem se contentar em usar o relato que Elsie faria da história.

Sarah e Dante foram saudados à porta pela empolgada Coco, que Emily havia deixado na casa, mais cedo, naquela tarde.

- Cachorra chata – Dante resmungou ao descer e pegar a cachorrinha com seus braços parrudos, enchendo-a de carinho. Ele afagava o corpinho agitado de Coco e coçava o alto de sua cabeça.

Sarah tentava não rir, vendo a interação entre homem e cão. Coco fizera da casa de Dante e seu dono, parte de seu território. Coco adorava Dante e Sarah sabia que seu homenzarrão durão também adorava a cachorrinha, por mais que ele tentasse negar.

Ela vai sentir tanta falta dele, quando ele partir.

A cachorrinha tinha se apegado a Dante tanto quanto Sarah. Agora, as duas pagariam o preço de amar um homem cujo lugar não era em Amesport.

Eu o amo. Realmente amo.

Embora ela provavelmente tivesse se apaixonado por Dante muito antes de hoje, admitir isso para ela mesma era como um tiro no coração. Ela não podia continuar negando. Ela se apaixonara completamente com esse homem forte e dominador, que também era capaz de tanto carinho que dava vontade de chorar.

Ele vai voltar para Los Angeles. Eu sabia que ele não ficaria aqui para sempre.

Ela sabia, sim. Mesmo assim, isso não blindou seu coração. Dante Sinclair tinha sido uma tentação irresistível para uma mulher como ela, um homem que a fez sentir-se segura e adorada, depois de uma vida inteira sozinha. Ontem à noite, ele a abraçou forte, quando a represa se rompeu e seus sentimentos a dominaram, algo que nunca tinha acontecido com ela daquele jeito. Agora que tudo tinha escapado, ela estava bem certa de que nunca mais conseguiria recolocar todos os seus sentimentos de volta, num lugar seguro, enterrados sob a lógica e a razão. Mas, honestamente, ela não queria, de verdade. Viver uma vida sem emoção podia ser mais fácil, mas isso jamais a faria feliz.

Vou ficar sozinha de novo.

Pensar nisso a fez querer voltar correndo para sua casinha, onde ele poderia cuidar de seu coração partido.

Isso não vai ajudar.

Sarah suspirou ao caminhar até a cozinha e recostar na bancada, precisando de um minuto para analisar seus sentimentos. Embora vê-lo partir seria insuportavelmente doloroso, não doeria menos se ela se separasse dele agora, ou em uma semana. Nesse momento, Dante não parecia querer discutir nada, preferindo viver o momento.

Eu realmente nunca fiz nada assim.

Exceto pelas poucas vezes que ela se perdera por Dante, jamais tinha feito nada espontâneo ou sem pensar nas consequências futuras.

- Vem caminhar comigo – a voz rouca de Dante disse, da porta da cozinha.

Sarah virou e olhou para ele, sua mão estendida esperando que ela a pegasse.

Aproveite esse tempo com ele. Viva o momento e aproveite a felicidade que puder.

Olhando em seu olhar turbulento, Sarah sabia que ele queria sair simplesmente porque eles podiam fazê-lo. John estava morto; a ameaça tinha acabado. Eles podiam caminhar pela praia particular dele sem se preocuparem em constantemente olharem para trás.

Ela não analisou o certo ou errado do que estava fazendo, pensando somente com o coração, quando pegou a mão dele.

Eles foram até a praia com Coco os seguindo, logo atrás, conversando sobre absolutamente nada importante. Os dois riam quando Coco se aproximava das ondas, receosa, como se fossem o inimigo, depois as via recuando, com um latido de bravura, toda vez que a água recuava, como se ela mesma as tivesse afugentado. Dante ajudou Sarah a fazer um castelo de areia, o primeiro dela, que acabou parecendo mais um monte de lama, do que algo que lembrasse um forte, mas Sarah ficou orgulhosa, mesmo assim... até que Coco decidiu correr pelo topo do monte, fazendo os dois caírem na gargalhada.

O coração de Sarah doía cada vez que Dante lhe dava um beijo demorado. Alguns de seus carinhos tinham a intenção de marcá-la, alguns eram apenas afagos de seus lábios junto aos dela, como se ele ainda estivesse tentando se assegurar que ela estava ao seu lado. Sarah guardou alguns desses abraços, gravando na memória, junto ao coração.

Dante contou mais algumas histórias divertidas de quando ele e o irmão eram pequenos, fatos que não incluíam o pai abusivo e a mãe isenta de sentimentos.

Todos eles protegiam uns aos outros.

Todas as histórias incluíam um irmão ajudando o outro a sair de alguma encrenca. Eles podiam pegar no pé um do outro, mas, no fim, sempre se ajudavam.

- Eu sempre quis ter um irmão ou irmã – Sarah disse a ele, enquanto eles seguiam de volta para casa, molhados e cheios de areia.

- Sua mãe nunca mais pensou em casar? – Dante perguntou curioso.

- Não – Sarah respondeu pensativa. – Ela nunca mais nem namorou. Tudo era só educação.

Ela e Dante pararam do lado de fora da porta, decidindo tirar os jeans para não sujar a casa toda.

Eles correram lá para cima, para o chuveiro, Dante resmungando, quando Sarah o mandou para o seu próprio banheiro. – Nada de estresse hoje – ela disse a ele, séria, ao caminhar em direção ao banheiro de hospedes. – Isso inclui qualquer tipo de esforço físico – ela gritou por cima do ombro, sabendo que ele entenderia "esforço físico" como sexo.

Ele não foi atrás, mas ela sentiu seus olhos nela, conforme seguiu para o quarto de hóspedes e fechou a porta.

A janela do quarto de Dante estava aberta, mas o som calmo do mar não o estava ajudando, essa noite. O sono não vinha e ele sabia exatamente o motivo.

Não consigo dormir sem ela.

Dante virou para o lado, depois ficou de barriga para cima, com um resmungo irritado. Saber que Sarah estava dormindo no quarto de hóspedes, logo ali, no corredor, o deixava quase maluco.

Não há nada pior do que ficar obcecado por uma mulher que também é médica!

Ela havia insistido, dando sermão e dizendo a ele sobre a necessidade de sono e um tempo de recuperação, por conta da lesão em sua cabeça.

Minha cabeça é dura que nem uma porra de uma bola de boliche. Não preciso dormir sozinho e não quero dormir sozinho.

Tudo bem, talvez ele pudesse seduzi-la, fazer com que ela quisesse vir para sua cama, mas ele não fez. Ela tinha ameaçado ir embora e voltar para casa, se ele não se comportasse.

Nem ferrando, ela vai.

No entanto, só em pensar em não tê-la perto dele, já foi o bastante para fazê-lo recuar. Depois do jantar, eles tinham passado uma noite preguiçosa e Sarah acabou indo tocar piano. Dante não era muito familiarizado com música clássica, mas ela nem precisava ser. Ele imediatamente captou as emoções dela: tudo que ela tocou era meditativo, escuro. Algo a estava incomodando e ele não sabia como consertar. Ela quase o matara com todo aquele choro de medo e dor, ontem à noite no hospital, e ele tinha tentado absorver tudo que ela chorou, torcendo para nunca mais vê-la tão aborrecida assim. Mas, dessa vez, era algo diferente. Ela não parecia amedrontada, mas Dante não conseguia identificar o que estava fazendo com que ela parecesse tão estranhamente frágil. Ele não gostava disso.

Ela parecia... quase triste, melancólica. Ele não deveria tê-la deixado sozinha, mas ficou com medo que ela fosse embora, e ele não podia mais se opor se ela fosse, pois sua vida não estava mais em perigo.

Ela é livre para fazer o que quiser.

Isso deveria deixá-lo feliz, porém o matava de medo. É. Tudo bem. Ele estava feliz por ela não correr mais perigo, e não ter que ficar mais presa em casa, pois isso a deixava triste. Mas a ideia de realmente vê-la partir, voltar à sua vida sem ele, o deixava completamente doido.

Então, ali estava ele, olhando para o teto, enquanto uma mulher que ele amava mais que qualquer coisa no mundo, estava dormindo no quarto de hóspedes, no fim do corredor. Dante imaginou que tê-la por perto era melhor que não tê-la.

Papo furado.

Ele nunca tinha sido o tipo de cara que se contentava com qualquer coisa, e o fato de estar fazendo isso agora o irritava demais. A verdade era que... a ideia de perdê-la o abalava profundamente.

Então, eu vou ficar aqui, a noite inteira, olhando essa porra desse teto?

O que ele realmente deveria ter feito era fundi-la a ele, tão completamente, que ela nunca poderia se livrar dele. Quando foi que ele deixou que o medo o parasse?

Quando tive tanto assim a perder?

Nunca. Jamais. Honestamente, ele ficava muito mais à vontade perseguindo assassinos do que lidando com a possibilidade de Sarah deixá-lo e nunca mais voltar.

Sem chance!

Dante saiu da cama com um misto de apreensão e determinação. Sua teimosia e persistência não deixariam que ele continuasse deitado ali. Se necessário, ele seria o maior pé no saco que Sarah Baxter já encontrara na vida. Ela não conseguiria ignorá-lo.

Dante sorriu maliciosamente, quando abriu a porta e seguiu pelo corredor, na direção do quarto de Sarah, onde pegou a maçaneta e entrou. Depois de fechar a porta devagarzinho, ele recostou nela. As janelas de seu quarto estavam abertas, iluminando a silhueta na cama, com uma luz fraca. O que ele viu o deixou imóvel, instantaneamente, sem conseguir tirar os olhos da imagem no meio do colchão.

Sarah estava acordada, a cabeça jogada para trás, olhos fechados, e a mão estava entre as coxas. Com uma blusinha curta de babydol, ela parecia uma sedutora ardente, de vermelho e preto, com a calcinha minúscula que combinava com a outra peça do conjunto que estava caída no chão, ao lado da cama.

Ele ficou olhando, de punhos cerrados, enquanto ela esfregava o clitóris com cada vez mais força, falando o nome dele baixinho. Ela virava a cabeça no travesseiro, lançando o cabelo no rosto.

Jesus Cristo!

Ele ficou na expectativa, enquanto a via buscando o orgasmo, desesperada para conseguir.

Ela está fantasiando comigo, pensando em quanto a faço gozar.

Dante ficou dividido entre ver se ela conseguia se satisfazer e ajudá-la. Parte dele queria ser um observador, ter a visão carnal e erótica, bem diante dele, até que ela explodisse. Mas seu pau era um cretininho exigente e ele a queria agora mesmo, precisava vê-la se partindo em mil pedaços, enquanto estivesse mergulhado dentro dela, para se perderem um no outro.

Ele expirou o ar que estava prendendo, tomando sua decisão final, quando ela parou de se tocar, com um grito baixinho de frustração e puxou o travesseiro por cima da cabeça, insatisfeita.

Ela ainda está aprendendo a conhecer o próprio corpo, se descobrindo.

E nem ferrando, Dante a deixaria sentir que havia falhado.

Ele subiu na cama e descobriu seu rosto. – Tente mais – ele disse, segurando a bainha do babydol e puxando por cima de sua cabeça. Ele caiu no chão, antes que ela conseguisse dizer uma palavra. – Toque seus mamilos. – Ele enlaçou os dedos aos dela, na mão que estava ao lado de seu sexo e guiou as duas mãos juntas ao meio de suas coxas.

- Dante, eu não...

Ela parecia mortificada por ele tê-la visto tentando gozar e Dante queria lhe dizer que não sentisse vergonha, que isso tinha sido a coisa mais sexy que já vira. Em vez disso, ele decidiu mostrar a ela. – Você pode. Mexa em você – ele mandou, passando os dedos unidos entre suas dobras, antes de começar a circular seu clitóris. Ela já estava com tesão e toda molhada, e os dedos facilmente deslizavam juntos em volta de seu ponto sensível, forçando um grito dos lábios dela.

Ele pegou sua outra mão e colocou sobre seu seio. – Mexa, provoque – ele instruiu firmemente, gratificado quando ele viu que ela começou a acariciar os próprios mamilos, passando de um para o outro. – Você está tão linda agora, meu benzinho. Você pode gozar – ele disse, excitado, no ouvido dela.

- Eu tentei – ela disse, ofegante. – Foi bom, mas eu não consegui...

Dante forçou seus dois dedos para cobrir o clitóris, esfregando com força para colocar pressão. – Esfregue com mais força.

Dante ficou olhando seu rosto, enquanto a mão dele ajudava a satisfazê-la. De alguma forma, isso era quase mais íntimo do que transar com ela, vê-la aberta e vulnerável, conforme ela começava a subir cada vez mais alto. Ela fechou novamente os olhos e jogou a cabeça para trás, seus quadris começaram a se erguer da cama, alcançando o prazer dos dedos dos dois esfregando seu clitóris.

- Imagine a minha cabeça no meio das suas coxas, minha língua devorando você – ele disse, em seu ouvido.

Jesus. Era exatamente onde ele queria estar, nesse momento. Mas agora era a vez de Sarah.

- Sim. Que gostoso – ela gemeu, com total abandono.

Ele olhava, hipnotizado, enquanto o corpo dela se retesava e suas costas começavam a arquear, seus gemidos preenchiam o quarto, enquanto os dedos juntos se mexiam avidamente, com força, sobre seu clitóris. Agora ela estava beliscando os mamilos e seu corpo começava a tremer.

Dante apertou os dedos aos dela, olhando abaixo, para ver aquele quadro erótico das mãos unidas, enquanto ela gozava.

- Goza, Sarah. Solta – ele incentivava, ansioso, esperando.

Sarah gozou com um gemido abafado. – Dante.

O coração dele inchou e explodiu com ela gemendo seu nome, e ele a beijou, tentando capturar seu nome nos lábios dela.

O corpo dela parou e suas nádegas desceram de volta para a cama, pousando no colchão, e o único som no quarto era sua respiração ofegante.

Naquele momento, Dante se sentiu mais próximo dela do que jamais sentira.

Minha.

Ele estava desesperado para puxá-la para ainda mais perto dele, para que eles ficassem colados e nada jamais pudesse separá-los. – Eu preciso de você – ele disse, com a voz inebriada.

Ela ficou de quatro, olhando para ele, abaixo, com adoração no olhar. – Também preciso de você. Mas você não pode fazer esforço.

- Então, faça amor comigo, Sarah. – Ele ficou de barriga para cima, esperando. Ele a olhou, por um minuto, na expectativa.

- Como? – ela disse baixinho.

Ele pegou sua coxa e passou por cima do corpo dele. – Assim. – Ele a sentou acima de seu pau. – Você que vai mexer. Eu deixo você fazer seu ritmo. – Ele cerrou os dentes ao sentir a indecisão dela, dando um suspiro de alívio, quando ela pegou seu pau e encostou ao seu sexo. – Junte a gente – ele disse, sentindo que perderia o controle, se não entrasse em seu calor molhado, agora mesmo.

Ao recebê-lo lentamente, Sarah foi se abaixando em cima dele, com um gemido ofegante.

Dante segurava o lençol dos dois lados, tentando evitar segurar os quadris dela e assumir o controle, mas ele a deixou se mexer sobre ela, enquanto seu pau subia dentro dela, que jogava a cabeça para trás, em êxtase. – Sim. Que gostoso, tão profundo, tão duro.

- Transe comigo – ele gemia numa voz ávida, querendo que ela se mexesse.

Ela pousou as mãos nos ombros dele e começou a se mexer, primeiro, devagar, subindo e descendo, esfregando a pélvis nele, deixando que ele entrasse cada vez mais fundo. Sem conseguir evitar, ele passou a mão atrás de sua nuca, puxando sua boca até a dele, mergulhando a língua em sua boca, numa invasão silenciosa. Ela estava com gosto de menta e cobiça, uma combinação que estava prestes a enlouquecê-lo completamente.

- Me ajuda – Sarah pediu, num sussurro, quando ele recuou de seus lábios. – Eu quero que seja gostoso para você.

Dante gemeu ao sentir os mamilos rijos roçando em seu peito. – Meu benzinho, se ficar melhor eu morro. – Ele era dominador no quarto, e geralmente não transava desse jeito, mas, com Sarah, parecia natural, certo. Ele inalava seu cheiro inebriante, deixando-se envolver, enquanto ela subia e descia lentamente, engolindo seu pau com o sexo apertado e molhado.

Ela sentou ereta, com as mãos no peito dele, as unhas curtas cravadas em seu abdômen, e deixou as mãos ali para ficar completamente sentada.

Sem conseguir mais suportar aquele tormento, ele agarrou seus quadris e bateu com força para cima, entrando com força nela, que descia de encontro às suas investidas.

- Sim – ela gritou, quando Dante assumiu o controle, segurando seus quadris, tentando ir o mais fundo possível.

O corpo dela se retesou e Dante soube o instante em que ela implodiu, contraindo seu pau e pulsando por dentro, prendendo-o nela. Ele mergulhou acima, mais uma vez e bem fundo e, com um gemido, o corpo dele estremeceu pela intensidade do orgasmo.

- Porra – ele disse, puxando Sarah para baixo, passando os braços em volta de seu corpo trêmulo e molhado de suor.

Ela é minha e ninguém jamais irá tirá-la de mim.

- E você que não podia fazer esforço – disse ela, com a voz pontuada de humor.

Dante passou a mão em seus cachos largos. – É tentação demais – ele disse.

- Eu não queria que você visse...

- Não fique com vergonha. Não há nada de errado com o que você estava fazendo. Meu benzinho, há muito mais no prazer sexual do que apenas o acasalamento para a procriação da espécie – ele disse a ela, enfaticamente.

Ela riu encantada. – Acho que descobri isso, no instante em que você me tocou – ela respondeu, com a voz ainda marcada pelo riso.

Dante aconchegou o corpo dela em cima do seu, sorrindo. Deus, como ele adorava essa mulher. Essa mulher terna, corajosa, inteligente, linda que ainda tinha senso de humor e carinho, depois de tudo que passou. – Passe um tempo comigo. Não porque você precisa, mas porque quer – disse ele, sem conseguir tirar o tom de súplica da voz. Ele e Sarah tinham se juntado com ele no papel de seu protetor. Agora ele a queria com ele por escolha.

Eu quero que ela me escolha.

Ela ficou em silêncio, por um momento, com a cabeça no ombro dele, e Dante quase achou que ela tivesse adormecido. – Tudo bem – ela finalmente concordou, num sussurro baixinho.

A tensão sumiu do corpo de Dante e seus braços instintivamente se apertaram em volta dela. Talvez a resposta dela não tivesse sido tão empolgada como ele queria, mas só em vê-la concordar já era o suficiente. Por enquanto.

Ela saiu de cima do corpo dele, lentamente deslizando ao seu lado. Ele trouxe seu corpo macio e aquecido para junto dele e, momentos depois, os dois tinham dormido.

Capítulo 19

—O que você está olhando? – Dante veio caminhando até Sarah, enquanto devorava o restinho de seu pão de lagosta.

Sarah estava do lado de fora da última casa da Main Street, olhando uma vitrine. – Eu gosto dessa loja.

O casarão antigo monstruoso do fim da rua era velho e desgastado, com a tinta descascando do lado de fora, mas toda vez que ela entrava na loja de Mara Ross, dava para sentir a sensação de história que pendia no ar. Bonecas e Etc era uma loja adorável e eclética, e Sarah adorava.

- Vamos entrar – Dante sugeriu, passando o braço em volta de sua cintura.

Sarah sacudiu os ombros. – Eu nunca compro nada. Só gosto da loja. – Ela olhava as bonecas da vitrine, notando sua favorita – uma grande boneca loura e vitoriana, com olhos azuis e vestido vermelho de veludo – ainda não tinha sido vendida.

Dante puxou a porta e segurou para ela. Sarah entrou, dando um grande sorriso para ele, ao passar.

Ela ficou olhando em volta, examinando a arte nas paredes e a habilidade minuciosa em algumas das bonecas. Mara Ross tinha assumido a loja depois que a mãe morrera, há pouco mais de um ano, mantendo a tradição de ter um fabricante de bonecas na cidade de Amesport. A habilidade tinha sido passada por várias gerações. Sarah não tinha pressa em olhar as novas aquisições, um hábito que ela tinha adquirido depois de passar a última semana em companhia de Dante. Essa tinha sido a semana mais feliz de sua vida. Dante lhe ensinara a fazer as coisas só por diversão e ele parecia gostar de fazer isso tanto quanto ela. Eles davam longas caminhadas juntos e ficavam sentados na praia, durante horas, para absorver a sensação e o som do mar. Dante tinha comprado uma bicicleta para ele e eles passearam pela maioria das trilhas da região, parando sempre que queriam conhecer melhor. Infelizmente, Dante ainda não havia superado sua insistência para que ela usasse o equipamento de proteção, mas, pelo menos, ele tinha aberto mão do jeans e das blusas de manga comprida, depois que Sarah reclamou de se sentir sufocada, com o clima tão quente.

À noite, ela tocava o piano imenso, ou eles ficavam brincando com jogos infantis que provavelmente seriam mais indicados para crianças do Ensino Fundamental. Mas Sarah tinha gostado de cada minuto. Ela reduziu seu horário de trabalho para ter mais tempo para ficar com Dante, sabendo que isso dificultaria ainda mais, quando chegasse a hora de se despedir dele. Mas, estranhamente, ela não trocaria nem um minuto do tempo que passaram juntos. Tinha sido uma semana mágica, relaxante.

Hoje, quando ela terminou seu trabalho, eles foram tomar um café na Brew Magic e depois passearam pela Main Street, como turistas curiosos. Eles não tinham pressa e olhavam todas as lojas que despertasse interesse. Dante não resistiu a comprar um pãozinho de lagosta – ou melhor, três. Sarah estava convencida de que ele ficara viciado.

Ele vai sentir falta desses pãezinhos, quando for embora.

Ela rapidamente afastou o pensamento, determinada a não pensar em amanhã, de continuar vivendo o momento.

Ela ainda não tinha se mudado de volta para a casinha, embora já tivesse sido novamente mobiliada. De alguma forma, ela não parecia conseguir resistir a passar toda noite com Dante. Seu corpo era como uma droga viciante e toda noite com ele era diferente. Às vezes ele era mais rude, às vezes, sensual, e havia momentos em que era tão carinhoso que chegava a tocar sua alma. Toda vez a deixava profundamente balançada.

Sarah voltou à frente da loja, bem na hora em que Mara estava entregando uma sacola grande ao Dante. Aparentemente, ele tinha encontrado alguma coisa que gostou.

Mara Ross era uma mulher quieta e curvilínea, de cabelos escuros que batiam na altura dos ombros e hoje estavam presos na nuca, com uma fivela. Seus óculos cobriam seus olhos castanhos aguçados, mas ela sempre sorria prontamente, embora fosse um pouquinho tímida.

Sarah chegou lá na frente a tempo de ouvir Mara dizer a Dante – Essa casa originalmente pertenceu a um Sinclair. Estou surpresa que nunca tenha sabido disso.

Mara sabia da história da cidade inteira, pois sua família estava ali desde a fundação. – Foi? – Sarah perguntou curiosa.

Mara assentiu para Sarah. – Ela pertenceu a um Sinclair que era capitão de fragatas. – Ela olhou para Dante. – Como acha que sua família adquiriu a península? O capitão comprou a terra para construir uma casa ainda maior, para a esposa e filhos, mas morreu no mar, antes que a casa fosse construída. Essa casa acabou sendo vendida, mas o terreno da península ficou na família Sinclair.

- Eu não sabia – Dante admitiu. – Minha família é dona de propriedades numa porção de lugares. Acho que nunca olhei a história.

- A península já está em sua família há várias gerações, sr. Sinclair – Mara disse a ele.

- Dante, por favor – ele a corrigiu com um sorriso encantador.

Mara assentiu acanhada, antes de comentar – Acho que seu irmão Jared sabe mais sobre a história. Ele veio perguntar, uma vez, e eu o mandei ao escritório dos registros antigos. Eu sei a história básica, mas achei que alguns registros poderiam ajudar a responder as perguntas específicas deles.

- Jared tinha perguntas? – Dante perguntou, parecendo perplexo.

Mara sacudiu os ombros e corou. – Ele parecia interessado na história dos Sinclair.

- Como foi que a sua família acabou comprando a propriedade? – Dante perguntou.

- Não somos donos. Nós alugamos a casa, desde a época da minha avó. Na verdade, pertence à outra pessoa, alguém que não quer mais morar aqui. – Mara franziu o rosto. – Eu sei que a casa precisa de manutenção e faço, sempre que posso, mas o senhorio não tem mais qualquer interesse na propriedade. Ele não quer nem fazer reparos.

- É uma linda casa antiga – Sarah disse pensativa.

- É, sim – Mara concordou assentindo entusiasticamente. – Eu gostaria de poder fazer mais para consertá-la.

Dante agradeceu Mara pela ajuda e Sarah saiu com ele, acenando para Mara, conforme eles partiram.

- Mas que diabo o Jared está aprontando? – Dante murmurou baixinho.

- Talvez ele só esteja interessado na história dos Sinclair – Sarah sugeriu, pegando a mão estendida de Dante, enquanto eles caminhavam pela Main Street.

- Duvido – disse Dante, desconfiado. – Parece mais que ele está interessado em Mara. Você viu o rosto dela, quando falou dele?

- Ela é meiga – disse Sarah. – E não parece muito o tipo de Jared. – De alguma forma, ela não conseguia imaginar Jared tentando encantar uma garota romântica e acanhada, do tipo de Mara. Jared parecia ser mais do tipo que gostava de mulheres de estilo e sofisticação.

- Agora, pensando nisso, eu não tenho visto Jared com nenhuma mulher, desde que chegou aqui. E você não acha que ela é o tipo dele, por ela ser meiga? – Dante perguntou, determinado, puxando-a para um beco entre as lojas. Ele a empurrou contra uma parede de tijolinhos. – Emily é meiga e olhe o que aconteceu com o Grady. Você é meiga e olhe o que está acontecendo comigo. Acho que mulheres meigas são a queda dos Sinclair – ele disse a ela. – Nós gravitamos à meiguice porque somos uns babacas.

Sarah olhou-o, acima, tentando engolir o bolo enorme que se formara em sua garganta. A expressão dele era provocadora, porém vulnerável. – O que está acontecendo com você?

- Eu estou tão patético quanto Grady – ele respondeu, mas parecia longe de estar descontente. – E eu preciso que você me beije.

- E o que acontece, se eu não beijar? – ela perguntou, provocando, querendo imediatamente diminuir a distância entre os lábios deles e devorá-lo inteiro.

- Eu vou desmaiar bem aqui na terra, de tanto desejo, e você terá que me ressuscitar – ele respondeu, com um sorriso malicioso e balançando o corpo, brincando.

Sarah deu uma gargalhada quando Dante começou a revirar os olhos, tentando, sem sucesso, parecer fraco.

- Estou desmaiando – ele disse a ela, num tom dramático.

- Não se preocupe, eu sou médica. Acho que você vai sobreviver – ela respondeu, ainda rindo, segurando a frente da camiseta dele e puxando-o para ela, passando os braços em volta do pescoço dele, dando-lhe um beijo na boca.

O coração dela palpitou, quando Dante imediatamente assumiu o controle e a prendeu contra a parede, dando um beijo de tirar o fôlego, com um abraço apertado. Ele passava a língua dentro dos lábios dela, pressionando seu corpo rijo junto ao dela, até que ela sentiu sua ereção. Ele provocava, possuía e atiçava, até que ela nem ligava mais para quem os visse. Eles estavam escondidos num beco, mas ainda viam a cidade inteira. Isso não parecia importar. Ela tinha sido varrida pela força possessiva do abraço de Dante, estava inebriada de paixão.

Sarah estava ofegante e sem ar, quando ele ergueu a boca da sua.

Dante pousou a cabeça na parede e a puxou nos braços. – Não posso fazer isso. Não posso voltar para Los Angeles sem você, Sarah. – A voz dele soava torturada. – Venha comigo. Fique comigo. Eu preciso voltar, mas não posso ir sem você.

Ela respirou fundo, expirando ao pousar a cabeça no ombro dele. Eles tinham que viver o momento, mas o futuro já os alcançava. – Quando você tem que ir? – ela perguntou baixinho.

- Sexta-feira — ele respondeu. — Eu tenho que me reapresentar no departamento, ou renovar minha licença. Eles estão com pessoal reduzido...

- Eu entendo. — Ela o cortou, sem precisar ouvir sua explicação. Dante tinha responsabilidades e estava pensando no bem do departamento. Ela não esperava que ele agisse de nenhuma outra forma. Ainda assim, ele estava partindo na sexta-feira e eram apenas dois dias depois.

- Preciso de você comigo. Eu sei que estou pedindo muito. Mas dinheiro não será problema. Você pode levar o tempo que quiser para montar seu consultório lá. Nós podemos ficar juntos. — Ele parecia desesperado. — Venha viver comigo, Sarah.

Ela suspirou, se esforçando para não se encolher diante da ideia de voltar a viver numa cidade grande. Ela adorava morar em Amesport, mas adorava Dante ainda mais. O local realmente não importaria, se ela o tivesse. — Não posso partir na sexta-feira — ela lhe disse, trêmula, ainda perplexa pelo fato de que ele estava partindo e queria que ela fosse junto. — Preciso transferir meus pacientes, cuidar das coisas aqui.

- Mas você virá — ele forçou ansioso, recuando para olhar o rosto dela, seu olhar intenso.

- Vou precisar de um ou dois meses, pelo menos — ela disse.

- Duas semanas. Eu nunca irei sobreviver a um mês — ele insistiu.

- Um ou dois meses — ela repetiu sem ar, a avidez dele fazendo o coração dela disparar até que o som ensurdecedor ecoava em seus ouvidos. — Dante, eu também não posso simplesmente partir. Tenho responsabilidade com meus pacientes.

Ele gemeu. — Eu sei. É que será muito difícil. Duro. Literalmente. O tempo todo.

Ela riu e empurrou o peito dele. — Você só pensa nisso?

- Desde que conheci você... sim. Praticamente — ele disse, descontente.

Sarah empurrou com mais força, para que ele desse um passo atrás. — Eu vou me mudar, assim que puder. — O alívio percorreu seu corpo, pela alegria de que ela não tentaria viver sem Dante.

Ele me quer junto dele.

Eles vinham tentando evitar falar do futuro, mas agora teriam um futuro juntos. – A Coco tem que ir – ela mencionou, casualmente.

- Cachorra chata – ele murmurou, mas estava sorrindo. – Eu posso aturar, se você vier no acordo.

Sarah sabia que Dante adorava Coco. Quando se tratava de sua cachorrinha, Dante era uma fraude. Ele dava comida de gente pro bichinho, em toda oportunidade que tinha, e a mimava sem parar. – Você sentiria falta dela, se ela não fosse comigo. – Ela começou a pisar cuidadosamente na terra do beco, voltando à Main Street.

- Sarah? – Dante pegou seu braço, com a voz embargada.

Ela olhou interrogativa.

- Eu sentiria falta não só do sexo – ele disse a ela, sério. – Sentiria falta de você.

- O coração dela deu um salto, quando ela viu sua expressão tão sincera. – Eu também sentiria a sua – ela admitiu, estendendo a mão e passando na barba por fazer, em seu rosto. Viver sem Dante agora seria como tirar a luz que ele havia acendido dentro dela e deixá-la mergulhar de volta à solidão. Só que agora a solidão iria parecer ainda mais profunda, porque ela sabia como era não ser solitária.

Ele pegou a mão dela em seu rosto e beijou, antes de levá-la de volta à calçada. – Aqui. – Ele entregou a sacola que tinha comprado na Bonecas e Etc.

Ela inclinou a cabeça e olhou para ele. – O que é isso?

- Algo que você deveria ter tido há muito tempo – ele sussurrou, esperando.

Sarah abriu a sacola e tirou a linda boneca vitoriana que sempre admirou na vitrine da loja de Mara. – Ai, meu Deus, Dante – ela disse, reverente. – Eu adoro essa. – Ela ficou abraçada à boneca, só por um segundo, afagando a maciez do vestido de veludo.

Os olhos de Dante se abrandaram. – Por que você não comprou?

- Tenho vinte e sete anos. Não...

- Faria sentido? – Dante terminou, sorrindo para ela. – Mulher, uma porção de coisas na vida não faz sentido.

Como se ela não tivesse aprendido isso, não? Na realidade, ela e Dante não faziam sentido algum, no entanto, combinavam perfeitamente. – Ela será uma recordação maravilhosa de Amesport – Sarah disse, ainda admirada que Dante tivesse comprado algo tão simples que a tocasse tão profundamente. – Obrigada.

Dante sacudiu os ombros. – Não foi nada.

Ele estava errado. Certamente era... algo. Era um presente de coração e tocara sua alma. Era irônico que os melhores presentes que ela tivesse ganhado na vida, a bicicleta e essa boneca linda, tivessem vindo de Dante. Como será que ele descobriu seus desejos mais profundos, tão rapidamente?

Ela cuidadosamente colocou a boneca de volta no saco e Dante pegou a sacola para carregar. Ele pegou sua outra mão possessivamente, enquanto eles caminhavam de volta à outra ponta da rua, de onde ele deixara a caminhonete.

- Você não vai voltar dirigindo de volta para a Califórnia? – Sarah perguntou curiosa, imaginando por que ele não pegar seu carro.

- Ah, não. Vou deixar o Evan despachar de volta. Eu teria que reduzir meu tempo aqui, se fosse dirigindo. Eu já teria que estar na estrada.

Sexta-feira. Depois de amanhã.

Eles realmente só tinham amanhã, se Dante tivesse que partir cedo, na sexta, para estar de volta à delegação, antes do final de semana. – O que você gostaria de fazer amanhã? – Sarah perguntou. – Vou ver se consigo desmarcar parte da minha agenda, já que é seu último dia aqui.

- Qualquer coisa que eu quiser? – perguntou Dante, com um sorriso danado.

- Sim. – Sarah conhecia esse sorriso e seu coração começou a acelerar.

- Você vai se arrepender – ele alertou.

Sarah não estava arrependida, mas estava toda dolorida, no dia seguinte. Dante teve seu pedido e eles não saíram da cama, o dia todo.

Na noite seguinte, Jared e Grady deixaram a casa de Dante depois de se despedirem de Dante, ambos um pouco sérios.

- Imagino que você também vá partir em breve – Grady disse ao Jared, pensativo, enquanto ele ligava sua caminhonete.

Honestamente, Jared poderia ter ido a pé até sua casa, mas ele queria ficar na companhia de Grady um pouquinho mais. – Em breve – ele disse, reservado. – Foi impressão minha, ou aqueles dois pareciam ter passado o dia transando? – Jared tinha notado que Dante estava cansado, mas todo alegre e Sarah estava bem descabelada. – Talvez devêssemos ter ligado antes.

Grady sorriu, ao virar na saída de carros de Dante. – Que nada. Foi mais divertido a gente ver os dois pipocando com cara de culpado. Acho que nós interrompemos uma longa despedida. – Ele não parecia nem um pingo arrependido. – Ir até lá foi totalmente sem sentido, fora a diversão de ver os dois sem graça.

Jared olhou para a expressão maliciosa de Grady. E todos achavam que o frio era *ele*? Dante era irmão deles, ele tinha quase morrido e estava indo embora. – Nós não sabemos quando o veremos de novo. Eu queria vê-lo, antes que ele fosse embora.

- Ele estará de volta até sábado – disse Grady, descontraído.

- Ele está indo embora amanhã – respondeu Jared, perplexo.

- E estará de volta no dia seguinte. Ele está apaixonado pela Sarah. Nem sei se ele já sabe disso, mas ele não vai conseguir ficar longe dela por um ou dois meses, o tempo necessário para que ela cuide do negócio dela aqui – respondeu Grady, sem qualquer dúvida em seu tom. – Além disso, ele sabe que ela é feliz aqui e eu acho que ele tem sido feliz aqui também.

- O que tem o amor a ver com alguma coisa? Ele tem um emprego para o qual precisa voltar, uma vida em Los Angeles – Jared disse, achando que Grady havia temporariamente perdido a cabeça.

- Você vai conhecer uma mulher, algum dia, e ela vai de deixar de quatro – Grady comentou esperançoso. – Será uma mulher que o fará perder o controle, fazer com que você só pense nela, até perceber que o amor é a coisa mais importante do mundo.

- Você está sonhando – Jared respondeu rascante, mas ficou inquieto em seu banco da caminhonete, tentando não pensar no quanto ele queria voltar à loja de Mara Ross, só para ver seu rosto doce e ouvir a sua voz.

Ela vai me odiar.

Considerando os seus planos, suas chances de voltar a falar com Mara Ross eram bem pequenas, ou inexistentes.

Grady chegou à entrada de veículos de Jared e disse – Sábado. Quer apostar?

Será que eu quero? Porra nenhuma. Eu já vi o jeito como Grady é com a Emily e vejo a mesma expressão na cara do Dante.

Era bem possível que seus dois irmãos fossem casos perdidos agora. – Que merda – ele murmurou, ao abrir a porta da caminhonete, compassivo por Dante, se ele se tornaria tão tonto quanto Grady. – Não, obrigado. Vou passar e ver o que acontece.

- Você sabe que eu estou certo – disse Grady, experiente, enquanto Jared saía do carro e batia a porta.

Jared ficou olhando as lanternas traseiras sumirem, seriamente pensando se Grady estava certo.

Mais um irmão que já era?

Se Dante era outra vítima, Jared torcia para que ele terminasse tão contente quanto Grady era com a Emily. Depois de tudo que o Dante tinha passado, ele merecia. A julgar pela expressão no rosto de Dante, essa noite, o Grady provavelmente estava certo. Dante provavelmente não ficaria nem um dia sem a Sarah.

Um dia, você vai conhecer uma mulher...

Jared não concordava com Grady. Felicidade e amor não eram para um cara como ele. O que ele havia feito hoje havia reafirmado que ele era um absoluto babaca egoísta e ele sabia disso. Ele enfiou as mãos nos bolsos da calça, com uma expressão austera, e seguiu para a porta da frente de sua casa, sabendo que ele merecia ficar sozinho e sempre ficaria.

Capítulo 20

Eu deveria ter dito a ele. Por que não disse a ele?

Sarah tinha visto Dante passar pela segurança e desaparecer de vista para embarcar no jatinho particular de Grady. Nesse momento, ela sentiu um ímpeto, as palavras que ficaram presas na garganta com um bolo do tamanho de um melão. Ela receara de ser cedo demais para dizer ao Dante, cedo demais para que ele soubesse. Tudo entre eles era tão novo, tão surreal. Ela não queria estragar o que eles tinham tagarelando que o amava prematuramente. Agora as palavras estavam martelando em sua alma.

Eu deveria ter dito a ele.

Ela e Dante nunca conversaram sobre amor. Anseio, vontade, desejo... sim. Mas nunca amor. Agora ela queria dizer a ele, precisava dizer, mas era tarde demais.

As lágrimas corriam por seu rosto, ela foi até lá fora, seguindo até o estacionamento, distraidamente procurando o carro.

Ela, logo ela, sabia o quão curta a vida podia ser. Aos vinte e sete anos, ela já tinha esbarrado duas vezes na morte e sabia que qualquer coisa que se desejasse dizer deveria ser dita.

Eu estava com medo.

Sarah realmente tinha admitido para si mesma que ficaria arrasada se dissesse as palavras ao Dante e ele não respondesse de um jeito favorável. Agora, ela percebia que isso não teria feito diferença. O fato era que ela o amava e ele tinha de saber disso, principalmente se eles queriam ter uma vida juntos. Ou ele aceitaria o que ela sentia... ou não. Para dizer a verdade, ela não estava acostumada a amar um homem, não sabia o que ele diria, mas ela deveria ter dito, em alto e bom tom. Ontem, ela havia tentado dizer, com seu corpo, o quanto o amava, mas fechou a boca para que as palavras não escapassem de seus lábios.

Eu deveria ter dito a ele.

Sarah não ligou o carro. Ela recostou a cabeça no encosto do banco e deixou que a dor da separação de Dante fluísse como um rio. A agonia era pelas palavras que passaram sem ser ditas. Se ela tivesse dito ao Dante que o amava, talvez isso não doesse tanto. Mas ela estava ficando sem saber como ele se sentia.

Subitamente, não importava que Dante nunca tivesse dito, ou se era cedo demais. Ela precisava dizer e a compulsão era tão vital que ela começou a revirar a bolsa, procurando seu telefone celular. Sabendo que o avião de Dante já havia decolado, ela mandou uma mensagem de texto e o alívio inundou seu corpo, ao pensar que ele logo saberia, assim que ligasse o telefone, na Califórnia. Isso seria o bastante.

Ela diria as palavras em voz alta, assim que falasse com ele, mas, por enquanto, tinha feito tudo que podia para que ele soubesse, no minuto em que voltasse a ficar acessível.

- Eu te amo – Sarah sussurrou, desejando ter conseguido dizer a ele, antes de sua partida.

Com um longo suspiro, ela limpou as lágrimas e ligou o carro para começar a jornada de volta para casa.

- Eu peço desculpas pelo atraso, sr. Sinclair. Em breve, nós estaremos no ar.

Dante assentiu bruscamente para o piloto de Grady, antes que o homem de meia-idade entrasse na cabine de comando, desejando que o maldito avião simplesmente decolasse. Agora que ele não podia mais ver a Sarah, ele estava ansioso e pronto para voltar a Los Angeles.

Para quê? Para ver meu apartamento vazio, com paredes brancas, sem um único quadro ou decoração, para deixar o lugar menos depressivo?

Sem dúvida, tudo em sua geladeira estaria mofado, o que não era nenhuma novidade. Ele nunca comia no apartamento, a menos que trouxesse comida pronta, e as sobras sempre apodreciam. Geralmente, ele esperava que o cheiro ficasse bem ruim e jogava fora. Na maioria das vezes, ele voltava para o apartamento tão cansado que a única coisa que realmente era usada era a cama.

Eu preciso voltar ao trabalho.

Claro que Dante gostava de seu trabalho, vivia para ele. Agora que Patrick não seria mais o seu parceiro, ele não tinha muita certeza de como se sentir. A paixão pelo trabalho na polícia ainda estava lá, mas ele não conseguia ter o mesmo entusiasmo que sentia antes, e já não tinha a expectativa de preencher todos os dias e noites solitárias com trabalho.

Agora eu tenho a Sarah.

Franzindo o rosto, Dante recostou a cabeça na poltrona e fechou os olhos, tentando imaginar uma vida com Sarah, em Los Angeles. Mas ele só via o seu rosto sorridente em Amesport.

O lugar dela não é em Los Angeles. Ela concordou em se mudar porque quer ficar comigo.

O peito de Dante doeu, quando ele percebeu a realidade do sacrifício que seria para ela.

Ela não é uma mulher de cidade grande. Não gostava de sua vida em Chicago. Amesport é o primeiro lugar onde ela realmente se encontrou.

Honestamente, Dante também havia sido muito feliz lá. Se ele fosse embora, não teria mais o som das ondas que o fazia dormir, nem as trilhas de bicicleta esperando para serem descobertas, nada do pessoal amistoso de cidadezinha e... droga... nada de pãezinhos de lagosta.

Joe Landon tinha acabado de voltar a oferecer-lhe um emprego, ainda ontem, quando eles se encontraram na cidade. Dante tinha declinado automaticamente, sem nem pensar na possibilidade. Verdade, ele não estaria lidando com uma tonelada de homicídios, mas seria parte de seu emprego, e ele poderia trabalhar numa série de crimes, acrescentando alguma diversidade e provavelmente menos intensidade ao seu trabalho. Mas não seria menos importante do que aquilo que ele fazia em Los Angeles. Porra, ele talvez até gostasse.

E Sarah podia ficar aqui, onde era o seu lugar. Comigo.

Realmente, Dante estava bem certo de que Amesport era o seu lugar também. Algum detetive jovem e ávido ficaria feliz em assumir o seu lugar em Los Angeles, e Dante poderia ficar aqui com Sarah. Ele teria uma família novamente: Sarah, Emily e Grady. Sem dúvida, Jared acabaria indo embora, mas Dante sentia falta de sua família, mais que gostaria de admitir. Houve a época em que Patrick abrandava essa dor, mas seu melhor amigo havia partido.

Os olhos de Dante se abriram num estalo, quando o jato deu um tranco, pronto para taxiar pela pista de decolagem.

Ele estava pronto para sair de seu lugar, quando o celular apitou. Ele tirou do bolso, distraidamente, a sua atenção foi logo fixada no telefone, quando ele viu que era uma mensagem de Sarah:

Já sinto a sua falta. Espero que você receba essa mensagem assim que pousar em Los Angeles. Eu preciso que você saiba que eu te amo. Sei que você não pediu por isso e eu nem tenho certeza se você quer. Talvez seja cedo demais, mas eu tinha que dizer. Eu te amo, Dante.

A mensagem o atingiu direto no coração, que começou a bater disparado em seu peito, enquanto ele terminava de ler, tracejando as palavras com o dedo indicador.

Ela me ama.

Bem naquele momento, não havia nada mais urgente do que ouvir essas palavras vindas de seus lábios deslumbrantes, pessoalmente. Jesus. Não havia nada mais importante que realmente ouvi-la dizer isso.

- Ela me ama – ele disse, com a voz rouca, tentando assimilar essa informação. Porra, ele também a ama. Provavelmente, já amava há muito tempo, embora nunca tivesse dito as palavras. – Eu deveria ter dito a ela.

Dante sentiu o avião começar a virar para executar a decolagem e apertou o botão para falar com a cabine de comando. – Dê meia volta, comandante. Eu preciso descer agora – ele rugiu.

Veio a resposta, pelo interfone. – Esqueceu alguma coisa, sr. Sinclair?

Esqueci de coisa pra cacete. Eu me esqueci de dizer à mulher que eu amo o quanto a amo. Eu me esqueci que gosto daqui de Amesport. Eu me esqueci o quanto sinto falta dos meus irmãos. Mas, em voz alta, ele simplesmente respondeu – Sim, sim. Eu me esqueci.

Ele deu um suspiro de alívio, conforme o avião começou a taxiar de volta ao aeroporto, e ele tracejava as palavras de Sarah no telefone, enquanto esperava, impacientemente. Parte dele queria responder, dizer a ela o quanto ele a amava, mas ele precisava dizer isso pessoalmente, ouvi-la dizer em voz alta. Essas seriam as palavras mais doces que ele já teria ouvido.

Dante disparou descendo a escada da aeronave, assim que ela parou.

- A que horas devo esperá-lo de volta, sr. Sinclair? – o comandante gritou, atrás de Dante.

- Nunca – ele berrou, com uma empolgação que nunca tinha sentido na vida, o coração mais leve do que jamais tivera. – Já estou em casa – ele disse a si mesmo, ao correr para o aeroporto, olhando em volta, em vão, à procura de Sarah. Ele sabia que ela já teria ido embora, porque seu vôo estava atrasado, mas o desespero o fez ter esperanças.

- Precisa de uma carona? – uma voz masculina com tom divertido perguntou, por trás dele.

Dante virou e viu seu irmão Jared tranquilamente encostado a uma parede. – Que diabo você está fazendo aqui?

- Imaginei que você não chegaria a decolar, antes de perceber que queria ficar. – Jared desencostou da parede e caminhou os poucos metros que os separavam.

- Como você soube? – Porra, nem o próprio Dante sabia disso. Se soubesse, ele teria ficado em casa, na cama, com Sarah. Por que ele tinha sido tão babaca? Por que não concluiu tudo isso, antes de entrar no avião?

Jared sacudiu os ombros. – Você a ama, não ama?

- Mais que qualquer coisa – Dante respondeu, honestamente. – Eu não disse a ela.

- Vamos nessa. Eu vou te levar para casa – Jared disse ao irmão com expressão imperturbável, mas seus lábios se curvaram num sorrisinho.

Dante acompanhou o passo de Jared, que seguia rumo à saída lateral, ainda perplexo pelo motivo para que seu irmão estivesse ali, mas grato por ele estar. Nesse momento, Dante só queria ir para casa, para a mulher que amava, e Jared o levaria até lá, o mais depressa possível.

Sarah estava desanimada, arrumando algumas coisas numa mala, no quarto de hóspedes de Dante, e deu um suspiro. Ele queria que ela ficasse em sua casa, mas ela realmente não queria ficar ali, se ele não estava. Não parecia certo. Ela decidiu juntar umas roupas e seguir de volta para sua casinha. Talvez ela não sentisse tanto a falta dele, se não ficasse em sua casa. Ali tinha lembranças demais.

Eu tenho que parar de ficar lastimando. Eu o verei em alguns meses. Já estar sentindo falta dele nem é lógico.

Sorrindo triste, ela jogou um par de sapatos na mala e seguiu pelo corredor, até o quarto de Dante, sabendo que a velha Sarah analítica se fora. Amar Dante não havia afetado o seu Q.I., mas tinha mudado as suas prioridades. O amor não tinha nada de sensato. Era um sentimento complicado e turbulento que lhe roubara todo o raciocínio. O problema era que ela não ligava e nem tentava deixar de sentir. Ela preferia muito mais se sentir viva e arder nos braços de Dante do que voltar a ser a mulher que era antes: uma mulher de razão que sentia... quase nada.

Ela se encolheu na cama de Dante e puxou seu travesseiro para o rosto, inalando profundamente, sentindo o cheiro inebriante de sua essência, o que fez sua pele sensível entre as coxas começar a pulsar de anseio.

Assustando-se quando Coco pulou na cama, Sarah riu, ao ver a cachorrinha e a puxou para junto do peito. – Você também sente falta dele, não é? – Ela coçou o alto da cabecinha de Coco, do jeito que Dante geralmente fazia, e abraçou seu corpinho aquecido, grata por não ser a única a já estar sentindo falta de Dante.

A porta bateu lá embaixo, e Sarah sentou, alarmada. Ela não tinha trancado a porta, nem ligado o sistema de alarme. Ela só tinha planejado ficar ali um tempinho, e o perigo iminente teria passado. Soltando Coco delicadamente no chão, ela saiu da cama e cuidadosamente seguiu pelo corredor, dando passos lentos. Talvez fosse o Jared, ou Grady. Também poderia ser a moça que limpava sua casa, uma vez por semana, embora ela geralmente limpasse nas segundas-feiras.

Não entre em pânico. Pode ser alguém que o Dante conhece. Provavelmente é.

Ao chegar ao pé da escada, ela parou e olhou em volta.

Ninguém.

A porta de correr de vidro estava aberta e ela ficou imaginando se alguém teria saído pelos fundos. Aproximando-se, ela quase teve um ataque do coração, quando viu o corpo imenso saindo da cozinha.

- Você não trancou a porta – disse a silhueta grande, num tom zangado, visceral.

Dante!

O coração de Sarah tropeçou por um segundo, antes de recomeçar a bater. – Dante. Meu Deus. Você me assustou – ela disse, sem fôlego.

- Você estava aqui sozinha e não trancou a porra da porta – ele resmungou.

- O que você está fazendo aqui? – ela perguntou, ainda estarrecida.

- Eu recebi a sua mensagem – ele disse, numa voz rouca, com seus olhos castanhos intensos parecendo duas labaredas percorrendo o rosto dela.

Ele ainda não tinha decolado? – Você não tinha ido já?

- Quase. Nós tivemos um atraso, mas eu já estava pretendendo voltar.

- Por quê? – Sarah perguntou, com os olhos cobiçando o belo e amado rosto que ela não esperava ver por um bom tempo. – Você se esqueceu de alguma coisa?

- Ãrrã – ele respondeu. – Você.

O coração de Sarah deu um tranco. – Dante, eu não posso ir agora...

- Não quero que você vá embora. Quero que fique aqui comigo.

Ela sacudiu a cabeça. – Não entendo.

- Quero dizer que não vou embora, Sarah. Seu lugar é aqui e o meu é com você. Quero que a gente fique aqui. Quero que você se case comigo. – Dante continuava a observar a expressão dela, ansioso.

Sarah tentava conter a alegria que sentia percorrer suas veias. Dante não podia ficar ali. Ela podia exercer a profissão em qualquer lugar, mas ele tinha uma carreira em Los Angeles. – Seu emprego...

- Eu posso arranjar um emprego aqui. Deus sabe que Joe Landon me lembra da vaga de detetive que ele tem, toda vez que o vejo. Meu emprego lá não será o mesmo sem o Patrick. Acho que é um bom momento para seguir em frente com tudo, incluindo nós. Eu preciso de você, Sarah. Nós somos felizes aqui. Se você se casar comigo, eu ficaria ainda mais feliz – Dante resmungou, com a expressão pensativa.

- Nós nunca falamos sobre casamento – ela respondeu, confusa e desarmada. Não havia nada que ela quisesse mais do que ficar com Dante para sempre, mas ele nunca tinha mencionado casamento. Ele nem lhe dissera ainda o que tinha achado sobre a sua declaração de amor.

- Não quero que você fique ressentido depois, quando a empolgação do novo relacionamento passar e você perceber que abriu mão de uma carreira pela qual trabalhou tão duro. – Será que ele a odiaria depois, por ter desistido de seu emprego em Los Angeles?

- Não vou me ressentir com você. Na verdade, você me salvou. Não quero voltar – ele disse a ela. – Jesus, como você é teimosa. Você não está ouvindo o que eu estou dizendo?

Ela certamente estava ouvindo, mas parte dela temia que fosse somente um sonho bom. Ele queria ficar ali, casar com ela, e construir uma vida, juntos? – Eu estou ouvindo. Só tenho medo de que isso seja bom demais para ser verdade – ela disse baixinho. – Eu nunca planejei você, Dante.

- Eu também nunca planejei você, meu benzinho, mas você é o melhor presente que eu já ganhei – Dante disse, com a voz falhando, estendendo os braços para ela.

Sarah nem pensou, ela só pulou nos braços fortes de Dante, com um gritinho de alegria. Enlaçando os braços em volta do pescoço dele, ela fechou os olhos, inalando seu cheiro másculo, que sempre a fazia sentir-se em casa, em qualquer lugar que ela estivesse. Ela sentiu os braços dele se apertarem ao seu redor, segurando-a como se nunca mais fosse soltar.

- Puta merda, ainda bem – Dante disse, num tom rouco, em seu ouvido. – Agora, me diga – Dante disse, mandão – Eu quero ouvir pessoalmente.

Sarah não hesitou – Eu te amo – ela disse, na mesma hora. – Não sei por que isso aconteceu, nem quando. Eu simplesmente amo. Não posso evitar.

- Não quero que você evite – Dante respondeu baixinho, chegando-a para trás, até encostar na parede. – Eu também te amo. Amo tanto que nem consigo pensar direito. Talvez se eu ainda tivesse uma célula cerebral, eu teria percebido que não queria ir a lugar algum.

Sarah sorriu junto ao ombro dele, com o coração batendo forte como uma britadeira. Ele também a amava.

Ele recuou ligeiramente dela e ergueu a camisa verde escura, tirou pela cabeça e jogou no chão. Depois, puxou a camiseta dela e soltou o fecho da frente de seu sutiã, puxando as alças por seus braços, até soltar na pilha de roupa que aumentava, aos pés deles.

- O que você está fazendo? – ela perguntou, aturdida.

Ele abriu o jeans dela, depois o dele, puxando o brim junto com a calcinha pequenininha. – Preciso ouvir você dizer comigo dentro de você – disse ele, respirando ofegante.

- E se eu não disser, bem naquele instante? – ela perguntou, provocando.

- Você vai dizer – ele rugiu, segurando-a contra a parede, com as mãos dela acima da cabeça. – Me diga – ele mandou arrogante.

O corpo de Sarah foi inundado de calor e ela sentiu que se contraía por dentro. Olhando o rosto voraz de Dante, ela soube que não demoraria muito. Ela iria dizer. Mais que provavelmente, ela iria gritar. – Me diga primeiro – ela pediu.

- Eu te amo – ela disse prontamente, abaixando a cabeça, e sua respiração quente soprava-lhe a têmpora. – Agora diga que você vai se casar comigo.

Ela ia. Ah, sim, ela ia. Ela queria esse prazer delirante pelo resto de sua vida, e queria que esse homem exigente, mas tão terno, fosse o pai de seus filhos, algum dia. Mas, acima de tudo, ela queria que ele fosse dela.

Estremecendo, quando ele passou os dedos para afagar seu sexo molhado, a pele sensível entre suas coxas, ela disse – Eu quero me casar com você.

- E que você me ama – ele declarou. – Diga. – Os dedos dele encontraram seu clitóris.

A cabeça de Sarah caiu para trás, junto à parede, dando a Dante mais acesso ao seu pescoço, e ele acariciava sua pele com a língua, deixando um rastro e fazendo-a se contorcer. – Eu te amo – ela gemeu, puxando sua cabeça para cima, para beijá-lo.

Ele parou de provocá-la e ergueu-a pelas nádegas, até que ela sentiu sua ereção no meio das pernas. Ela imediatamente passou as pernas em volta da cintura dele, e ele soltou seus punhos, posicionando-se e, ao mesmo tempo, mergulhando dentro dela, enquanto invadia sua boca com a língua. Ele não estava sendo delicado, ao combinar as investidas do pau e da língua, mas a última coisa que ela queria agora era ternura. Sarah queria afirmação, prova do que estava acontecendo, que ele realmente tinha voltado por amá-la. Enlaçando os braços em volta do pescoço dele, ela entremeou os dedos em seu cabelo, enquanto o corpo pedia por tudo que ele pudesse dar.

Ele recuou os lábios dos dela, com o peito arfando – Diga – ele falou, batendo forte com a ereção dentro dela.

Sarah estava à beira do precipício, pronta para pular. – Eu te amo, Dante. Eu te amo muito – ela disse, quando começou a apertá-lo por dentro. Com os braços em volta dele, ela o segurou com força, enquanto seu corpo começou a tremer pela força do clímax.

- Nunca mais haverá outra mulher para mim, a não ser você – Dante rugiu, mergulhando mais fundo dentro dela, seu jorro quente fluindo de seu corpo para inundá-la.

Sarah estava ofegante ao ficar desfalecida nos braços de Dante. Ele foi com ela até o sofá da sala e despencou levando-a junto. Sarah rolou para o lado, seu corpo preso entre o porte musculoso e as costas do sofá.

Deleitando-se em seu porto seguro aquecido e sentindo Dante junto a ela, seus dedos tracejaram os músculos daquele peito forte esculpido, o rosto dela radiante de cansaço e prazer. – Eu só quero que você seja feliz – ela disse, ainda preocupada por Dante estar abrindo mão do emprego que gostava. – Você adora seu trabalho.

Ele passou o braço musculoso em volta dela e virou para olhar em seu rosto – Eu estou feliz. Mais feliz do que jamais achei que ficaria. E eu gostava, sim, do que eu fazia em Los Angeles, mas não estava feliz. Acho que eu estava obcecado, por ser tudo que eu tinha. O Patrick costumava me dizer que se eu não pegasse mais leve, estaria acabado, antes dos trinta anos. Eu passava algumas noites no escritório, quando nem precisava, repassando as provas que já tinha visto mais de cem vezes. Agora, eu fico imaginando se não fazia isso por não ter nada em casa, para quem voltar. Eu tinha amigos, mas meu único amigo próximo era o Patrick.

Sarah sentiu um aperto no coração por esse homem que estivera numa cidade grande, cercado por quase quatro milhões de pessoas, e ainda se sentir sozinho. Ela tinha uma boa empatia. Ela provavelmente havia sido a mulher mais solitária de Chicago. – Eu também me sentia vazia. Acho que só estava esperando por você.

- Você me encontrou. Agora, o que vai fazer comigo? – ele perguntou.

- Te amar – ela suspirou feliz.

- Pode me mostrar? – ele pediu, numa voz rara e vulnerável.

Sarah puxou seus lábios para os dela e ficou fazendo exatamente isso, pelo resto do dia.

Epílogo

—Ela vem para o casamento – Sarah disse, quando desligou o telefone, espantada.

Ela e Dante tinham finalmente saído para tomar um ar no sábado, e Sarah tinha ouvido suas mensagens, sabendo que precisava retornar a ligação da mãe. Elaine Baxter tinha ligado cinco vezes. Sarah finalmente pegara o telefone para ligar de volta, temendo a conversa.

Ela não podia dizer que sua mãe ficou extasiada com o fato de que Sarah não se casaria com um candidato Mensa, mas ela concordou em vir ao seu casamento com Dante.

Depois que Sarah disse firmemente que amava Dante e ia se casar com ele, Elaine Baxter havia baixado a guarda e dito a Sarah o quanto amara o marido, pai de Sarah, e como doeu perdê-lo, ainda tão jovem. A conversa ainda foi tensa, mas foi a primeira vez que sua mãe realmente disse que amara seu pai.

- A vinda dela para o casamento é algo bom ou ruim? – Dante perguntou cauteloso, sentado no sofá, com Coco em seu colo.

Sarah explicou o telefonema a Dante. – É estranho, mas ela quase pareceu... feliz, quando estava falando do meu pai. Ela raramente o mencionou, durante anos. Talvez fosse doloroso demais.

- Você está feliz por ela vir? – Dante soltou Coco delicadamente no chão, e puxou Sarah para seu colo.

- Sim. Ela talvez nunca mude muito, mas é minha única família. Ela nunca foi realmente abusiva. Só era focada na minha educação e nada mais importava. Acho que ela pensava que estava fazendo a coisa certa, focando somente na minha educação. – Elaine Baxter nunca foi uma mãe amorosa, mas era sua mãe. – Pelo menos, eu não vou mais precisar me preocupar com ela tentando me casar com alguém.

- Ah, mas não vai mesmo – Dante disse. – Agora, você é minha. Amanhã, nós vamos sair para comprar o seu anel.

Sarah pousou a cabeça no ombro de Dante, com um sorriso. – Ela queria saber quando nós íamos nos casar e qual é o seu Q.I.

- Semana que vem – disse Dante, enfático. – E eu nunca fui testado. Acho que você é inteligente o suficiente por nós dois, meu benzinho.

Sarah revirou os olhos – Até um pequeno casamento leva tempo para ser organizado. - Numa voz mais séria, ela disse – E eu acho que você me ensinou muito mais do que eu ensinei a você.

- Mês que vem – Dante resmungou descontente.

Sarah riu, encantada que Dante estivesse tão ansioso para se casar. – Eu estava pensando no ano que vem. Eu teria mais tempo para organizar tudo.

Ele a soltou devagarzinho no sofá e veio por cima dela, apoiando a maior parte do peso nos cotovelos. – Tente de novo, mulher. Eu não vou esperar um ano para você ser minha esposa.

Sarah olhou para ele, acima, vendo sua expressão feroz, e sorriu. – Ano que vem. No começo do ano que vem – ela disse.

- Não. Vai. Acontecer – Dante respondeu.

- Eu vou conversar com a Emily e ver em quanto tempo dá para fazer. Mas acho que ela vai concordar comigo – Sarah respondeu firme.

- Vou falar com meus irmãos e eles vão me ajudar a organizar tudo em um mês – Dante argumentou. – E eu duvido que a Emily vá concordar. O Grady se casou com a Emily em algumas semanas. Nós, os Sinclair, trabalhamos depressa, quando decidimos o que realmente queremos – ele mencionou arrogante.

- Você acha que todos os seus irmãos vão poder vir? – Sarah perguntou, preocupada. Ela queria que Dante e os irmãos voltassem a ter contato. Obviamente, todos eles precisavam uns dos outros; só não queriam admitir.

- Pode deixar que eu vou escolher uma data em que todos eles possam vir – Dante respondeu, passando levemente um dedo no rosto dela. – Eu quero que a Hope e o Evan conheçam você.

- E o Jared? Você acha que ele vai ficar aqui por um tempo? – Sarah perguntou curiosa.

- Tem alguma coisa rolando com o Jared. Eu só não consegui descobrir o que ele está aprontando. Algo me diz que ele ainda estará aqui – Dante respondeu.

- O quê? Você sabe de alguma coisa – Sarah acusou.

Dante sacudiu os ombros. – Na verdade, não. Mas acho que ele está de olho numa mulher que não é persuadida com facilidade. Ele já está aqui há semanas e eu não o vi com nenhuma mulher.

- Não faz tanto tempo assim – Sarah argumentou.

- Tempo suficiente – Dante respondeu misteriosamente, abaixando para lhe dar um beijo e calá-la.

Sarah se esqueceu de tudo, no instante em que os lábios dele encontraram os seus. Ela passou os braços em volta do pescoço de Dante e afagou suas costas nuas e musculosas. Ela tinha se vestido novamente, com um jeans e uma camisa de verão, mas Dante tinha acabado de vestir um jeans e descer.

Ele recuou para olhar nos olhos dela e seu olhar estava vulnerável e suplicante, quando ele disse – Case comigo, Sarah. Não me faça esperar.

Casar em um mês não era nem razoável nem sensato. Seria uma corrida maluca para conseguir fazer tudo a tempo e ela teria que recrutar a ajuda de muita gente da comunidade, incluindo Emily, Randi e os irmãos de Dante. Não... não era nem um pouco racional. Mas quando ela olhou dentro dos olhos esperançosos de Dante, ela viu seu futuro, um futuro com o homem que ela amava.

Por mais insano que pudesse ser, ela também não queria esperar, então, ela murmurou – Sim, nós vamos encontrar um jeito.

Os olhos dele se acenderam de uma felicidade que aqueceu o coração de Sarah, deixando ainda mais enfeitiçada por ele.

- Sim – ele gritou, triunfante, mergulhando os dedos no cabelo dela para lhe dar um beijo que lhe tirou o fôlego.

Em meio ao torpor de paixão, Sarah concluiu que, às vezes, a loucura era melhor que o intelecto. Enquanto Dante a carregava escada acima, para o seu quarto, para mostrar exatamente o quão feliz ele estava, ela teve certeza de que, nessa situação, a tolice era absolutamente divina.

Fim

Agradecimentos da Autora

Primeiro e mais importante, eu quero agradecer a todos os meus leitores, pela paciência e interesse nos Sinclair. Eu sei que levou um tempo para chegar aos outros irmãos da série Os Irmãos Sinclair, e espero que vocês achem que *Um bilionário raro* tenha valido a espera.

Um imenso agradecimento a todos na Montlake que me ajudaram a atravessar um processo editorial inteiramente novo. Às minhas editoras na Montlake, Kelli e Maria... minha mais profunda gratidão por tornarem essa transição mais fácil e por acreditarem em mim e nos meus livros.

À minha equipe de rua, Jan's Gems, eu só posso dizer que vocês botam pra quebrar, moças. Sua bondade e seu apoio me surpreendem a cada dia.

Obrigada ao meu marido, Sri, que é raramente visto, mas está sempre nos bastidores fazendo o que tem de ser feito, para que eu possa escrever. Eu te amo e você é incrível.

Espero que todos vocês gostem de ler o livro de Dante e Sarah, tanto quanto eu gostei de escrever essa história.

Biografia

J.S. Scott "Jan" é autora de romances eróticos best-sellers do New York Times, do Wall Street Journal e do USA Today. Ela é também leitora ávida de todos os tipos de livros e literatura. Ao escrever sobre o que ama ler, J.S. Scott cria romances contemporâneos quentes e romances paranormais. Eles são geralmente centrados em um macho alfa e têm sempre um final feliz, já que ela simplesmente não consegue escrever de outra forma! Ela mora nas belas Montanhas Rochosas com o marido e os dois pastores alemães mimados.

Jan adora entrar em contado com os leitores. Você pode visitá-la em:
Acesse: http://www.authorjsscott.com

Facebook Oficial: http://www.facebook.com/authorjsscott
Facebook Oficial no Brasil: https://www.facebook.com/J.S.ScottBrasil

Instagram: http://www.instagram.com/j.s.scottbrasil
Você também pode tuitar: @AuthorJSScott

Para receber notícias sobre lançamentos, vendas e sorteios, assine o boletim informativo em http://eepurl.com/KhsSD

Livros em Português de J. S. Scott

Série *A Obsessão do Bilionário:*

A Obsessão do Bilionário: A Coleção Completa (Simon)

O Coração do Bilionário (Sam)

A Salvação do Bilionário (Max)

O Jogo do Bilionário (Kade)

Procure a história de Travis, em breve.

Série *Um romance dos Irmãos Walker:*

Liberte-se! (Trace)

O Playboy! (Sebastian)

Série *Os Sinclair:*

Um bilionário raro (Dante)

Procure a história de Jared, em breve ~ O bilionário proibido (Jared)